COLLECTION FOLIO

Anna Hope

Nos espérances

Traduit de l'anglais
par Élodie Leplat

Gallimard

Titre original :

EXPECTATION

Anna Hope est née à Manchester. Elle a ensuite étudié à Oxford et à Londres. Elle est l'autrice d'un premier roman très remarqué, *Le chagrin des vivants*, de *La salle de bal*, récompensé par le Grand Prix des lectrices de *Elle* en 2018, et de *Nos espérances*.

Pour Bridie, quand elle sera plus grande,
et pour Nimmi, qui m'a aidée
à retrouver la trame du récit.

« Personne ne résout la question de la maternité. C'est un espace dans lequel [on] entre, quel qu'en soit le risque. »

Jacqueline Rose,
Lettre ouverte à toutes les mères [1]

1. Traduit de l'anglais par Cécile Dutheil de La Rochère, © Autrement, 2018. Avec l'aimable autorisation des Éditions Autrement.

London Fields

2004

C'est samedi, samedi c'est le jour du marché. C'est la fin du printemps, ou le début de l'été. C'est la mi-mai, les églantiers sont en fleur dans le jardin broussailleux devant la maison. C'est encore tôt, du moins tôt pour le week-end – il n'est pas encore neuf heures, pourtant Hannah et Cate sont déjà levées. Elles ne se parlent pas beaucoup en se relayant devant la bouilloire, pour faire du thé et griller du pain. Le soleil zèbre la pièce, éclaire les étagères avec leurs casseroles dépareillées, les livres de recettes, les murs mal peints. Quand elles ont emménagé ici il y a deux ans, elles se sont juré de repeindre l'atroce couleur saumon de la cuisine, mais elles ne s'y sont jamais attelées. Et maintenant elles l'aiment bien. Comme l'ensemble de cette sympathique maison délabrée, elle est chaleureuse.

À l'étage, Lissa dort. Le week-end elle se lève rarement avant midi. Elle travaille dans un pub du quartier et sort souvent après son service : une fête dans un appartement à Dalston, un des rades de Kingsland Road, ou plus loin, dans les studios d'artistes de Hackney Wick.

Elles finissent leurs tartines et, sans réveiller Lissa, décrochent leurs vieux sacs de courses en toile du portemanteau derrière la porte et sortent dans le matin lumineux. Elles tournent à gauche, puis prennent à droite sur Broadway Market, où l'on commence tout juste à monter les étals. C'est le moment qu'elles préfèrent : avant l'arrivée de la foule. Elles achètent des croissants aux amandes à la boulangerie au bout de la rue. Elles achètent du cheddar corsé et un fromage de chèvre cendré. Elles achètent de bonnes tomates et du pain. Elles achètent un journal sur la gigantesque pile devant l'épicerie turque. Elles achètent deux bouteilles de vin pour plus tard. (Du rioja. Toujours du rioja. Elles n'y connaissent rien en vin, mais elles savent qu'elles aiment le rioja.) Elles continuent tranquillement leur chemin vers les autres étals, en regardant les babioles et les vêtements d'occasion. À la terrasse des pubs, comme toujours sur les marchés londoniens, des gens sont déjà agrippés à leur pinte à neuf heures du matin.

De retour à la maison elles disposent leurs denrées sur la table de la cuisine, se préparent une cafetière héroïque, mettent de la musique et ouvrent la fenêtre qui donne sur le parc, où la pelouse se remplit de petits groupes de gens. Parmi eux, de temps à autre, quelqu'un lève les yeux vers la maison. Elles savent ce qu'il pense : comment fait-on pour habiter dans une maison pareille ? Comment fait-on pour habiter dans une maison de ville victorienne à trois étages en bordure du plus beau parc de Londres ? Avec de la chance : voilà comment. Un ami d'ami de Lissa lui a proposé une chambre, et ensuite, la même année, deux autres chambres se sont libérées, et maintenant elles y habitent ensemble, toutes les trois. De fait, sinon de droit, la maison leur appartient. Il y a bien un agent immobilier quelque part au fin fond de Stamford Hill, mais elles le soupçonnent fortement d'ignorer l'évolution de leur quartier, vu que leur loyer n'a pas augmenté ces deux dernières années. Elles ont passé un pacte : elles ne demandent rien, ne se plaignent pas du lino qui part en lambeaux, ni des tapis tachés. Ces détails ne comptent pas, pas quand on aime tant une maison.

Aux environs de onze heures, Lissa se réveille et descend tranquillement. Elle boit un grand verre d'eau, une paume sur le front, apporte sa tasse sur le perron, se roule une cigarette et profite du soleil matinal qui commence tout juste à chauffer la première marche en pierre.

Quand le café a été bu, les cigarettes fumées et que le matin s'est changé en après-midi, elles emportent assiettes, nourriture et couvertures dans le parc, où elles s'allongent à l'ombre pommelée de leur arbre préféré. Elles dégustent lentement leur pique-nique. Hannah et Cate se relaient pour lire le journal. Lissa se sert des pages culture comme visière, et grogne. Un peu plus tard elles ouvrent la bouteille et boivent le vin, il se boit facilement. L'après-midi avance. La lumière devient huileuse. Dans le parc, les bavardages s'intensifient.

Telle est leur vie en 2004, à London Fields. Elles travaillent dur. Elles vont au théâtre. Aux musées. Aux concerts de groupes d'amis. Elles mangent vietnamien dans des restaurants de Mare Street et Kingsland Road. Le jeudi, elles vont aux vernissages sur Vyner Street et visitent toutes les galeries, où elles boivent à l'œil de la bière et du vin. Elles pensent à ne pas utiliser de sacs plastique quand elles vont à l'épicerie du coin, même si parfois elles oublient. Elles se déplacent à vélo, partout, tout le temps. Elles portent rarement un casque. Elles vont voir des films au Rio à Dalston, avant d'aller dans un restaurant turc manger de la pide, boire de la bière turque et savourer ces pickles qui font saliver. Le dimanche, au petit matin, elles vont acheter des fleurs au marché aux fleurs de Columbia Road. (Parfois, quand Lissa rentre tôt d'une soirée, elle achète des fleurs pas cher pour toute la maison : des brassées entières de glaïeuls et d'iris. Parfois, parce qu'elle est belle, on les lui donne gratuitement.)

Elles vont à la ferme pédagogique à Hackney Road avec la gueule de bois, dégustent un petit déjeuner frit au milieu des familles et de la marmaille hurlante, et se jurent de ne plus jamais y retourner le dimanche matin avant d'avoir elles-mêmes des enfants.

Parfois le dimanche elles se baladent, le long de Regent's Canal jusqu'à Victoria Park, et plus loin encore jusqu'à l'ancienne voie verte, jusqu'à Three Mills Island, savourant cette tranche marginale de Londres qu'offre le canal.

Elles s'intéressent à l'histoire de l'East End. Achètent des livres sur la psychogéographie chez le bouquiniste en bas de la rue. Essaient de lire Iain Sinclair, se découragent dès le premier chapitre, mais lisent d'autres essais plus accessibles à la place, au sujet des vagues successives d'immigration qui ont caractérisé cette partie de la ville : les huguenots, les juifs, les Bengalis. Elles ont conscience d'appartenir elles aussi à un flux migratoire. Pour être honnêtes, elles aimeraient bien l'interrompre, ce flux-là : elles craignent l'empiétement de ceux qui leur ressemblent.

Elles s'inquiètent. Elles s'inquiètent du changement climatique – du taux de fonte du permafrost en Sibérie. Elles s'inquiètent pour les gamins qui habitent dans les tours, juste derrière le traiteur où elles achètent leur café et leur taboulé. Elles s'inquiètent des chances que la vie donnera à ces gamins. Elles s'inquiètent pour leur propre privilège relatif. Elles s'inquiètent des assassinats au couteau ou au pistolet, puis elles lisent des articles qui suggèrent que la violence ne sévit qu'entre les gangs, et elles se sentent soulagées, puis elles se sentent coupables de se sentir soulagées. Elles s'inquiètent de la vague de gentrification qui enfle au départ de la City et commence à lécher le pourtour de leur parc. Parfois elles se disent qu'elles devraient s'inquiéter davantage de tout cela, mais à ce moment de leur vie elles sont heureuses, alors elles ne s'inquiètent pas plus.

Elles ne s'inquiètent pas de la guerre nucléaire, des taux d'intérêt, de leur fertilité, de l'État-providence, de leurs parents vieillissants, ni de la dette étudiante.

Elles ont vingt-neuf ans. Aucune d'elles n'a d'enfants. Pour n'importe quelle autre génération dans l'histoire de l'humanité, ce fait serait remarquable. On le remarque à peine.

Elles ont conscience que ce parc – London Fields –, cette pelouse sur laquelle elles s'allongent, a toujours été un terrain communal, un endroit où les gens pouvaient mener paître leurs vaches et leurs moutons. Ce fait les ravit : pour elles, cela explique en partie l'attraction qu'exerce ce petit bout de verdure de rien du tout dont elles aiment se sentir propriétaires. Elles s'en sentent propriétaires parce qu'elles le sont : il appartient à tout le monde.

Elles aimeraient arrêter le temps – ici, maintenant, dans ce parc, dans cette splendide lumière d'après-midi. Elles aimeraient que les prix de l'immobilier restent abordables. Elles aimeraient fumer des cigarettes et boire du vin comme si elles étaient encore jeunes et que cela n'avait aucune répercussion. Elles aimeraient s'enfouir ici, dans la beauté de ce doux après-midi du mois de mai. Elles habitent la plus belle maison au bord du plus beau parc dans le plus beau quartier de la plus belle ville de la planète. Elles ont encore la majeure partie de leur vie devant elles. Elles ont fait des erreurs, mais rien de fatal. Elles ne sont plus jeunes, mais ne se sentent pas vieilles. La vie est encore malléable et pleine de potentiel. L'entrée des chemins qu'elles n'ont pas empruntés ne s'est pas encore refermée.

Il leur reste du temps pour devenir celles qu'elles seront.

2010

Hannah

Assise au bord du lit, Hannah tient les fioles dans leur étui en plastique. Elle glisse l'ongle du pouce sur toute la longueur du mince emballage et sort l'un des tubes. Il ne pèse presque rien. Insertion rapide de l'aiguille, une pichenette pour évacuer les bulles : elle sait ce qu'elle fait, elle est déjà passée par là. Mais quand même. Peut-être devrait-elle rendre ce moment un peu plus solennel.

La première fois, il y a deux ans, Nathan s'est penché au-dessus d'elle avec l'aiguille, il lui embrassait le ventre chaque jour au moment de l'injection.

Ce matin, il l'a embrassée différemment.

Hannah, promets-moi qu'après ça, c'est fini.

Et elle a promis, parce qu'elle savait qu'après ça il n'y aurait plus besoin de continuer.

Elle soulève sa chemise, se pince la peau. Un picotement et c'est terminé. Sur ce, elle se lève, rajuste ses vêtements, et sort travailler.

Quand Hannah arrive au Rio, Lissa n'est pas là, alors elle se commande un thé au petit bar et sort devant l'entrée. On est en septembre mais il fait encore doux, le square à côté du cinéma est bondé. Repérant la haute silhouette de son amie qui se fraie un chemin au bout de la rue après la station de métro, Hannah agite la main. Lissa porte un manteau qu'Hannah n'a encore jamais vu : étroit aux épaules, évasé sous la taille. Comme toujours, elle a laissé ses longs cheveux détachés.

« J'adore ton manteau », murmure Hannah en pinçant entre le pouce et l'index le lin rêche du revers, tandis que Lissa se penche pour l'embrasser.

« Ça ? »

Lissa baisse les yeux, comme surprise de découvrir qu'elle le porte.

« Je l'ai depuis des années. Je l'ai trouvé dans cette friperie de Mare Street. Tu te souviens ? »

Jamais là où on pourrait aller à son tour s'en acheter un, toujours une friperie, ou *ce petit étal au marché, tu sais, le type à Portobello ?*

« Du vin ? » demande Lissa.

Hannah fronce le nez.

« Pas le droit. »

Lissa lui touche le bras.

« Tu as recommencé, alors ?

— Ce matin.

— Comment tu te sens ?

— Bien. Je me sens bien. »

Lissa lui presse doucement la main.

« Je reviens. »

Hannah regarde son amie adresser un signe vers le bar, regarde le visage du jeune serveur s'éclairer en la voyant. Un rire gai et mutuel, puis Lissa est de retour, au soleil, son vin rouge dans un gobelet en plastique.

« Ça te va si j'en grille une vite fait ? »

Hannah lui tient son gobelet pendant que Lissa se roule une cigarette.

« Tu comptes arrêter quand ?

— Bientôt », répond Lissa.

Elle allume sa cigarette et rejette la fumée par-dessus son épaule.

« Ça fait quinze ans que tu dis ça.

— Ah bon ? Bah... »

Lissa tend la main pour récupérer son vin, ses bracelets s'entrechoquent.

« On m'a rappelée, annonce-t-elle.

— Oh ? »

C'est terrible, mais Hannah ne se souvient jamais. Il y a eu tellement d'auditions. Tellement de rôles presque obtenus.

« Un truc expérimental – mais bien. Une bonne metteuse en scène. La Polonaise.

— Ah », fait Hannah. Elle se souvient à présent. « Tchekhov ?

— Ouais. *Oncle Vania*. Éléna.

— Alors, comment ça s'est passé ? »

Lissa hausse les épaules.

« Bien. En partie. »

Elle boit une gorgée de vin.

« Qui sait ? Elle a pas mal bossé avec moi sur l'élocution. »

Lissa se lance alors dans une imitation de la metteuse en scène polonaise, exagérant son accent et ses tics de langage.

« *Allez, recommence. Faut que ça sonne vrai. Je veux pas de… comment on dit, déjà ? d'émotion micro-ondes : puissance maximum. Deux minutes. Ting ! Et ça a un goût dégueulasse.*

— Mon Dieu », s'esclaffe Hannah.

Elle est toujours stupéfaite de voir les conneries que Lissa arrive à supporter.

« En tout cas, si tu n'obtiens pas le rôle, tu pourras toujours monter un one-woman-show : *Les metteurs en scène qui n'ont pas voulu de moi.*

— Ouais, bah, ce serait marrant si ce n'était pas vrai. Non. C'est vrai que c'est marrant. Seulement… »

Lissa fronce les sourcils, jette sa cigarette dans le caniveau.

« Me redis plus ça. »

« Pas mal, commente Lissa au moment où elles sortent du cinéma pour s'enfoncer dans l'obscurité de la rue. C'était même un peu tchekhovien d'ailleurs. »

Elle glisse son bras sous celui d'Hannah.

« Il ne se passe rien pendant une éternité et, d'un coup, bam, le gros choc émotionnel. La metteuse en scène polonaise aurait probablement adoré. Mais c'était long, quand même, poursuit-elle alors qu'elles se dirigent vers le marché, et aucun rôle décent pour les femmes.

— Ah non ? »

Ça ne lui avait pas traversé l'esprit, mais maintenant qu'Hannah y réfléchit, c'est vrai.

« Il ne passerait pas le test de Bechdel.

— Le test de Bechdel ?

— Bon Dieu, Han, et tu te dis féministe ? »

Lissa l'entraîne vers le passage piéton.

« Tu sais : est-ce qu'il y a deux femmes dans le film ? Est-ce qu'elles ont toutes les deux un nom ? Est-ce qu'elles parlent d'autre chose que d'un homme ? C'est une écrivaine américaine qui l'a inventé. Des tas de films échouent au test. La plupart, même. »

Hannah réfléchit.

« Elles ont eu une conversation quand même, réplique-t-elle. Au milieu du film. À propos du poisson. »

Elles se mettent à glousser, bras dessus bras dessous, tandis qu'elles traversent la rue.

« À propos de poisson, dit Lissa, tu veux manger un bout ? On pourrait aller s'acheter des nouilles au resto chinois. »

Hannah sort son portable.

« Il faut que je rentre. J'ai un rapport à rendre demain.

— On passe par le marché, alors ?

— OK. »

C'est leur trajet préféré pour rentrer. Elles se faufilent entre les devantures grillagées des coiffeurs africains, les piles branlantes de boîtes en carton, les cagettes de mangues trop mûres qui bourdonnent de mouches. La puanteur métallique du sang des boucheries.

À la moitié de la rue, un groupe de jeunes gens est rassemblé devant un bar, ils boivent des cocktails criards décorés d'ombrelles rétro. Il y a dans cet attroupement un air de démobilisation tapageuse, certains portent encore des lunettes de soleil dans la lumière crépusculaire. En les voyant, Lissa s'attarde un peu et tire Hannah par le bras.

« Allez : on pourrait pas juste boire un verre ? »

Mais Hannah est soudain fatiguée – agacée par ces jeunes qui s'amusent un soir de semaine, par toute la place que prend Lissa. Qu'est-ce qui la motive à se lever le matin ? Par sa capacité permanente à oublier que, ces derniers temps, Hannah ne boit pas.

« Vas-y, toi. Moi je dois bosser tôt demain. J'ai un rapport à rendre. Je crois que je vais prendre le bus.

— Oh, OK, répond Lissa en se retournant. Je pense que je vais marcher. La soirée est tellement agréable. Hé ! »

Elle pose ses mains de part et d'autre du visage d'Hannah.

« Bonne chance. »

Cate

Quelqu'un l'appelle. Elle suit la voix, mais celle-ci se dérobe, se répercute, refuse de se laisser attraper. Cate remonte péniblement, jaillit à la surface, comprend : c'est son fils qui pleure, allongé à côté d'elle dans le lit. Elle le presse contre son sein et tâtonne à la recherche de son téléphone. L'écran indique 3 h 13 : il s'est écoulé moins d'une heure depuis son dernier réveil.

Elle était encore en train de rêver : le cauchemar, des rues défoncées, des décombres, et elle qui errait avec Tom dans les bras, fouillant les ruines incendiées des immeubles en quête de quelque chose, de quelqu'un, sans reconnaître ni les rues ni la ville, sans savoir où elle était, et tout était terminé, tout était détruit.

Tom tète, sa succion ralentit progressivement, elle guette dans sa respiration le changement qui indique le début du sommeil. Puis, très délicatement, elle lui ôte le téton de la bouche, écarte le bras, se tourne sur le côté, se rabat la couverture sur l'oreille. Et elle tombe, elle tombe dans la fosse du sommeil et le sommeil est de l'eau – mais voilà qu'il pleure de nouveau, il monte dans les aigus à présent, criant son désarroi, son indignation qu'elle puisse tomber comme ça loin de lui, et la voilà qui se hisse de nouveau vers la veille.

Son fils minuscule se tortille sous elle dans la lumière grumeleuse. Elle le soulève, lui frictionne le dos. Il émet un petit rot, elle le replace sur son sein, les yeux clos, il tète et soudain la mord. Elle pousse un cri de douleur et roule sur le côté.

« *Quoi ?* Qu'est-ce qu'il y a ? »

Elle se presse les poings sur les yeux, Tom vagit en agitant les mains et les jambes, les poings serrés sur du vide.

« Arrête, Tom. S'il te plaît, s'il te plaît. »

De l'autre côté de la mince cloison lui parviennent des murmures, le grincement d'un lit. Elle a besoin d'aller faire pipi. Elle déplace son fils en larmes au milieu du lit et se dirige vers le palier, où elle s'attarde. À sa droite se trouve l'autre chambre, où dort Sam. Rien ne le réveille. Au rez-de-chaussée il y a le couloir étroit, encombré de piles de cartons, la montagne d'affaires dont elle ne s'est pas occupée depuis leur emménagement.

Elle pourrait partir, partir de cette maison, enfiler son jean, ses bottes et s'éloigner d'ici, loin de cette créature vagissante qu'elle n'arrive pas à satisfaire, loin de ce mari emmailloté dans le vide interstellaire de son sommeil. Loin d'elle-même. Elle ne serait pas la première à le faire. Dans la chambre, les pleurs de son fils s'intensifient : un petit animal, apeuré.

Elle passe vite aux toilettes puis retourne en chancelant dans la chambre où Tom hurle. Elle s'allonge à côté de lui, le remet au sein. Bien sûr qu'elle ne partira pas – c'est la dernière, toute dernière chose qu'elle ferait – mais son cœur bat bizarrement, elle suffoque, et peut-être qu'elle n'aura pas le choix, peut-être qu'elle va mourir – mourir comme sa mère avant elle, et laisser son fils aux soins de son père et de sa famille dans cette maison stérile au fin fond du Kent.

Tom finit par papillonner sur son sein, se relâche, s'endort. Mais elle est complètement réveillée désormais. Elle s'assied dans le lit et ouvre les rideaux. Par la fenêtre elle voit le parking où les voitures sont alignées au garde-à-vous, puis la silhouette sombre de la rivière, et encore derrière les lumières orange du périphérique, où la circulation commence déjà à se densifier, des camions en partance pour la côte ou de retour des ports de la Manche, des voitures en route pour Londres : cette gigantesque machine bien huilée roule lentement vers le jour. Elle sent son cœur, l'afflux d'adrénaline dans son sang. La lune sort de derrière les nuages, illumine la pièce, la couette en boule, son fils minuscule à côté d'elle, abandonné maintenant au sommeil, les bras écartés. Elle veut le protéger. Comment peut-elle le protéger de tout ce qui pourrait tomber sur sa tête vulnérable ? Elle tend le bras pour lui toucher les cheveux et, ce faisant, voit le dessin tatoué sur son poignet, argenté au clair de lune. Elle ramène sa main, d'un doigt effleure lentement les contours – une araignée en filigrane, sa toile en filigrane – une relique, désormais, d'une autre vie.

Elle a envie de voir quelqu'un. De parler à quelqu'un. Quelqu'un d'une autre époque de sa vie. Quelqu'un qui lui procurait un sentiment de sécurité.

Elle est assise sur son banc, face à la rivière : de l'eau s'élève une brume rasante, des buissons d'orties étouffent la berge. Il y a du mouvement sur le chemin de halage à présent, un filament d'humanité : des coureurs, des travailleurs matinaux, tête baissée, direction le centre-ville. Au moins, Tom est calme, poids chaud sur sa poitrine, le visage encadré par un petit bonnet ourson. Ce matin, vers les cinq heures, il s'est de nouveau réveillé, inconsolable, alors ils sont venus ici. D'après son portable, il est presque sept heures, autrement dit le supermarché va bientôt ouvrir, autrement dit il y aura enfin un endroit chaud où aller, alors elle se lève et suit la rive de l'affluent étroit, traverse le pont bombé, emprunte le passage souterrain et débouche à côté du parking. Le temps d'atteindre le petit attroupement devant l'entrée du supermarché, un crachin s'est installé.

Tom ronchonne dans l'écharpe, Cate l'apaise tandis qu'une femme en uniforme sort, jette un œil au ciel, rentre, puis les portes automatiques s'ouvrent. Les gens s'engouffrent alors à sa suite, canalisés via le rayon boulangerie, où l'air chauffé diffuse une odeur de sucre, de levure et de pâte. Cate se dirige vers le secteur bébé, remplit son panier de plusieurs petites compotes à boire. Au début, elle les achetait par une ou deux – toujours sûre que le repas suivant serait celui qu'elle préparerait correctement –, maintenant elle les achète par packs entiers. Les couches aussi : au début elle était sûre qu'elle en utiliserait des lavables, mais après le traumatisme de la naissance, elle a commencé avec les jetables, puis est arrivé le déménagement, et la voilà maintenant qui charrie de gigantesques paquets de couches dans son panier, de celles qui mettront un demi-millénaire à se décomposer.

Il y a deux minutes de marche pour retourner à la maison, en longeant les arbres enfermés dans des cages en béton et fil de fer, le local poubelles avec ses cadenas, le parking avec ses barrières, les panneaux qui vous avertissent de la présence de peinture anti-intrusion. Elle arrive devant sa porte, entre dans la cuisine exiguë, pose son sac, soulève Tom de l'écharpe, l'assied dans sa chaise haute. Elle choisit une des petites compotes – banane-myrtille –, et quand elle dévisse le bouchon Tom tend les mains pour l'attraper et porte l'embout en plastique à ses lèvres. Il aspire joyeusement, tel un petit astronaute avec sa nourriture spatiale.

« Salut. »

Sam entre nonchalamment, les cheveux ébouriffés par le sommeil. On dirait qu'il a dormi avec les vêtements qu'il portait la veille : un T-shirt délavé à l'effigie d'un groupe de musique, un caleçon. Direction la bouilloire, tête baissée, main tendue pour jauger la température, interrupteur actionné, marc vidé dans l'évier, la cafetière à peine rincée avant que le café frais soit versé. Le luxe douillet de la transe matinale : inutile de parler avant que la caféine ait pénétré dans le sang.

« Salut », répond-elle.

Sam lui lance un regard d'eau trouble.

« Hey. »

Il lève une main.

« Tu es rentré à quelle heure ?

— Tard, répond-il avec un haussement d'épaules. Vers deux heures. On a bu quelques bières après le service.

— Bien dormi ?

— Oh. Ça va. »

Il soupire, se fait craquer le cou.

« Pas super, mais ça va. »

Mais combien d'heures d'affilée, hein ? Même quand il se couche tard ça lui donne, quoi ? Six, voire sept heures de sommeil ininterrompu – cette simple idée : sept heures d'affilée, la sensation. Et malgré tout, il a quand même l'air fatigué, il a de grosses poches sous les yeux : la pâleur du chef professionnel. Il dort dans la chambre d'amis, laquelle n'est plus, semble-t-il, réservée aux amis : c'est la sienne maintenant, tout comme la chambre qui devrait être la leur est celle de Cate – la sienne et celle de leur fils, le petit lit de Tom inutilisé, zone d'atterrissage pour les vêtements, tandis que Tom dort avec Cate. C'est plus simple comme ça, vu les nombreuses, nombreuses fois où Tom se réveille.

Sam se retourne, plonge sur la cafetière, verse.

« T'en veux un ?

— Pourquoi pas. »

Il va prendre du lait dans le frigo.

« Je bosse tôt aujourd'hui. Je fais le déjeuner. »

Il travaille comme second dans un restaurant du centre-ville. *Dix ans de retard par rapport à Londres*, l'a-t-elle entendu dire l'autre soir au téléphone à un ami de Hackney, *mais, ça va, tu vois, ça va. J'ai déjà des idées.*

Il a été à deux doigts d'ouvrir son resto dans le quartier de Hackney Wick avant la flambée des loyers. Avant qu'elle tombe enceinte. Avant qu'ils emménagent ici.

Il lui tend son café, boit une gorgée du sien.

« Tu m'as lavé mes tenues de boulot ? »

Elle jette un œil circulaire à la pièce, repère la pile dans un coin, l'équivalent de trois jours de linge.

« Non, désolée.

— T'es sérieuse ? Je les ai laissées exprès au milieu du passage. »

Sam se dirige vers la pile, brandit à la lumière la moins tachée des blouses, se met à la frotter brutalement avec le tampon à récurer dans l'évier. Dehors, le crachin se transforme en pluie.

« Vous allez faire quoi de beau tous les deux aujourd'hui ? demande-t-il.

— La lessive, j'imagine. Déballer des cartons.

— Et ce club parents-enfants, là ? Celui dont nous a parlé ma mère ? »

Il indique de la tête un prospectus aux couleurs acidulées aimanté sur le frigo, le prospectus qu'Alice a rapporté l'autre jour. Alice, la mère de Sam, avec son visage soucieux, les lèvres pincées en une moue à mi-chemin entre une grimace et un sourire : *c'est un petit club adorable, vraiment. Tu pourrais t'y faire des amis.* Alice, le cerveau du projet *acheter une petite maison pour vous trois. À Canterbury.* Alice, leur sauveuse. Alice, qui a la clef de leur adorable petite maison et adore rendre visite à l'improviste.

« Ouais, répond Cate. Pourquoi pas.

— Et puis on a ce truc ce soir, reprend Sam en cessant de récurer pour mettre sa blouse à sécher sur une chaise. N'oublie pas. Chez Mark et Tamsin.

— Je n'ai pas oublié.

— Je passerai vous chercher, d'accord ?

— OK.

— Mais, Cate ?

— Oui ?

— Essaie de sortir aujourd'hui, d'accord ? Tu sortiras avec Tom ?

— Je suis sortie quand tu dormais encore. Acheter des couches et à manger.

— Je veux dire sortir sortir.

— Définis le mot sortir », marmonne-t-elle dans sa barbe.

Sam jette un œil à la cuisine.

« Tu sais, reprend-il en s'emparant d'un torchon pour essuyer le plan de travail. C'est vraiment facile à nettoyer à la fin de la journée. Tu fais comme les chefs : tu mets les torchons du jour à laver. Avec mes tenues de travail. »

Il brandit le torchon humide et souillé.

« Où est le panier de linge sale ? »

Elle lève les yeux vers lui.

« J'en sais trop rien.

— Il faut juste trouver une organisation, explique-t-il en secouant la tête. Une organisation, c'est tout ce qu'il te faut. »

Il met le torchon de côté, puis se penche pour sortir Tom de sa chaise haute, le soulève à bout de bras au-dessus de sa tête, et leur bébé, aux anges, pousse des cris stridents en donnant des coups de pied. L'instant s'écoule, s'achève, Sam redonne le bébé, laisse tomber une main sur l'épaule de Cate.

« Crevé, fait-il à personne en particulier.

— Ouais, moi aussi. »

Lissa

Ça se passe au Green Room, Wardour Street. Cadre d'innombrables castings. C'est tout juste si la réceptionniste, jeune et pailletée, lève les yeux quand Lissa donne son nom.

« Lissa Dane. Désolée, je suis un peu…

— Pas de problème. Ils ont pris du retard de toute façon. »

Une croix est tracée en face de son nom dans une longue liste, et on lui tend une écritoire à pince et un stylo par-dessus le bureau.

« Asseyez-vous. Remplissez le formulaire. »

Lissa hoche la tête, elle connaît la chanson. Rapide coup d'œil dans la pièce : quatre hommes, deux femmes, celles-ci ont la trentaine, l'une est brune, l'autre rousse. La rousse parle à voix basse au téléphone sur un ton d'excuse empli d'angoisse :

« Non, non, je sais que j'avais dit la demie, mais ils ont pris du retard. Je ne sais pas trop. Trente minutes peut-être. Peut-être plus. Ça vous embête ? Je peux venir le chercher chez vous. Oh mon Dieu, merci mon Dieu, je vous revaudrai ça, merci, merci. »

La femme referme le clapet d'un geste brusque et croise le regard de Lissa.

« *Quarante minutes, putain* », s'agace-t-elle dans un murmure.

Lissa fait une moue compatissante. Pas super, mais pas si mal. Elle a connu pire : il lui est arrivé de poireauter près de deux heures pour passer. Cela dit, elle n'a pas d'enfants qui l'attendent à la sortie de l'école. Elle parcourt le topo du casting.

Réunion parents-profs, un enseignant et deux parents, tous deux inquiets pour leur fils.

En haut de la page elle reconnaît le nom d'une marque célèbre de cookies au chocolat. En face d'elle, un homme annote et surligne sa feuille. Elle passe à la deuxième page et se met à remplir le formulaire.

Taille : 1,73 m.

Poids. Elle marque une pause, ne se rappelle plus la dernière fois qu'elle est montée sur une balance. Soixante ? En général c'est ce qu'elle écrit. Elle le note.

Tour de taille : 76 cm.

Tour de hanches : 96 cm.

Elle essaie de dire la vérité désormais, inutile de déformer la réalité sur ce genre de choses. Longtemps elle a écrit ce qui lui passait par la tête, sans mentir, juste en étant… inexacte. Jusqu'au jour où elle a été prise en flagrant délit lors d'une séance de tournage d'une pub à Berlin : dans un vieil appartement décoré de centaines de lanternes japonaises en papier, l'assistante a sorti tenue après tenue, aucune ne correspondant aux mensurations que Lissa avait gribouillées lors du casting à Londres un mois auparavant, tandis que le petit styliste s'affairait autour d'elle avec des bruits de bouche désapprobateurs.

Mais vous avez l'air tellement groze. Tellement groze là-dedans.

Pour finir, elle a dû emprunter le pantalon de l'assistante costumière. Pour finir, elle a été coupée au montage.

Comme elle parcourt les pages, le commentaire que lui a adressé Hannah la veille lui revient : *un one-woman-show. Les metteurs en scène qui n'ont pas voulu de moi.* C'était drôle, évidemment, mais ça l'a blessée. Elle ne se permettrait pas une remarque pareille au sujet d'Hannah.

Hé ! Han ! Qu'est-ce que tu dirais de *Toutes les fois où j'ai foiré mes FIV.* Hein, qu'est-ce que t'en dis ? Ça serait pas *hilarant* ?

Mais bien sûr la comparaison ne tient pas. Parce que rien ne surpasse la douleur d'Hannah.

Le metteur en scène pointe son nez, l'atmosphère se détend, s'affûte.

« Bon, les amis. On a pris un peu de retard. »

Il est bronzé, empâté, limite gros. Son visage est celui d'un bébé content de lui. Mais il la sélectionne souvent pour ce genre de castings, alors Lissa sourit, rigole et ne peut s'empêcher de flirter.

La rousse est debout. Lissa la regarde remballer sa fureur et se coller un sourire.

Elle jette un coup d'œil réflexe à son portable. Toujours pas de nouvelles de la deuxième audition. Tchekhov. Ce qui en soi ne veut rien dire : on peut être heureusement surpris après avoir attendu des semaines entières, mais elle sent que l'espoir entame sa lente décrue. Demain, si elle n'a toujours pas eu de nouvelles, elle sera fébrile, d'ici le week-end, dévastée et émotive, d'ici le début de la semaine prochaine, sur la défensive, rafistolée. Avec le temps, elle est devenue plus susceptible, pas moins.

Elle saute les mensurations pour les chapeaux et les gants – parfois on dirait que ces formulaires n'ont pas changé depuis les années 1950 –, indique sa pointure, puis va rendre le papier à la jeune femme derrière le bureau.

Celle-ci se lève. Grande, maigre, habillée en noir. Elle s'empare du Polaroid devant elle et l'agite d'un geste languide vers le mur nu.

Tandis qu'elle prend place contre la cloison en briques, Lissa voit les autres femmes lever la tête, jauger rapidement sa silhouette, ses vêtements. Elles guettent les cernes, les rides, les cheveux blancs.

Lissa arrange son visage.

Avant elle ne se présentait même pas à ce genre de casting.

Quand elle a quitté son école d'art dramatique, sa nouvelle agente, assise sur une brique de yoga, lui a signifié, après avoir parcouru brièvement son impressionnante liste de clients, qu'elle ne la positionnerait pas sur des publicités à moins que Lissa le veuille vraiment.

Et si c'est le cas, a dit cette femme, *alors ce sera uniquement des pubs pour l'Europe. Il ne faudrait pas qu'on vous voie ici.*

À ces mots, elles se sont esclaffées. *Hahaha.* C'était l'époque où elle passait des auditions trois fois par semaine pour des films. Où les directeurs de casting veillaient à ce que vous ne croisiez jamais aucune autre postulante au même rôle. Où vous attendiez dans des antichambres feutrées, agrippée au script, un cheval de course, entraînée, affûtée. Où le directeur (toujours le directeur, jamais la directrice), à votre entrée dans la pièce, bondissait de sa chaise, main tendue. *Merci infiniment d'être venue.*

Le Polaroid émet un clic puis ronronne.

« Merci, dit la jeune femme en agitant le cliché pour le faire sécher. Asseyez-vous. »

Lissa ne s'assied pas. À la place, elle fait la queue pour aller inspecter son reflet dans les toilettes exiguës. Dans le miroir, elle voit que son mascara a coulé et que sous l'œil de petits points noirs émaillent sa peau. *Merde.* Elle les efface avec le pouce. Peu importe qu'on se sente bien. Peu importe qu'on ait l'impression d'avoir trouvé la tenue idéale, d'avoir pris une expression conquérante, il y a toujours un grain de sable qui vient enrayer la machine.

Il faut jouer le jeu, Lissa, c'est tout, a soupiré un jour l'assistante de sa première agente au téléphone, devant son refus d'acheter un Wonderbra pour une audition. *Tu le sais. Ils ont dit qu'ils voulaient une nana avec des plus gros nichons.* Le Wonderbra a été mentionné durant la conversation téléphonique où son agente l'a lâchée.

Elle retourne dans la salle d'attente, se fraie un passage entre les jambes des acteurs qui patientent, s'assied et ferme les yeux.

Elle a essayé.

Au fil du temps, alors que ses vingt ans cédaient place à ses trente sans grand accomplissement, elle a vraiment essayé de jouer le jeu. Elle a subi les caprices de trois agents, chacun plus bas que le précédent dans la chaîne alimentaire. Elle est passée de ne jamais candidater à des castings publicitaires à ne plus faire que ça. D'être protégée du parfum du désespoir à la certitude de l'exhaler, de le transpirer par tous les pores, aux castings, aux fêtes, dans la rue.

S'il vous plaît. Donnez-moi un boulot. N'importe lequel. S'il vous plaît, s'il vous plaît, s'il vous plaît.

Comme cette émission que sa mère regardait à la télé dans les années 1980. *Gis a job. Gis a job.* Filez-moi du boulot.

« Lissa. Rod. Daniel. »

Elle ouvre brusquement les yeux. Le directeur de casting est de retour. C'est à elle. Elle se dirige vers la loge plongée dans l'obscurité où deux hommes, assis sur un canapé, font défiler d'un doigt oisif l'écran de leur portable. Ça sent le renfermé, devant eux la table est jonchée de tasses à café, de sushis à moitié entamés et de cigarettes électroniques. Ni l'un ni l'autre ne lève la tête.

Elle prend place sur le X dessiné au sol. La caméra la balaie des pieds à la tête. Elle dit son nom, le nom de son agent. Se tourne sur la gauche. Se tourne sur la droite. Montre ses mains à l'objectif.

Une fois que ses compagnons ont fait de même, le directeur de casting frappe dans ses mains.

« OK, bon, Lissa, tu es la mère, Rod, tu es le père. Dan tu joues le prof. »

Dan acquiesce avec véhémence. Lissa comprend qu'il a lu le topo la veille : pour le rôle, il s'est habillé d'une veste avec des pièces aux coudes et d'une cravate.

« Bon, Lissa, Rod, vous vous asseyez là. »

Le directeur de casting désigne deux chaises derrière une table.

« Dan, tu te mets en face. Et voilà les cookies. »

Sur un tabouret est posée une assiette de biscuits, l'air anémique dans l'atmosphère fétide.

« Bon, allez, et si on faisait un peu d'impro, hein ? »

L'un des hommes sur le canapé jette un coup d'œil à l'écran de contrôle, puis reporte son attention sur son téléphone, alors que Dan se penche en avant, impatient de commencer.

« Alors – euh, Mrs… Lacey. Mr… Lacey, je suis un peu, hum, inquiet pour… Josh. »

Il se radosse, manifestement content de cette première sortie.

« Ah oui ? »

C'est au tour de l'acteur à côté de Lissa de se pencher en avant. Son côté terne a quelque chose de séduisant. Elle voit ses muscles se contracter sous le coton de sa chemise.

« C'est très… embêtant.

— *Regarde-nous.* »

Lissa lève la tête en sursaut : le directeur de casting lit un script d'un ton de baryton bourru.

« Les cookies, lui explique-t-il en lui faisant signe de regarder ailleurs. Je suis la voix des cookies. C'est eux qu'il faut regarder, pas moi.

— Oh, fait-elle. D'accord.

— *Regarde-nous* », répète-t-il.

Elle contemple les cookies.

« *Tu sais que tu en as envie. Ouais. C'est ça. Rapproche-toi un peu.* »

Lissa se penche timidement vers l'assiette.

« *Ouais.* »

Sa voix baisse encore d'une demi-octave. Adopte-t-il un accent américain ? On dirait Barry White.

Les hommes sur le canapé ont tous les deux levé la tête. Elle voit l'écran de contrôle : un gros plan serré sur son visage, les joues rouges, l'air déboussolé.

« *Ouais* », murmure le directeur de casting.

Lui aussi regarde l'écran de contrôle à présent, il attend.

Silence.

« Vas-y, l'exhorte-t-il de sa voix normale.

— Pardon ? »

Elle sent la sueur lui dégouliner dans le dos.

« Je suis un peu perdue, là. »

Dan se penche en avant, toujours aussi à fond.

« Tu es censée les prendre, explique-t-il. C'était marqué dans le topo. *Pour les engouffrer.* »

Il désigne le papier.

« C'est marqué que tu n'arrives pas à te concentrer sur le prof. Sur ce que dit le prof. À cause des cookies. C'est plus fort que toi.

— Ah. Je vois. »

Les hommes la regardent : les deux acteurs, le directeur de casting, le cameraman, les types sur le canapé. L'un des hommes-canapé griffonne un message sur un bout de papier. L'autre le lit, hoche la tête, replonge sur son téléphone.

Le directeur de casting soupire.

« Tu as lu le topo, Lissa ?

— Manifestement pas assez en détail.

— Non. »

Il lance un regard d'excuse aux hommes-canapé.

« On peut recommencer ? Et, Lissa, tu pourrais flirter un peu plus avec les cookies cette fois-ci ? »

Pendant la pause-déjeuner, Oxford Street est une mêlée de chalands. Le métro ouvre sa bouche béante, mais Lissa ne s'arrête pas. Elle n'a pas envie de descendre, de rentrer, pas encore.

Elle les emmerde, les cookies.

Elle l'emmerde, le gros directeur de casting avec ses trois congés par an. Elle les emmerde, les deux réalisateurs avachis derrière leur écran de contrôle comme des ados qui s'ennuient. Elle l'emmerde, la caméra qui te balaie des pieds à la tête plus lentement qu'elle le fait avec les hommes. Elle les emmerde, les scénaristes qui écrivent ces putains de pubs. *C'est plus fort que toi.* Elle les emmerde, les hommes qui mènent cette putain de danse.

Sans réfléchir, elle se dirige vers le nord-est, emprunte Goodge Street, débouche sur Tottenham Court Road, puis Chenies Street et la porte rouge de son ancienne école d'art dramatique. Et maintenant Bloomsbury, les portes du British Museum, le poumon de Russell Square : le soulagement qu'il apporte, le vert. Elle continue à marcher, plus au nord, traverse Gordon Square, arrive dans la clameur de Euston Road, où elle se réfugie dans la cour de la British Library, ouvre son sac au gardien à l'entrée de la bibliothèque, et se retrouve plongée dans une atmosphère d'affairement feutré.

À quand remonte la dernière fois qu'elle a mis les pieds dans une bibliothèque ? Elle monte au premier étage par l'escalator, où des tonnes de gens sont assis dans des fauteuils avec de petits accoudoirs, comme s'ils étaient eux-mêmes une espèce d'exposition, de devanture. Mais voilà – ah – voilà les salles de lecture. Livres rares. Sciences humaines 1. Elle pousse la lourde porte : peut-être pourra-t-elle rester là un moment, dans cette salle, et laisser les livres rares l'apaiser, la ramener à elle-même.

« Puis-je voir votre carte, madame ? »

D'une main, un gardien au visage plaisant l'empêche d'aller plus loin.

« Votre carte de lectrice ?

— Je n'ai pas… Je suis désolée. »

Quelqu'un derrière elle s'agace bruyamment, il porte ses affaires dans un sac en plastique transparent, sa carte déjà prête dans son poing frémissant.

« Il vous faut une carte, madame, pour accéder

aux salles de lecture, explique le gardien en faisant signe à l'homme de passer.

— Oh, je vois. »

Le monde est plein d'épines aujourd'hui. Elle tourne les talons, rebrousse chemin vers le hall principal, où elle se laisse tomber sur un banc.

« Lissa ? Liss ? »

L'espace d'un instant, elle ne le reconnaît pas, là, hors contexte, mais ensuite – évidemment :

« Nath ! »

Elle se lève et ils se serrent dans les bras.

« Qu'est-ce que tu fais là ?

— Je… »

Que fait-elle là ?

« Je m'étais dit que j'allais lire un peu pour un truc, répond-elle.

— Ah ?

— Ouais – un cours que j'envisage de suivre. Mais on refuse de me laisser entrer.

— Ah bon ? Bah. Ils sont un peu bizarres ici. »

Il sourit, elle est contente qu'il soit là. Elle a besoin d'un être familier aujourd'hui.

« Écoute. »

Il désigne le restaurant bondé derrière lui.

« Je fais justement une pause. Un café, ça te dit ? »

Dans la queue, elle examine la foule : des gens de tous âges, qui serrent leur ordinateur portable sous le bras, pianotent frénétiquement sur leur téléphone, tous équipés des mêmes sacs transparents. Elle commande son café et tandis que Nathan demande un double cappuccino, elle pense à Hannah : pas de café, pas d'alcool, et ce depuis des années maintenant. Avant, elle lui agitait la bouteille de vin sous le nez – *Allez, Han, un petit coup ça peut pas te faire de mal* – mais désormais elle s'abstient. Depuis combien d'années essaient-ils ? Quatre ? Cinq ? Elle a perdu le fil.

Elle se souvient d'un soir au tout début, quand Hannah et Nathan ont commencé et qu'il ne se passait rien, où Hannah était en pleurs. *Mais j'ai travaillé dur. J'ai travaillé tellement dur toute ma vie.* Et elle qui lui répondait un truc du genre : *Ça va arriver, c'est sûr. C'est obligé. C'est vous deux, pas vrai ?* Comme si l'univers en avait quelque chose à carrer que tu te sois cassé le cul ou non au boulot, que tu aies payé tes impôts et ta redevance télé, que tu sois la sous-directrice d'une grosse ONG mondiale, que tu aies épousé un homme adorable qui est maître de conférences dans une des meilleures facs de Londres et que tu étais la première à lever la main en classe. Et voilà ce que Lissa aurait eu envie de rétorquer : *Il arrive des trucs horribles aux gentils tout le temps. Tous les jours. Tu regardes pas les infos ?*

« Alors, reprend Nathan en laissant Lissa passer devant tandis qu'ils se faufilent vers une table libre. Quel genre de cours ? »

Il s'assied en face d'elle et elle voit qu'il a les yeux fatigués. Mais il a l'air d'aller bien, il y a toujours quelque chose d'enfantin chez lui, il porte toujours les mêmes chemises en flanelle qu'il y a vingt ans, les manches retroussées jusqu'aux coudes. Même ses cheveux ont à peine changé, épais et bruns, coupés très court.

« Ah… eh bien. »

Elle boit une gorgée de café.

« Heu… cinéma.

— Cinéma ?

— Oui – c'est un… doctorat.

— Un doctorat ? Bah dis donc. Fais gaffe. On peut se faire mal avec ce genre de trucs.

— Ouais. C'est ce qu'on m'a dit. »

Maintenant qu'elle a menti elle devrait se sentir encore plus mal, et pourtant elle se sent relativement mieux. Et pourquoi pas ? Pourquoi ne pas faire quelque chose de différent ? Pourquoi ne pas changer de vie ?

« Hannah ne m'en avait pas parlé, remarque Nathan.

— Non, bah, c'est une idée assez récente.

— Allez, raconte, dit-il en cherchant à croiser son regard.

— Hum. »

Lissa mélange son sucre dans son café.

« C'est un genre de… d'état des lieux féministe. Qui utilise le – tu sais, le test de Bechdel… Qui étudie des films contemporains, des années 1970 et… des années 1940. Qui compare les rôles féminins. Comment ils se sont réduits. Leur évolution. *Ève*, *Network*…

— *Network.* C'est pas celui où il meurt à l'écran ?

— Si. Si ! Faye Dunaway là-dedans – elle est incroyable, complètement déchaînée, complètement détestable. Et tous ces films des années 1940, les “films de femmes” – elle dessine des guillemets en l'air avec ses doigts – ils étaient carrément géniaux. Bette Davis, Katharine Hepburn…

— *Sonate d'automne*, ajoute Nathan, penché en avant.

— Comment ?

— Tu ne le connais pas ? Sérieux ? Liv Ullmann. Ingrid Bergman. Deux rôles féminins incroyables. Déchaînées, c'est rien de le dire. J'ai dû aller chez un psy après avoir vu ce film.

— Je le regarderai, s'esclaffe-t-elle. Merci. »

Elle se penche pour lui prendre son stylo, griffonne le titre sur le dos de sa main.

« Hé, commente-t-il, tu devrais peut-être investir dans un calepin pour cette nouvelle carrière universitaire.

— Ouais. »

Elle lui rend son stylo.

« Peut-être bien.

— Comment ça se passe le théâtre ?

— Oh. Tu sais. »

Elle hausse les épaules.

« Épouvantable. Humiliant. Repose-moi la question demain.

— Vraiment ? Moi je croyais que ça se passait bien. Il y avait eu ce truc… le Shakespeare. Tu étais formidable.

— Ce truc remonte à trois ans, Nath. »

Un *Roi Lear* expérimental dans l'arrière-salle d'un pub à Peckham. À jouer Régane pour deux cents livres la semaine plus les frais. À devoir élever encore plus la voix quand la télé du bar diffusait les courses hippiques.

« Alors comment tu vis ? Tu n'es pas encore serveuse dans les pubs, quand même ? »

Elle repousse sa tasse.

« Je fais des permanences dans un centre d'appels. Je lève des fonds pour des organisations caritatives. Et puis je suis modèle vivant.

— Encore ? Bon Dieu, c'est vrai ?

— Ben ouais. »

Son expression la blesse.

« C'est pas si horrible. Ce sont de bonnes organisations caritatives. Et puis modèle vivant, ça va. Je bosse à l'école Slade. Ça pourrait être pire.

— Oui, mais il doit bien y avoir autre chose. Tu es tellement intelligente.

— Merci, mais ce n'est pas si facile de trouver un super job à mi-temps qui me permette de participer aux auditions à tout moment. »

Il hoche la tête, l'air contrit.

« Et toi, Nath ?

— Quoi, moi ?

— Comment tu vas ?

— Oh, ça va. Surmené. Sous-payé. Noyé sous la paperasse. »

Ce n'est pas ce que je voulais dire. Je voulais parler de cette histoire de bébé. De non-bébé. Comment tu vis ça ?

« Mais, tu sais, nous les universitaires, on adore se plaindre. »

Alors qu'ils se lèvent pour se dire au revoir, le portable de Lissa se met à vibrer : son agent. Elle adresse un geste à Nathan, qui lui fait signe de répondre.

« Lissa ? »

Elle comprend au ton de la voix que c'est une bonne nouvelle.

« Oui ? »

Elle essaie de ne pas trahir son impatience.

« Ils te veulent. Le Tchekhov. Tu es prise. »

Sam est au volant, ils roulent vers l'ouest, au milieu des rangées de maisons mitoyennes et des magasins discount de Wincheap, se dirigent vers l'endroit où la ville se clairsème et s'effiloche en rubans de nationales qui mènent à Londres, à la côte. Ils sont en retard. Quand Sam est rentré du travail, Tom et elle dormaient, étalés sur le lit. À présent Tom somnole de nouveau dans son siège auto tandis qu'ils empruntent Ashford Road, longent des jardineries, des petites zones commerciales qui abritent des aires de jeux pour enfants, des concessionnaires de camping-cars, des bosquets d'arbres rabougris.

Elle a enfilé le premier chemisier correct qui lui est tombé sous la main et son jean de grossesse, celui avec l'énorme ceinture élastique noire. Un vieux gilet pour couronner le tout. Elle aurait pu faire mieux. Dû faire mieux.

« Il va y avoir d'autres gens ?

— Je crois pas. Juste Tamsin et Mark.

— C'est quoi son boulot à lui, déjà ?

— Il a une entreprise. Machines agricoles. Il s'en sort hyper bien. »

Sam se tourne vers elle.

« Il pourrait investir dans un resto. Il a les moyens. Ça fait des années qu'on en parle. »

Elle essaie de se rappeler le visage de Mark mais n'arrive pas tout à fait à le remettre. Elle ne l'a vu qu'une fois depuis leur mariage, la fois où ils sont venus visiter la maison. Mais à ce moment-là tout était flou.

« Ils sont mariés depuis combien de temps ?

— Une éternité. Ils étaient ensemble au lycée. »

Il se tourne vers elle, la commissure des lèvres légèrement crispée.

« Ce sont des gens adorables. Vraiment. Évite juste de parler politique et tout se passera très bien. »

Elle hoche la tête, sourit, traçant avec le pouce et l'index un cercle autour de l'araignée sur son poignet.

Ils bifurquent au bout d'une petite route de campagne bordée de maisons imposantes, longent un gigantesque grossiste de fruits, où même à cette heure de la journée des chariots élévateurs vagabondent dans la cour. Sam s'arrête devant un portail en bois et appuie sur le bouton d'un interphone. S'ensuit un bourdonnement, puis le portail glisse latéralement. Une Land Rover Defender noire stationne dans l'allée. Sam se gare à côté et sort de la voiture un Tom toujours endormi. En réponse à la sonnette leur parvient le jappement ténu de chiens, le cliquetis de griffes sur le parquet, des bruits de pas.

« Désolé, on est en retard, s'excuse Sam alors que sa sœur ouvre la porte. Il a fallu qu'on habille Tom. Et après, les bouchons. »

Tamsin porte un jean, des talons, un pull gris. Des stalactites de paillettes pendent à ses épaules. Elle embrasse ses invités – une étreinte brève, osseuse, parfumée – puis les presse dans la cuisine, où flotte au milieu d'une piscine de carrelage rutilant un immense îlot central en granit. Cate resserre son gilet tandis que Sam hisse Tom et son siège auto sur la table à manger. Trois grandes suspensions noires sont accrochées au-dessus. Sur le mur est écrit « MANGER » en grosses lettres en bois, comme si sans cela, Mark, Tamsin et leurs deux enfants étaient susceptibles d'oublier à quoi sert cet endroit.

« Ils sont là ! » lance Tamsin à l'adresse de son mari, qui apparaît sur le seuil d'une autre pièce.

Mark est grand, carré. Sa chemise épouse sa carrure. On dirait une pub pour une certaine forme de virilité, une certaine forme de succès. Il embrasse Cate, fait un check avec Sam. Une montre de la taille d'un petit mammifère lui enserre le poignet.

« Vous voulez boire quelque chose ? »

Tamsin pousse Cate vers un fauteuil.

« Eau gazeuse ?

— En fait, répond Cate, j'adorerais un verre de vin. Du rouge. Si c'est possible ? »

Sa voix lui semble étrange. Elle s'en est à peine servie aujourd'hui.

« J'adorerais un petit verre de vin rouge », répète-t-elle en donnant à chaque syllabe le même poids, comme si elle parlait une nouvelle langue.

« Mark ! aboie Tamsin. Un verre de rouge pour Cate.

— Ça vient. »

Mark se dirige vers le plan de travail de la cuisine, derrière lequel des placards vitrés sont éclairés de l'intérieur, s'empare d'une bouteille ouverte et verse du vin dans un verre à pied. On dirait un entrepreneur de pompes funèbres derrière sa table d'autopsie, s'affairant dans le sang.

« Tiens, dit Mark en apportant le vin, qu'il pose sur la table en verre devant elle. Ça te mettra un peu de rose aux joues. »

Et il rit. Et Tamsin rit. Et Sam rit. Et Cate rit aussi, sans trop savoir de quoi. Tamsin et Mark sont tous les deux très bronzés. Leurs dents sont incroyablement blanches en contraste avec leur peau. Elle se rappelle maintenant que Sam le lui avait dit : ils sont partis en vacances récemment. Elle pourra l'évoquer plus tard, quand elle aura épuisé les sujets de conversation.

« Antipasti », annonce Tamsin en soulevant une assiette où charcuterie, fromage et olives reluisent dans la lumière bleutée.

Cate prend une olive et en roule le sel sur sa langue.

Dehors il y a un grand jardin entièrement gazonné, et derrière, au creux des collines, coule la rivière. La Great Stour, celle-là même qui passe derrière chez eux : elle le sait parce qu'ils se sont baladés là ensemble, Sam, elle, Tamsin et Mark, la première fois qu'ils sont venus pour *se faire une idée du coin*.

Traversons le verger ! a proposé Tamsin.

Ce qu'ils firent, le trajet leur faisant franchir la petite route, passer devant le grossiste en fruits, les cabanes des cueilleurs avec les chiffres peints à la bombe sur le côté, les cibles de fléchettes, les mères assises sur des chaises de camping avec leurs bébés sur les genoux, qui leur jetaient des regards méfiants, les radios, les sonorités de la langue russe, puis le verger, qui n'était qu'une succession interminable de rangées d'arbres. C'était l'été, les arbres fruitiers étaient parqués, greffés sur du fil de fer, leurs branches écartelées en un geste de supplique, ou de défaite. *Ce n'est pas un verger*, aurait-elle voulu dire, *c'est une ferme industrielle.*

« Alors, comment se sont passées vos vacances ? demande-t-elle, revenant au moment présent.

— Oh, incroyables, répond Tamsin. Nous sommes allés en Turquie. Un séjour tout compris. Les enfants ont adoré. Ils ont vadrouillé du matin au soir. Tout était à leur disposition.

— Ils sont où ? » s'inquiète Cate.

Soudain lui vient l'idée terrible qu'ils ont été abandonnés quelque part, oubliés.

« Dans le petit salon », répond Tamsin en désignant une porte entrouverte.

Cate les voit alors, leur fils Jack, leur fille Milly, ahuris, figés dans la lumière bleue de la télé.

« Hé ! Vous devriez venir, l'an prochain. On devrait y aller tous ensemble. On pourrait aussi emmener Alice, des grandes vacances familiales : elle est incroyable avec les enfants. Attendez – ou Dubaï. Pour Noël ! »

Elle frappe dans ses mains.

« Mark ! Dis-leur. Dis-leur de venir à Dubaï.

— Vous devriez venir à Dubaï, dit Mark avec un sourire indulgent à l'adresse de sa femme. On y va chaque année. Je travaille un peu, et ensuite on passe une semaine à Atlantis. Vous voyez à quoi ça ressemble ? »

Mark cherche des photos sur son portable, ils se rassemblent autour de lui. Cate voit un gigantesque édifice en pierre rose, une bande de sable, l'océan derrière.

« C'est une île artificielle, explique-t-il. Ils ont tout : des restaurants Gordon Ramsay. Un parc aquatique. Les gamins étaient comme des dingues. »

L'île a l'air atrocement fragile, son gigantisme, son orgueil.

« Atlantis ? demande Cate.

— Ouais, acquiesce Mark. Vise-moi ça.

— L'Atlantide n'a pas disparu pendant le déluge ?

— Quel déluge ? demande Tamsin avec des yeux ronds.

— La Bible.

— Merci, s'empresse d'intervenir Sam. Mais je ne pense pas qu'on puisse partir cette année, peut-être celle d'après. »

Cate lève les yeux vers Tom. Il a l'air minuscule dans son siège, vulnérable, petite embarcation flottant sur un océan de chêne poli. Il est tellement immobile.

« Excusez-moi. »

Elle se lève précipitamment, s'approche de lui, lui pose une main sous le nez, sent le doux soulagement de sa respiration. Dehors, derrière les baies vitrées, la colline devient rousse dans les dernières lueurs du jour. On n'a laissé à la pelouse qu'un millimètre de vie. Tamsin la rejoint.

« Ils sont si mignons quand ils dorment, n'est-ce pas ? »

Son visage, poudré d'un rose léger, miroite sous les lampes suspendues.

« Alors, comment est la maison ? s'enquiert-elle.

— Oh. »

Cate se décale un peu.

« C'est bien – c'est super. On est ravis.

— Quand est-ce que vous comptez nous inviter ?

— Bientôt. Quand on aura fini de déballer.

— Tu rigoles ? s'esclaffe Tamsin. Vous n'avez toujours pas fini ?

— Il reste encore quelques cartons. »

La main de Tamsin se pose sur la manche de Cate.

« Tu as l'air fatiguée. Sam me dit que vous dormez ensemble, commente-t-elle, avant d'ajouter dans un murmure : Tom et toi ? Dans le même lit ?

— Oui.

— Tu es sûre que c'est une bonne idée ?

— C'est juste plus simple comme ça. Quand je l'allaite la nuit. Tu sais.

— Tu devrais arrêter. »

Tamsin lui serre le bras à présent.

« Arrache ce bébé de ton sein. Tu sais quoi ? Tu devrais prendre un peu de temps pour toi. Un jour par semaine. Qu'est-ce que tu en dis ?

— Je...

— Dis oui ! Alice s'en occupera. Elle voudrait tellement passer du temps avec Tom. Attends – Sam ! »

Tamsin se tourne vers les hommes en frappant dans ses mains.

« Sam ! Cate va prendre un jour de repos ! On va s'organiser. Maman et moi. Alice *meurt d'envie* de donner un coup de main. »

À leur retour, il fait presque nuit. Tom ne se réveille pas quand elle le soulève de son siège auto pour le coucher dans le lit. Elle descend ensuite au salon, où Sam est allongé sur le canapé, branché à son ordinateur. Comme elle entre dans la pièce, il retire son casque et brandit sa bière.

« Tu en veux une ? »

Elle secoue la tête. Il lui fait de la place pour s'asseoir.

« Bon, c'était pas si horrible ?

— Pourquoi tu as raconté à ta sœur que je dormais avec Tom ?

— Parce que c'est la vérité.

— Ça ne te plaît pas ?

— Bah, je préférerais dormir avec toi. »

Elle rit. Elle ne peut pas s'en empêcher. Cette idée est trop absurde.

« Je me fais du souci pour toi, Cate. »

Il a l'air sincèrement inquiet. À moins que ce ne soit pas de l'inquiétude, mais de la déception : la déception de celui qui a effectué un achat en ligne et qui, juste au moment où la garantie expire, se rend compte que l'objet a toutes sortes de vices cachés.

« C'est toi qui as demandé à Tamsin d'organiser un mardi avec ta mère ? »

L'expression de Sam lui donne sa réponse.

« Tu n'as pas pensé à me demander mon avis avant ?

— Je pensais que ça te ferait du bien. Je pensais que tu serais soulagée.

— Je pensais que tu aurais la courtoisie de me consulter avant de réorganiser ma vie.

— Waouh. OK. J'essaie simplement de t'aider. Je pensais que c'était ce dont les mères avaient besoin.

— Je n'appelle pas ça de l'aide. J'appelle ça une embuscade.

— Bon Dieu, Cate », s'écrie-t-il, les mains levées.

Elle part dans la cuisine. Tremblante. Elle se retourne vers le salon, où Sam lui tourne le dos. Il s'est déjà lancé dans un jeu vidéo quelconque, a remis son casque sur ses oreilles.

C'est le schéma classique de leurs soirées. Un petit échange passif-agressif, puis ordinateurs séparés dans fauteuils séparés. Quand elle a de la chance, elle a le canapé. Et après ils vont se coucher. Dans des lits séparés. Et ainsi de suite…

Son téléphone vibre. Un message d'Hannah : appel manqué. Son cœur fait un bond. Hannah est sa boussole. Hannah indique le vrai nord. Elle s'empare de son portable pour la rappeler.

« Cate ?

— Salut.

— Comment ça va ? J'ai essayé plusieurs fois de te joindre.

— Désolée. J'étais… »

Qu'est-ce qu'elle était ? Elle n'en a aucune idée.

« C'est comment, Canterbury ?

— Drôle, répond-elle.

— Drôle comment ?

— Je ne sais pas. »

Elle réfléchit à comment c'est drôle. Essaie de trouver une blague.

« On est allés voir la sœur de Sam. Ils veulent nous emmener à Dubaï.

— Sympa de leur part.

— Sérieux ? »

Petit soupir.

« Je suis sûre que tu vas t'habituer. Ce genre de choses prend du temps. »

Cate ne répond pas.

« Comment va mon filleul ?

— Bien. Il dort. »

Il y a un silence, le cliquetis de touches de clavier en bruit de fond, Hannah qui fait deux choses à la fois : le vaste monde tourbillonne autour d'elle, la rappelle à l'ordre.

« Han ?

— Désolée, je me mets à jour sur mes mails de boulot. Il fallait que j'envoie celui-là.

— Ça te dirait qu'on se voie ? Le week-end prochain ? Samedi peut-être ? Je pourrais amener Tom en ville. On pourrait aller à Hampstead Heath ? Je ne suis pas retournée dans ce parc depuis qu'on a emménagé ici. Tom grandit tellement vite... »

Cate se prépare psychologiquement à un refus, mais :

« Attends, laisse-moi vérifier... Samedi ? Ouais. Pourquoi pas ? »

Elles discutent encore un peu, puis Cate raccroche et se dirige vers la fenêtre. Voilà six semaines qu'elle est venue habiter dans le Kent. Des mouettes dorment sur les toits pointus des appartements d'en face. Dehors, un homme descend de voiture. Peut-être celui qui habite de l'autre côté du mur, et dont le sommeil est interrompu chaque nuit par Tom.

Il lève la tête. Cate lève la main. Il la dévisage – sombre silhouette par la fenêtre – l'air complètement perplexe, puis détourne les yeux.

Abjections

1995

Le cours s'intitule Féminismes. Il reste des places. Dans la culture populaire règne le sentiment général que le féminisme a fait son œuvre. C'est l'époque des Spice Girls. Des garçons manqués. Pour Lissa, fille de féministe, être elle aussi féministe est une évidence. Une posture strictement jamais remise en question. Elle choisit Féminismes parce que l'autre option c'est Science-fiction.

La bibliographie est décourageante, la plupart des auteurs sont étrangers. Lissa n'en lit aucun pour préparer le cours. Dans le département d'anglais, personne ne fait vraiment les lectures préparatoires. On se contente de feuilleter les livres la semaine où on doit disserter dessus. C'est là, d'après Lissa, l'enseignement principal de l'université : comment raconter des conneries avec conviction. Plus la fac est réputée, meilleures sont les conneries. Elle a exposé cette théorie régulièrement dans le lit de son nouveau petit copain, un dealer de Manchester qui habite une maison mitoyenne à Rusholme, marche comme Liam Gallagher et réussit à avoir du style avec une parka. Brun, drôle, intelligent, c'est le type le plus sexy qu'elle ait jamais vu.

La fille est assise non loin du premier rang, ses longs cheveux lui cachent presque le visage, silhouette menue noyée dans un pull extra-large aux manches tirées sur les pouces. Une de ces fameuses jupes longues en patchwork, des Doc Martens, la main lourde avec l'eye-liner. Elle appartient à un type bien précis : les rebelles de banlieue, fans de rock indé, qui se déplacent en meute dans les rues de Manchester le samedi soir. Qui s'agitent autour de la piste de danse du BDE. Qui chantent Sit Down *en chœur avec James. Lissa et la fille (qui s'appelle Hannah) doivent présenter ensemble un exposé sur Kristeva et l'abjection. N'ayant pas lu l'essai, Lissa n'a pas la moindre idée de ce que ces mots peuvent signifier. Et si tu venais dans ma chambre ? propose Lissa à Hannah. Demain ? Quinze heures ?*

Hannah arrive chez Lissa à quinze heures pétantes. Les bras chargés de plusieurs gros volumes. Elle frappe à la porte et tire ses manches sur ses ongles rongés. Jusqu'ici, pour Hannah, la fac n'est pas ce qu'elle escomptait. Elle est venue à Manchester uniquement parce qu'elle n'a pas été prise à Oxford et qu'à Édimbourg – son deuxième choix – il ne restait plus de places. Et donc, après une année sabbatique passée, non pas à « voyager » comme la majorité des étudiants qu'elle semble rencontrer, mais à bosser pour mettre de l'argent de côté en vue des fringues, des bouquins et de tous les extras dont elle pourrait avoir besoin, elle se retrouve ici à la fac numéro trois, et habite toujours chez ses parents, à Burnage. C'est plus économique, pas besoin de se payer une chambre en cité U. Ça convient très bien à ses parents. Elle fait comme si ça lui convenait très bien aussi, mais en réalité elle est furax. Furax parce qu'elle a planté une question sur Keats dans l'entretien d'admission à Oxford. Furax parce que sa meilleure amie, Cate, a été prise. Furax parce qu'elle n'a pas indiqué une fac loin de chez elle en troisième vœu. Et, surtout, furax de découvrir que la ville dans laquelle elle a vécu toute sa vie est infestée d'étudiants privilégiés. Ces derniers mois, elle a bossé comme barmaid pour l'association d'étudiants, et elle qui a le sens de l'observation a beaucoup appris. Oublions le cours sur le féminisme : elle pourrait déjà écrire une dissert' sur les classes sociales. Il y a les internes, qui portent leur chemise col relevé, font du sport et se baladent en meutes braillardes et timorées. Il y a ceux qui viennent du public, qui occupent des tables distinctes mais qui, un œil sur les rugbymen, ne se laissent pas distancer d'une pinte. Il y a les marginaux, qui arborent leur statut de marginaux en bandoulière, se signalant ainsi aux autres marginaux afin de former des bandes de marginaux. Et puis il y a ceux comme cette nana blonde sur le seuil de laquelle elle se tient à présent. Ceux-là, ce sont ceux qui la perturbent : ils sont insaisissables, difficiles à catégoriser. Or Hannah adore catégoriser. Cette fille a un accent chic, sans le comportement qui va avec. Hannah ne l'a jamais vue à l'association d'étudiants. Elle est belle, mais se fiche de sa beauté : aux séminaires de onze heures, par exemple, elle a souvent les yeux barbouillés du maquillage de la veille. Elle a l'extrémité de l'index orange à force de fumer. Elle semble à peine se brosser les cheveux. Et pourtant elle possède quelque chose d'indéfinissable, quelque chose qu'Hannah meurt d'envie d'avoir, sans parvenir à le nommer.

La fille ouvre la porte, Hannah entre. La chambre est un capharnaüm. Ça empeste la clope, des cendriers débordent dans tous les coins. Il y a des verres d'eau à moitié pleins un peu partout. Une bouteille de vin vide. Le lit simple est couvert d'un tissu indien. Un collage est affiché au mur : des photos de jeunes gens sur une plage exotique, Lissa sur un scooter, pas de casque en vue, Lissa et un jeune mec brun dans une boîte de nuit, les pupilles dilatées, le visage en gros plan dans le cadre. Jusqu'ici, rien de nouveau sous le soleil. Mais Hannah a l'œil attiré par un autre cadre, celui-ci appuyé négligemment contre le mur : une peinture à l'huile d'une fillette blonde qui lit un livre, lovée dans un fauteuil.

C'est toi ? demande-t-elle en s'agenouillant devant.

Ouais, répond nonchalamment Lissa. C'est ma mère qui l'a peint. Ça fait des années.

C'est vraiment beau.

Lissa, assise sur son lit, observe, vaguement amusée, cette brune faire avidement l'inventaire de ses possessions avant de s'asseoir au bureau et d'ouvrir le premier de ses livres. La fille effectue des gestes précis. Ses crayons sont taillés.

Voilà ce que Lissa croit savoir au sujet de la fac, de Manchester, et des classes sociales : elle est la fille d'une socialiste. Elle a fait ses études secondaires dans un lycée général du nord de Londres. Elle préfère sortir avec un dealer qu'avec un lycéen du privé. Il y a beaucoup trop de monde issu du privé à Manchester, mais quand on gratte la surface post-industrielle crasseuse, la ville est là, qui attend. Cette Manchester-là, à ce moment de l'histoire – si, comme Lissa, vous êtes fan de dance music et d'ecstasy –, est possiblement la ville la plus géniale de la planète.

Cette fille aux cheveux longs l'intéresse parce qu'elle a un accent de Manchester : chose rare à l'université.

Lissa aime bien les habitants de Manchester. Et elle aime bien son visage sérieux, légèrement boudeur. Elle adore l'écouter débattre avec les autres étudiants du séminaire. Hannah est bilieuse, Lissa aime bien ça. Et puis si cette fille l'intéresse, en cet après-midi printanier, c'est aussi parce qu'elle va sans doute pouvoir l'aider à décrocher une bonne note.

Bon, dit Hannah. L'abjection.

Vas-y, balance, fait Lissa.

Hannah penche la tête pour lire en entortillant une mèche de cheveux entre ses doigts.

De l'archaïsme de la relation pré-objectale, de la violence immémoriale avec laquelle un corps se sépare d'un autre pour être, l'abjection conserve cette nuit où se perd le contour de la chose signifiée[1].

Violence immémoriale, répète Lissa. Qu'est-ce que ça veut dire ?

Bah, répond Hannah, c'est la naissance, non ? Et l'enfance : avant notre entrée dans l'ordre symbolique. Le langage. Tout ça.

Si tu le dis, réplique Lissa. Tu sais quoi ?

Elle se penche pour sortir un sachet d'herbe d'un tiroir. C'est son mec qui le lui a donné ce matin.

Mais…

Hannah passe une main sur les livres alignés, une légère panique l'envahit.

Il est quinze heures. Enfin… il faut qu'on fasse notre exposé pour demain, non ?

Je sais, mais ça pourrait aider.

---

1. Julia Kristeva, *Pouvoirs de l'horreur : essai sur l'abjection*, « Tel Quel », © Éditions du Seuil, 1980, « Points Essais », 1983. *(Toutes les notes sont de la traductrice.)*

Alors qu'elle roule le joint, Lissa sent le regard d'Hannah peser sur elle. Elle prend son temps, savoure sa dextérité, finissant avec un grand geste avant d'ouvrir la fenêtre et de s'y pencher, quatre étages au-dessus d'Owens Park.

Continue, intime-t-elle en allumant son joint.

Hannah soupire et essaie de synthétiser :

En gros, l'abjection, c'est le moment où on se sépare de la mère, c'est quand on comprend que l'autre et soi forment deux entités distinctes.

Lissa pense à Sarah, qui l'a conduite ici en septembre dernier, dans sa vieille Renault 5 bourrée à craquer de ses affaires. Elle l'a emmenée déjeuner dans un restaurant en ville. Bon, ma chérie, a-t-elle déclaré au moment du dessert, tu prends bien la pilule ? Puis elle lui a donné un billet de vingt livres, un assez beau portrait de Lissa à l'âge de huit ans, assise dans le fauteuil fleuri du grenier, un énorme paquet de tabac Drum, un baiser rapide sur la joue, et elle est repartie à Londres par l'autoroute. Une séparation qui n'a guère semblé perturber Sarah.

… tel un théâtre vrai, lit Hannah, sans fard et sans masque, le déchet comme le cadavre m'indiquent ce que j'écarte en permanence pour vivre. Ces humeurs, cette souillure, cette merde sont ce que la vie supporte[1]*…*

Attends : y a vraiment écrit ça ?

Ouais.

Hannah lève les yeux et sourit. C'est la première fois que Lissa la voit sourire. Elle a un très joli sourire. Intéressant. Qui gagne à ne pas être facilement acquis.

---

1. Julia Kristeva, *op. cit.*

Ces humeurs, cette souillure, cette merde sont ce que la vie supporte à peine et avec peine de la mort. J'y suis aux limites de ma condition de vivant[1].

Waouh, commente Lissa.

Ouais, confirme Hannah.

Lissa recrache sa fumée par la fenêtre. On entend le bruit de la circulation dans Wilmslow Road en dessous, les bruits flous, indistincts, de la tour, et Glory Box, *de Portishead, leur parvient d'une chambre voisine.*

Alors…, reprend Hannah. Cet exposé ?

Oh. Ouais. OK. Et si, suggère Lissa, et si, pour commencer, on énumérait toutes les sortes d'abjections qui nous passent par la tête ?

Pourquoi ?

Hannah n'est pas une adepte de la pensée en constellation. Elle a un esprit linéaire.

Et pourquoi pas ? Vas-y – Lissa agite son joint en direction d'Hannah –, combien tu peux en nommer ?

Hannah plisse le nez.

Eh bien, il y a la pisse, évidemment – l'urine. La merde. Il y a le sang, deux types de sang. Le sang dans les veines. Le sang menstruel.

Je parie qu'il y en a plus que ça.

Probablement.

Ça ira pour commencer. Le vomi. La morve. Le cérumen.

Il faut qu'on les écrive.

Hannah s'empare de son crayon et commence à griffonner.

Combien on en a ? demande Lissa.

---

1. Julia Kristeva, *op. cit.*

Pour l'instant, sept.

Et le caca d'œil ?

Ah oui, carrément. C'est quoi le terme exact pour caca d'œil ?

J'en sais rien. Tiens, tu veux pas tirer une taffe ?

Hannah n'a fumé qu'un seul joint dans sa vie. C'était au Ritz avec Cate l'été dernier, ça lui a donné le vertige et la nausée. Elle se dirige vers la fenêtre, hyper gênée. Elle prend le joint des mains de Lissa – une inspiration brève et exploratoire. Lissa l'observe, amusée, du coin de l'œil, puis s'empare du calepin et du crayon.

La salive, lance Hannah, en prenant une bouffée plus longue cette fois. D'ailleurs, j'ai peut-être un peu mouillé ce machin.

C'est pas grave, réplique Lissa, continue.

Le mucus.

OK. Ne répète pas ce mot.

Mucus.

Elles ricanent.

Les pellicules ?

Va pour les pellicules.

Lissa cesse d'écrire et retourne à la fenêtre. Elles sont tout près. Elle sent l'odeur d'encens et de shampoing d'Hannah.

Et les bébés ? demande Lissa en reprenant le joint.

Bah quoi ?

Bah, c'est pas une forme d'abjection en soi ?

Peut-être. Hannah plisse le nez. Ou en tout cas ce qui les entoure. Comment ça s'appelle déjà ? Une espèce de fluide. Le liquide amniotique.

Ouais. C'est ça. On devrait former un groupe, glousse Lissa. Les Amniotiques. Non – attends – les Abjections.

Elles rigolent franchement à présent.

Mon Dieu. On devrait le faire. Les Abjections. J'adore.

Elles se font imprimer des T-shirts : noirs avec des lettres rose Barbie en travers de la poitrine. Le rose Barbie est permis, décrètent-elles, puisque c'est ironique. Elles nomment leurs Abjections, en donnant des exemples tirés de leur propre vie. Elles discutent pour savoir si le sperme d'un homme qui quitte votre corps – en laissant sa trace dans votre culotte après l'amour – peut être considéré comme une abjection en soi. (N'ayant encore jamais fait l'amour, Hannah laisse Lissa mener la conversation sur ce point.) Elles déclarent qu'il existe beaucoup de pertes vaginales différentes : celle qui laisse une croûte blanche, celle qui laisse une croûte jaune, celle qui vous inonde quand vous êtes excitée. Elles discutent pour savoir si perte – avec ses connotations péjoratives – est en soi un terme patriarcal. Elles décrètent qu'il existe autant de types d'abjections vaginales que de mots pour qualifier la neige chez les Inuits.

Elles regardent avec satisfaction les garçons se ratatiner sur leurs chaises. Elles ressentent un nouveau pouvoir. Elles deviennent électriques. Elles deviennent amies.

2010

Hannah

Elle fait la queue chez le poissonnier, à la limite du seuil, le soleil tape fort sur la vitrine, les cris et les appels du marché retentissent derrière elle. La journée a été chaude : la glace fond, les restes de la pêche du jour sont striés de sang et d'écailles. Deux jeunes hommes en bottes de pêcheur font des allées et venues entre la devanture et le billot au fond, où les poissons sont vidés et emballés.

Il y a huit ans, quand elle a emménagé dans le quartier, c'était un Jamaïcain qui tenait la poissonnerie. La boutique était peinte aux couleurs de la Jamaïque. Il vendait du poisson frais et des salaisons, des légumes et d'autres bricoles dans le fond : encens, cassettes de reggae piratées. Il avait un visage magnifique. Quand son magasin a été vendu en douce à un promoteur immobilier, une campagne d'aide a été lancée : articles publiés dans le *Guardian* par des écrivains du quartier, sit-in organisé dans un café de la rue qui avait pour propriétaire le même promoteur. Dans la salle paroissiale s'était tenue une réunion de protestation à laquelle tous les habitants avaient participé – Hannah se souvient d'un type d'une cinquantaine d'années, rouge de rage, qui s'égosillait, debout : *Je me rappelle l'époque où ça valait pas un rond ici. C'était bien mieux.*

Mais désormais les remous sont apaisés, désormais le carrelage en marbre et les poissons de ligne remplacent les ananas, la morue salée et les bananes plantains. Cette poissonnerie n'est plus nouvelle. Et, malgré un malaise résiduel de temps à autre, Hannah l'aime bien, avec son arrivage journalier, ses jeunes baratineurs, et son air de dire que l'abondance règne toujours dans la mer – que tout pourrait encore aller pour le mieux dans ce monde.

C'est enfin son tour : tout en achetant des médaillons de lotte elle flirte un peu, comme il se doit, demande conseil sur ce qu'elle pourrait ajouter à son plat, achète du safran et de la criste-marine qu'elle fourre dans son sac. À la sortie du magasin, elle transpire : c'est le premier signe du plongeon hormonal. Elle a le cuir chevelu trempé. C'est la partie difficile, la partie dont on ne vous parle pas, la *désensibilisation,* la ménopause qui débarque en trois semaines, les hormones réduites à néant : les suées diurnes, les suées nocturnes, l'envie permanente de pleurer.

Mais elle est douée pour ne pas pleurer : elle a atteint le stade de la perfection. Elle ne pleure pas quand au travail les femmes annoncent leur grossesse les unes après les autres. Quand jour après jour elle prend sa température pour la noter sur un graphique. Quand mois après mois elle saigne. Et quand sa plus vieille amie lui a annoncé qu'elle était enceinte, Hannah l'a serrée très fort dans ses bras, pour que Cate ne voie pas sa tête.

Dehors, elle se fraie un chemin devant le salon de thé avec son inévitable lot de poussettes qui encombrent le trottoir, effleurant du regard les bébés, les parents agrippés à leurs cappuccinos et à leurs noisettes. (Elle est aussi douée pour ne pas regarder de trop près les enfants, il n'est pas prudent de dévisager les bras potelés d'un bébé, un tout-petit qui marche main dans la main avec sa maman, un nouveau-né porté en écharpe par son père.) En passant devant la fleuriste, elle s'arrête, attirée par l'étalage. La commerçante s'adresse à elle :

« Qu'est-ce qu'il vous faudrait ? » demande-t-elle.

Elle a cinquante ans bien sonnés, ou tout juste soixante, les yeux bleus.

« Je... »

Un instant, Hannah est déboussolée. Qu'est-ce qu'il lui faudrait ?

« C'est quoi, ça ? demande-t-elle en désignant une fleur haute sur tige hérissée d'épines.

— Une cardère. Elles viennent de mon jardin, on a eu une récolte exceptionnelle cette année. Et là, ajoute la femme, penchée sur ses seaux, ce sont des asters d'automne.

— Je vais prendre un peu des deux. »

La femme rassemble souplement les tiges avec de la ficelle, et quand elle tend le bouquet, ses articulations rugueuses frottent contre celles d'Hannah. Hannah se dirige tout au bout du marché, où la foule s'amenuise, franchit le canal puis tourne à droite pour traverser la cité en direction de son appartement, fait cogner ses sacs en ouvrant la porte d'entrée métallique qui ne paie pas de mine, puis gravit les escaliers extérieurs jusqu'au troisième et dernier étage du bâtiment, un ancien pub aménagé en immeuble, vendu avant même la fin des travaux. Ils ont dû effectuer la visite en jouant des coudes avec vingt autres couples, puis envoyer leur offre sous pli scellé le lendemain. Avant cette décision de partir à Canterbury, Cate lui rendait visite : une main sur son ventre rond, elle admirait la vue en s'émerveillant tout haut de la chance d'Hannah.

Ce n'est pas de la chance, aurait voulu rétorquer Hannah. *C'est comme ça que la vie fonctionne. Tu bosses dur, tu économises pendant tes vingt ans, et quand tu arrives à la trentaine, tu as suffisamment pour un apport. Ce n'est pas magique, c'est mathématique.*

Et maintenant voilà Cate – qui habite une maison achetée par ses beaux-parents, pour laquelle elle n'a manifestement pas besoin de débourser un centime, avec son fils magnifique et en bonne santé, conçu avec la plus extrême facilité –, voilà Cate, qui est de nouveau malheureuse. Du moins c'est ce qu'il lui a semblé l'autre soir au téléphone.

Hannah sort ses achats de son sac, range le poisson, la criste-marine et le vin au frigo, coupe la tige des fleurs et les dispose dans un vase, qu'elle place dans un long rai de soleil. Les cardères sont inattendues, leur beauté sévère, précise. L'ordinateur d'Hannah est ouvert sur la table, elle s'apprête à le refermer, voit le rapport sur lequel elle travaillait ce matin, avant que le soleil ne l'invite à sortir. Elle sauvegarde le document et rabat l'écran.

Comme elle continue à transpirer, elle va s'asperger le visage à l'évier. La sensation est des plus étranges, comme si on lui récurait le crâne. Elle a de nouveau envie de pleurer. Elle voudrait que Nathan soit là, à côté d'elle, elle voudrait sentir son bras ferme sur son dos. Il est à la bibliothèque, à une dizaine de minutes à vélo, le long du canal. Il sera bientôt de retour. Ils mangeront ensemble. Il lui racontera sa journée. Elle lève la tête, son regard s'attarde sur les fleurs, la table, la lumière.

C'est la maison qu'Hannah a construite.

Voici la table qu'elle a dénichée dans une brocante sous une ancienne arcade de chemin de fer et qu'elle a passé un week-end à poncer elle-même.

Voici la photo encadrée du jardin de la maison en Cornouailles où Nathan lui a demandé sa main, chaque brin d'herbe gelé, entier.

Voici la bibliothèque le long d'un mur, remplie de recueils de poésie, de romans, des revues de Nathan. (Elle qui a grandi dans une maison sans livres est capable de passer de longues minutes devant, laissant le meuble lui répondre, les dos rangés par ordre alphabétique d'auteur : Adichie, Eliot, Forster, Woolf.)

Voici le tapis qu'ils ont acheté lors d'un week-end à Marrakech. La soirée à parcourir les souks, le marchandage, puis la capitulation finale et le prix exorbitant à payer pour le ramener dans l'avion. Mais il est magnifique, Beni Ouarain – il vient des montagnes de l'Atlas. Une laine épaisse, couleur crème. *Ça vous portera chance*, a dit le vendeur en caressant des doigts le motif de losanges, et est-ce elle qui l'a imaginé ou son regard a-t-il papillonné vers son bas-ventre quand elle a sorti sa carte de crédit pour payer ?

Voici le canapé qu'ils ont acheté dans un entrepôt à Chelsea et choisi pour ses lignes basses milieu de siècle, son lin bleu ardoise. Le canapé sur lequel elle était assise, deux semaines après la première série de FIV, son test à la main – la jubilation de ces deux lignes rose clair. Le canapé sur lequel elle était assise, emmaillotée dans des couvertures, pendant que Nathan cuisinait – des soupes et des risottos pour sa femme enceinte.

Là, un peu plus loin dans le couloir, se trouve la salle de bains. Les carreaux blancs biseautés. Les lotions dans leurs bocaux simples en verre marron. Là se trouve l'endroit où, trois semaines après ce test, elle s'est tordue de douleur, où après une journée à saigner elle a évacué un caillot. Le sac fibreux contenant le bébé qui n'a pas vécu. Dont Nathan et elle n'ont su que faire. Qu'un soir tard ils ont fini par emporter au parc, où ils ont creusé un trou pour l'enfoncer profondément sous terre.

Mais attendez, là – venez, venez par ici, au bout du couloir, dans une petite chambre –, ouvrez la porte, entrez, regardez comme la lumière pénètre, plus douce ici, plus diffuse. Cette chambre attend, vide à l'exception d'une espérance silencieuse.

C'est la maison qu'Hannah a construite, trois étages au-dessus de Londres, baignée de lumière.

Le ragoût est prêt, il frémit sur la gazinière. Il y a du pain croustillant, un bol d'aïoli. Une bouteille de blanc miroite sur le plan de travail, deux verres attendent à côté. Hannah prend du persil, le hache, ajoute du citron et du sel. Elle entend la porte d'entrée, puis Nathan est derrière elle, sa main sur son dos.

« Salut. »

Elle se tourne vers lui – un bref baiser sur la bouche.

« Comment avance ton chapitre ? »

Chaque fois qu'il a un écrit à finir, son mari se rend à la British Library. Il dit qu'il aime bien aller là-bas le week-end, quand les salles de lecture sont plus calmes, il dit qu'il arrive mieux à travailler là-bas qu'à la maison.

« Oh, tu sais. Je progresse, lentement. »

Elle lui tend un verre de vin qu'il accepte avec reconnaissance, sert le ragoût à la louche, le parsème de persil, donne son bol à Nathan. Elle prend place à table en face de son mari, consciente d'une atmosphère légèrement cérémonieuse. On est samedi : elle a le droit de manger et de boire ce qu'elle veut. Elle sirote le vin. Il est pur, dur, lumineux, elle pourrait le boire cul sec, mais elle le repose sur la table à côté de son assiette. Discipline. C'est ce qu'elle a toujours eu, elle l'a consacrée tout entière à cette situation. Pas de caféine. Pas d'alcool. Hormis les samedis soir.

Nathan la regarde, la surprend qui l'observe, tend le bras en travers de la table pour lui prendre la main.

« C'est délicieux.

— Merci.

— Et toi ? Tu as travaillé aujourd'hui ?

— Un peu, ce matin. Et après il faisait tellement beau que je suis allée marcher au parc.

— Au fait, lance-t-il. J'ai oublié de te dire, j'ai croisé Lissa.

— Lissa ? Où ça ?

— À la bibliothèque. Hier.

— La bibliothèque ? Qu'est-ce qu'elle faisait là-bas ?

— Elle m'a expliqué qu'elle voulait se documenter un peu en vue d'un doctorat.

— C'est marrant. Je n'aurais jamais imaginé ça.

— Oh. Tu connais Lissa. Son projet semblait un peu brouillon. »

Il tend la main vers la bouteille. Elle le regarde se servir un autre verre.

« Nath ? murmure-t-elle.

— Quoi ?

— Je me disais… c'est con, en fait, mais je me suis dit, un peu plus tôt cette semaine, quand j'ai commencé les injections. Quand j'étais là avec les seringues… Je me suis demandé s'il ne faudrait pas faire une espèce de… rituel. »

Ce mot a un goût étrange. En parlant, une nouvelle vague de sueur lui inonde le front. Elle s'essuie d'un revers de manche.

« Quel genre de rituel ? »

Nathan repose sa cuillère, croise les mains devant son menton. Les rituels, c'est ce qu'il enseigne : c'est son pain quotidien.

« Je ne sais pas. »

Elle se sent rougir, la température grimpe de nouveau.

« Quelque chose pour marquer le coup. Enfin, si

on faisait… Si on faisait quelque chose, comment on s'y prendrait, à ton avis ? Qu'est-ce qu'on pourrait faire ?

— Eh bien, sourit-il, tu sais, un rituel ça peut être n'importe quoi. Il n'y a même pas besoin que ce soit sérieux. On peut faire quelque chose de simple. »

Il lui prend la main.

« On pourrait allumer une bougie ou… »

Puis, comme elle ne répond pas :

« Ou alors on pourrait juste ne rien faire. On pourrait juste attendre de voir.

— Oui, dit-elle, gênée à présent, libérant sa main de la sienne. Oui. Contentons-nous d'attendre. »

Lissa

« Ma puce. »

Sarah ouvre la porte et commence aussitôt à rebrousser chemin dans l'obscurité du couloir.

« Entre. J'ai quelque chose sur le feu. »

Lissa suit sa mère jusque dans la cuisine.

« Je prépare de la soupe, Dieu seul sait pourquoi, d'ailleurs. Il fait encore tellement chaud. Tu en veux ? »

Sarah se dirige vers la cuisinière et soulève le couvercle d'une casserole dont elle remue le contenu. Sa mère a entortillé ses longs cheveux gris au sommet de son crâne, où ils sont fixés à l'aide de deux peignes japonais. Elle porte son tablier de travail, vieux, marron, maculé de peinture.

« Volontiers », répond Lissa.

Elle ne refuse jamais un repas chez Sarah : sa mère est un vrai cordon bleu.

« Dix minutes, annonce Sarah en remettant le couvercle sur la casserole. Je vais préparer un peu de salade pour accompagner. »

Lissa déloge le chat de l'une des chaises de la table à manger et s'assied. Le désordre est peut-être plus désordonné que d'habitude : une coulée de lettres sur la table, certaines ouvertes, d'autres non. Les périodiques de sa mère : le *New Statesman*, de vieux numéros du *Guardian Review*, des missives envoyées par des organismes caritatifs – Greenpeace, Freedom from Torture. Une enveloppe à l'air officiel, toujours cachetée, sert de support à une liste : l'écriture élégante de Sarah tisse sa toile sur le papier.

Judy ??
Cortisol ? Demander au Dr L.
Ruby – cachets.

« Quel est le problème avec Ruby ? demande Lissa en levant la tête.

— Quelque chose au niveau du ventre. La pauvre, ça fait des jours qu'elle vomit et qu'elle a la diarrhée. Fichu véto. Faut attendre des siècles pour avoir un rendez-vous, franchement.

— Comment va ta main ?

— Oh. Tu sais. »

Sarah plie les doigts.

« Ça va.

— Celle-ci a l'air importante. »

Lissa brandit une lettre et l'agite sous le nez de sa

mère. Sarah se retourne vers la gazinière, envoyant balader sa fille d'un geste désinvolte :

« Pas vraiment. Ça se voit à l'enveloppe.

— Ah oui ?

— C'est une organisation caritative qui demande encore de l'argent. Ou quelqu'un qui veut me faire ouvrir un compte bancaire. »

Sarah tire du tabac de la poche de son tablier et se roule une cigarette.

« Clope ?

— Allez. »

Lissa s'empare du paquet tendu, savourant la douceur du papier sucré sur sa langue quand elle l'humecte de salive : toujours la même marque, toujours les mêmes feuilles Rizla réglisse, l'extrémité des doigts de sa mère, aussi loin que remontent ses souvenirs, tachés d'orange, son haleine chargée. Sa mère a repris le travail, voilà au moins qui est clair : le tablier, le bazar, et un petit air d'énergie survoltée, comme s'il y avait un rassemblement pas loin, une conversation plus intéressante dans une pièce voisine. D'expérience, cependant, Lissa sait qu'il vaut mieux ne pas poser de questions, pas si tôt dans la partie. Qu'importe sur quoi porte ce travail, c'est nouveau.

« Du cumin. »

Sa mère farfouille dans les placards.

« Il faut du cumin. Évidemment. Merde alors. »

Lissa rejette l'enveloppe sur la pile, où elle déclenche un petit glissement de terrain sur la table, que seule la corbeille de fruits permet d'arrêter. Si sa mère refuse de s'inquiéter pour des factures impayées, elle ne va pas le faire à sa place.

« Du paprika doux ? interroge Sarah, tournée vers sa fille, l'épice à la main.

— Comme tu le sens, maman.

— Je sens qu'il faudra bien que ça aille. Seulement… où sont les graines de cumin ? J'en ai toujours. C'est bizarre.

— Je peux faire quelque chose ?

— Je vais préparer une sorte de salade. Tu peux couper si tu veux. Mais attends un peu d'abord. Tiens. »

Sa mère lui lance une boîte graisseuse d'allumettes de cuisine, Lissa l'attrape et se dirige vers la porte, maintenue ouverte pour faire entrer l'air de fin d'été.

Le jardin est ce qu'il y a de plus joli ici, Sarah a la main verte. Ce qui à l'intérieur donne une impression de chaos prend tout son sens dès qu'on met un pied dehors : la sensibilité de sa mère, l'ensemble suspendu à un fil de l'état sauvage. Lissa frotte une allumette, fume.

« J'ai décroché le rôle, murmure-t-elle à la lavande et au chèvrefeuille.

— Pardon, ma chérie ? lance sa mère de l'intérieur. Qu'est-ce que tu as dit ?

— Ce rôle, là. »

Elle recrache sa fumée en une mince volute, se retourne vers la cuisine.

« Celui dont je t'avais parlé.

— Redis-moi. »

Le visage de sa mère est dans l'ombre.

« Tchekhov. Éléna.

— Oh, génial. C'est génial. »

Sa mère vient l'enlacer, Lissa inspire son odeur

de peinture et d'herbes aromatiques, le crépitement sec de ses cheveux.

Lissa rit, ressentant de nouveau la bulle d'excitation qu'elle porte dans son ventre depuis qu'elle a appris la nouvelle.

« Merci. Ça l'est. Le metteur en scène – c'est une femme. Elle est douée, je crois. Elle a la réputation de ne pas être commode, mais douée.

— Mais c'est vraiment génial. Il faut fêter ça ! »

Avant que Lissa puisse s'y opposer, sa mère fourrage dans le placard où elle range les alcools.

« Hum. Du blanc. Pouilly-fuissé de chez Lidl. C'est censé être pas mal. Pas assez frais, cela dit. Ou alors il y a un peu de gin Gordon : si on se faisait un gin-tonic ? Attends. Je ne suis pas sûre d'avoir des glaçons. Je peux gratter un peu de glace de la paroi du freezer. On commence par ça ? On avise après ?

— Ça marche.

— Coupe-moi un citron, alors. »

Sa mère chantonne tout en versant des doses généreuses de gin qu'elle arrose d'une giclée de Schweppes.

« Un peu éventé, mais il faudra s'en contenter. Tiens. »

Sarah lui tend son verre avec un geste théâtral.

« Viens t'asseoir dans le jardin. La salade peut attendre. »

Sarah la guide dans une allée en pierres qui serpente au milieu des buissons de lavande, des tomates, des courges et des plantes aromatiques, jusqu'à l'endroit où des chaises et une petite table usée par le temps attendent sous une treille en bois.

« Ta cigarette s'est éteinte, ma chérie. »

Sa mère se penche pour la lui rallumer.

« Santé. Bonté divine. À la tienne. »

Elle lève son verre.

« À Tchekhov. Et donc, Éléna – c'est…

— *Oncle Vania.*

— *Oncle Vania.* Formidable. Attends, rappelle-moi, c'est la pièce avec le pistolet ? »

Sa mère retire un brin de tabac de sa lèvre.

Sarah enseignait l'anglais avant de partir à la retraite. L'anglais et les arts plastiques dans le lycée public du quartier, un lycée réputé du nord de Londres, le genre d'établissement où les parents de la classe moyenne se battent bec et ongles pour inscrire leurs enfants.

« Non, ça c'est *La Mouette.*

— Ah oui. *La Mouette.* Celle avec la jeune actrice ratée. Donc… *Oncle Vania* ?

— C'est lui le raté… enfin, il vient de s'en apercevoir. Il a raté sa vie. Ce sont tous des ratés, pas vrai ? C'est Tchekhov.

— Et tu es la femme de…

— De l'universitaire raté. Sérébriakov.

— C'est ça. Oh, mon Dieu, oui : je crois que j'ai vu Glenda le jouer, à l'époque. »

Glenda Jackson est la référence ultime de sa mère concernant tout ce qui touche à la profession d'acteur.

« Ou non – attends, c'était cette femme splendide – Greta quelque chose.

— Scacchi ?

— C'est ça. Elle était merveilleuse. Tu le seras aussi. »

Sarah lui saisit le poignet.

« Mon Dieu, bravo, ma fille. Un vrai rôle. C'est pas trop tôt. Tu devrais l'annoncer à Laurie. Elle serait aux anges. »

Laurie, la plus vieille amie de sa mère, qui donnait des cours de théâtre dans le lycée de Sarah, qui a pris sur son temps pour entraîner Lissa au concours d'admission de l'école d'art dramatique il y a bien des années de cela.

« Tu le lui diras, toi, propose Lissa.

— Je n'y manquerai pas. »

Sa mère s'adosse et la considère à travers l'écran de fumée. Le regard de Sarah. Rien ne lui échappe. Combien d'heures Lissa l'a-t-elle supporté ? Enfant, elle servait de modèle vivant à sa mère : des heures et des heures, pendant des années et des années, à rester assise dans ce vieux fauteuil défoncé dans le grenier. Jusqu'à ce qu'un jour elle refuse de continuer.

« Je dois dire, reprend Sarah, c'est génial que tu puisses passer pour… ce qu'elle est censée être. Enfin, elles n'ont jamais plus de trente ans, les femmes, dans ces pièces, si ? Ou alors elles en ont cinquante. Ou alors ce sont des bonnes. Elles traînent la savate ici ou là, non, les bonnes ? »

Elle agite sa cigarette.

« Allument un samovar ou deux.

— Oui », répond Lissa.

À quoi au juste répond-elle oui, elle ne sait pas trop. À tout ça, sans doute. Oui, c'est génial qu'elle puisse passer pour une femme de trente ans. Oui, il n'y a que dalle entre trente et cinquante ans, pas seulement dans Tchekhov, mais dans tout le reste. Peut-être dans la vie. Peut-être que c'est ça, être femme. La Traversée du Désert.

« Bon sang, s'exclame sa mère en inspirant une grande bouffée d'air. C'est chouette, non ? Ça faisait des siècles que je n'avais pas bu en journée. Alors, c'est qui cette metteuse en scène ?

— Elle est polonaise. Klara.

— Je n'arrive pas à croire que tu ne m'aies rien dit.

— J'ai arrêté. Enfin, ça ne valait plus vraiment le coup, si ? »

Elle tripote un bout de peau morte sur son pouce avec un ongle.

« Oh non, ne dis pas ça. Il faut que tu me tiennes au courant, quand tu as des auditions. Je peux mettre mes boucles d'oreilles porte-bonheur.

— Ouais, bah. Je ne suis pas sûre qu'elles m'aient beaucoup aidée. Dans le grand tout.

— Elles ont aidé quand tu as décroché ce rôle pour la télé. Et quand tu es tombée malade. »

Sa mère pointe sa cigarette sur Lissa d'un air de reproche.

Le soleil tourne au coin du mur et tombe sur l'herbe à côté d'elles. Lissa lui offre son visage. Le chat s'enroule en miaulant autour des chevilles de sa mère.

« Alors, tu commences quand ?

— Dans une semaine à partir de lundi.

— Si vite ? Et tu as combien de temps ?

— Quatre semaines.

— C'est raisonnable, alors. Et tu es bien payée ?

— Pas vraiment. Suffisamment.

— Bien, répond Sarah en écrasant son mégot dans le pot de fleurs le plus proche. Bien. »

Elle frappe dans ses mains.

« Bon. Tu as faim ?

— Je vais t'aider. »

Lissa s'apprête à se lever, sa mère l'éconduit d'un geste.

« Assieds-toi donc. Profite du soleil. Il sort tout juste de derrière la maison. C'est très agréable ce moment de la journée. »

Alors Lissa reste assise pendant que sa mère s'affaire bruyamment dans la cuisine. Sarah chante des bribes d'opéra. Dans le ciel, des avions tissent des motifs blancs dans le bleu. Il fait chaud. Lissa contemple la maison : trois étages de briques victoriennes. Elle voit la fenêtre de la chambre qui jadis était la sienne. La lucarne du grenier. Il y a maintenant trente ans, sa mère a acheté cette maison grâce à une donation du père de Lissa. Elle n'a jamais mis d'argent dedans, elle n'en avait pas, rien qu'un salaire de prof, assez pour se payer de quoi bien manger, de la peinture et du matériel de dessin, des vacances de temps à autre. Si elle vendait cette maison, sa mère serait riche.

« La salade arrive. »

Sarah apporte deux bols fumants sur la table, rebrousse chemin dans l'allée et revient avec un grand saladier en bois. Des feuilles rouges amères mélangées à des vertes, des noix et du fromage de chèvre émietté sur le dessus. Il y a de l'huile d'olive dans un bol à part, sur un lit de vinaigre balsamique. Du bon pain à la mie savoureuse avec du beurre salé. Elles mangent un moment en silence, entourées par les bruits du voisinage : des enfants dans des pataugeoires, des barbecues, des gens qui rient, la fin facile et poussiéreuse des vacances ; l'été dans le corps, le soleil sur la peau.

« Et comment va tout le reste ? demande sa mère quand elle a terminé, repoussant son bol, roulant une deuxième cigarette qu'elle allume. Comment va Hannah ? Comment va Cate ?

— Cate habite dans le Kent. Je ne sais pas trop, pour tout dire. Ça fait un moment que je ne lui ai pas parlé.

— Pourquoi ?

— Oh, tu sais. C'est comme ça, parfois.

— Comme quoi ? » insiste Sarah, le regard perçant.

Lissa hausse les épaules.

« On a un peu perdu le contact.

— Il faut s'accrocher à ses amitiés, Lissa. Les femmes. Elles sont la seule chose qui te sauveront au final.

— Je m'en souviendrai.

— Oui. »

Sarah considère Lissa à travers la fumée.

« J'ai toujours admiré Cate.

— Je sais.

— Elle a des principes.

— Vraiment ? s'étonne Lissa. J'imagine que oui.

— Et Hannah ?

— Hannah ça va. Je l'ai vue l'autre soir.

— Est-ce qu'elle est encore…

— Elle fait une nouvelle série de FIV, oui. »

Lissa sauce son bol avec un morceau de pain.

Sa mère claque une langue désapprobatrice.

« Pauvre Hannah.

— Oui, dit Lissa.

— Pauvre femme, répète Sarah.

— Hannah n'est pas pauvre.

— C'est une façon de parler.

— Je sais, rétorque Lissa, mais elle n'est pas appropriée. Hannah réussit à merveille. Elle et Nathan. Ils s'en sont bien tirés. »

Sa mère repose sa cuillère.

« Bonté divine. Tu es irritable, tout à coup, Melissa.

— Je ne suis pas irritable, je suis seulement… quitte à faire un commentaire, autant qu'il soit approprié.

— J'ai dit *pauvre Hannah*, parce que je sais que ça fait des années qu'elle essaie d'avoir un bébé. Qu'elle essaie en vain d'avoir un bébé. Et je ne peux rien imaginer de pire.

— Vraiment ? Et essayer en vain d'avoir une carrière, alors ?

— Qu'est-ce que tu veux dire ?

— Rien.

— Non, vraiment. »

Sa mère a le regard acéré désormais : elle a flairé quelque chose.

« Qu'est-ce que tu veux dire ? Tu parles de toi ? C'est ce que tu ressens, ma chérie ?

— Oui. Non. En fait, non. Oublie. Oublions ça. S'il te plaît. On passe un bon moment. Ne le gâchons pas.

— D'accord. »

Sarah se penche pour empoigner Ruby et la

mettre sur ses genoux, lui caresse la tête d'une main distraite. Il y a du calme, le ronronnement de bateau à moteur de Ruby. Lissa termine les dernières miettes de son repas.

« Votre génération, reprend doucement sa mère. Franchement. Vous me déconcertez, vraiment.

— Et pourquoi ça ? demande Lissa en repoussant son bol.

— Eh bien, vous avez tout eu. Les fruits de notre travail. Les fruits de notre activisme. Bon Dieu, on est allées changer le monde pour vous. Pour nos filles. Et qu'est-ce que vous en avez fait ? »

La question reste en suspens, pesante dans l'air estival. Sarah ferme les yeux, comme si elle cherchait à faire remonter quelque chose des profondeurs.

« Quand j'étais à Greenham. Là debout avec des milliers d'autres femmes. Main dans la main autour de la base militaire. Tu étais là, à côté de moi. Tu te rappelles ?

— Je me rappelle. »

Un campement poussiéreux. Une clôture, couverte de jouets d'enfants. D'autres enfants qui connaissaient les paroles de toutes les chansons. Des femmes rougeaudes regroupées sous des bâches en plastique à boire des tasses de thé à la chaîne. Les amies de sa mère : Laurie, Ina, Caro, Rose. Aucun homme. Les seuls hommes présents étaient les soldats qui patrouillaient de l'autre côté du mur, leur fusil serré contre la poitrine.

Elle se rappelle une aube bleue atroce, durant laquelle les policiers ont traîné sa mère hors de sa tente par les cheveux. Elle se rappelle sa peur que sa mère se fasse tirer dessus.

Elle se rappelle avoir pleuré, demandé à rentrer à la maison. Sarah la conduire à une cabine téléphonique pour appeler le père de Lissa, qui est venu la chercher dans sa Volvo noire. Elle se rappelle l'expression de Sarah alors qu'elle partait avec son père dans la voiture. La déception. Comme si elle avait espéré davantage.

« On s'est battues pour vous. On s'est battues pour que vous soyez extraordinaires. On a changé le monde pour vous et qu'est-ce que vous en avez fait ? »

Lissa regarde fixement le mur où la glycine lutte contre le lierre pour son territoire.

« Je suis désolée, répond Lissa alors qu'une crispation familière monte dans sa poitrine. Si je t'ai déçue.

— Nom d'un chien, s'exclame Sarah en écrasant sa cigarette dans les restes de son déjeuner. Ne sois pas si dramatique. Ce n'est pas du tout ce que je voulais dire. »

Elle prend le métro aérien de Gospel Oak à Camden Road. Il est bondé, en ce samedi après-midi, rempli de familles qui rentrent du parc Heath. Les enfants hurlent et rouscaillent, leur visage rose maculé de restes de crème solaire, de glace et de miettes de pique-nique, leurs parents sont exténués, les joues rouges, quelques bouteilles dans le nez. Des femmes de son âge, tout juste sorties du Ladie's Pond, l'étang réservé aux femmes, la pointe des cheveux encore mouillée. À Camden, elle arrive à trouver un siège. La chaleur est abominable, la journée consumée. À côté d'elle, un adolescent, les yeux injectés de sang, écoute de la musique à fond dans son casque.

Le train se vide à Hackney Central et Lissa traverse le parc. Là – la province des jeunes – les choses suivent simplement leur cours, les barbecues s'échauffent, des gens par groupes de cinq, dix ou vingt, l'odeur de cigarette, de charbon de bois, de joint, et le fumet d'alcool, de coke, de la nuit à venir. Elle passe devant deux jeunes femmes : la jupe relevée à la taille, accrochées l'une à l'autre, elles gloussent en pissant derrière un arbre.

Son appartement se trouve juste à côté du parc, au sous-sol de l'ancienne maison. Elle y a emménagé alors qu'elle était encore avec Declan, qui lui a donné l'argent pour la caution et l'a aidée à payer le loyer. Depuis leur rupture, elle a réussi à s'y accrocher grâce à la combinaison précaire de ses séances de modèle vivant, de son boulot au centre d'appels, de petits rôles à droite à gauche et de crédits d'impôts pour couronner le tout. Bon an mal an, elle est parvenue à survivre. Tout juste.

À l'intérieur règne une fraîcheur salvatrice, elle laisse tomber son sac dans l'entrée minuscule, se rend dans la cuisine, se sert un verre et boit de l'eau à même le robinet. De l'autre côté du mur du jardin, on fête quelqu'un : *Joyeux anniversaire*, chantent les voix bourrées, *joyeux aaaaaanniiiversaiiiiire !!!*

Elle s'allonge dans sa chambre et ferme les yeux. Elle a mal à la tête – à cause de l'alcool, à cause de sa mère, à cause du soleil. *On a changé le monde pour vous et qu'est-ce que vous en avez fait ?*

Elle sait ce que pense Sarah. Qu'elle a perdu du temps – qu'elle a mal saisi le témoin dans le relais féministe intergénérationnel.

Et ce qu'elle aurait dû répondre : *Notre mieux. On fait de notre mieux, putain.*

Comme le léger vacarme de la musique en provenance du parc l'agace, elle passe dans le salon, où elle ferme les rideaux pour se protéger du soleil rasant.

Elle sort un DVD de son sac : *Sonate d'automne.* Sarah en avait une copie dans la salle télé poussiéreuse, un coffret Bergman. La photo de jaquette est un gros plan intense des deux actrices. Elle le soupèse un moment, puis l'apporte avec son ordinateur sur le canapé et le glisse dans le lecteur.

Au début, elle s'ennuie : rebutée par le travail simpliste et statique de la mise en scène, les monologues bancals face caméra, elle envisage d'arrêter, mais c'est alors qu'arrive Ingrid Bergman, et le film prend feu. C'est comme regarder un match de boxe entre deux poids lourds, de force égale : round après round les coups de poing pleuvent dans l'affrontement entre une mère et sa fille qui remuent les ossements de leur relation. Au bout d'une demi-heure, Lissa se rend compte qu'elle retient son souffle. Quand arrive la fin, elle est réduite à une petite boule de nerfs, les bras verrouillés autour des genoux.

Le film terminé, elle se lève et se rend dans le salon, le sang recommence à circuler douloureusement dans ses membres. Elle se roule une cigarette, ouvre la fenêtre, fume assise sur le rebord. Dehors, la nuit est tombée, l'air nocturne lui hérisse la peau sous son débardeur. L'odeur d'essence se mélange à celle de la friture, des effluves de charbon de bois des barbecues montent en provenance du parc.

Elle pense à Nathan, à la tête qu'il avait à la bibliothèque. *J'ai dû aller chez un psy après avoir vu ce film.* Le genre de choses que la plupart des hommes ne disent pas. Mais Nathan n'a jamais été la plupart des hommes.

C'est grâce à Sarah qu'elle l'a rencontré. La première fois qu'elle l'a vu, elle avait douze ans et venait de refuser de continuer à poser pour sa mère, or comme les samedis étaient le jour de peinture, Sarah s'est trouvé un autre modèle et Lissa a été livrée à elle-même.

Au bout de plusieurs semaines à regarder le matin des émissions débiles, elle s'est mise à quitter la maison en cachette et à descendre la colline pour aller à Camden. Des gamins à peine plus vieux qu'elle traînaient en petits groupes au bord du canal. Elle avait pris l'habitude de s'acheter un Coca chez un marchand de journaux avant d'aller s'asseoir sur le pont pour les regarder. Nathan faisait partie de ces jeunes. Il n'appartenait à aucune tribu en particulier, c'était juste un ado du nord de Londres qui fumait de l'herbe le samedi après-midi sur le canal.

Un jour, par un après-midi frisquet, il est monté la voir. *Ça va ? T'as l'air d'avoir froid.* Elle a reconnu que oui et il lui a prêté son pull. Un grand pull chaud où Nathan, comme beaucoup d'ados, avait percé des trous pour les pouces, et ils ont partagé une cannette de cidre. Il lui a donné sa première cigarette.

Quelques années plus tard, ils se voyaient au Camden Palace. Ils se serraient dans les bras – comme on le faisait à l'époque, de tout son corps –, on pouvait se dire qu'on s'aimait, et le penser vraiment, le vendredi soir, en survêtement, défoncé et platonique. Après il est parti à la fac, sans lui laisser son numéro, elle ne l'a pas vu pendant des années, jusqu'à ce fameux soir du vernissage de Sarah où elle est tombée sur lui juste après la remise des diplômes, et où elle l'a présenté à Hannah. Alors qu'elle était déjà avec Declan.

Il doit approcher la quarantaine, maintenant.

Elle sort son portable et pianote un SMS.

Bergman m'a tuée. Merci, je crois.

Elle ajoute un bisou. L'enlève. Le remet. Efface le SMS. En écrit un autre.

Comment tu savais ?

L'efface. Repose son portable.

Comment tu savais ? Tu savais ? Tu savais que ça me mettrait dans cet état ? Je peux t'appeler ? J'ai besoin de parler.

Elle reprend son téléphone et écrit :

Merci pour le Bergman. J'ai adoré. Liss. Bisous

Âmes sœurs

2008-2009

La nuit du mariage d'Hannah, Cate couche avec le seul autre célibataire de sa table, un des cousins de Nathan, un banquier de la City, âgé de trente-huit ans. Ils se biturent au cava pendant la réception et baisent dans les toilettes du Pub on the Park. Après ça ils se voient régulièrement. Parfois il l'appelle à vingt-trois heures et elle se rend chez lui. Il est propriétaire de toute une maison, dans laquelle il vit seul, en limite du quartier de London Fields, vers Queensbridge Road. Avant il a déjà fait de la spéculation immobilière dans le quartier de Dalston. Il a une cuisine équipée d'une gazinière gigantesque qu'il semble ne jamais utiliser, vu les emballages de repas à emporter qui encombrent toujours la poubelle.

Ils couchent surtout là, chez lui, mais parfois, quand il est en déplacement, et il l'est souvent, ils se retrouvent dans des hôtels à Manchester, Birmingham ou Newcastle, dans des chambres au luxe anonyme. Ensemble ils matent du porno. Ayant rarement regardé du porno auparavant, elle est surprise de voir à quel point elle aime ça. Une fois, ils font l'amour devant son ordinateur, où un autre couple fait l'amour dans sa chambre devant son ordinateur quelque part dans un État du sud des États-Unis. Incontestablement, ça l'excite.

Cet arrangement se poursuit plusieurs mois. Ils ne se voient jamais le jour. Il ne l'invite jamais à une expo dans une galerie, ni à sortir dîner. Il est son secret. Elle ressent de la honte quand elle pense à lui. Parfois il ne donne pas de nouvelles pendant plusieurs semaines et elle sait alors qu'il couche avec quelqu'un d'autre. Parfois elle a envie de le détester de ne pas être quelqu'un d'autre. Mais ce n'est pas un mauvais type. Ce n'est pas un connard. Il a beaucoup de grandes qualités. Simplement il n'a pas envie qu'elle soit sa copine et, pour tout dire, elle n'a pas envie qu'il soit son copain non plus.

Un jour il cesse d'appeler. Elle essaie de le joindre deux ou trois fois, puis attend le texto qui annoncera qu'il est prêt à reprendre les rapports. En lieu et place elle reçoit un bref message poli qui lui apprend qu'il a rencontré quelqu'un et qu'il se fiance.

Elle a trente-trois ans. Elle comprend que cet homme a pris une place dans sa vie, une place qui aurait pu être remplie par un partenaire digne de ce nom. Elle n'a pas eu de partenaire digne de ce nom depuis qu'elle a quitté Lucy, dans une forêt de l'Oregon, près de dix ans auparavant. Mais par la suite, dans les années qui ont suivi, elle en est venue à soupçonner que Lucy ne lui a jamais vraiment appartenu.

Le désespoir l'envahit. Elle va s'inscrire sur le site de rencontres du Guardian. *C'est la seule option raisonnable. Elle choisit une photo d'elle qui date de l'enterrement de vie de jeune fille d'Hannah en Grèce. La photo est prise de loin, Cate est assise sur un mur, elle n'a pas l'air trop grosse. Les choix proposés dans le menu déroulant la font hésiter un instant :*

Femmes cherchant des hommes.

Hommes cherchant des femmes.

Femmes cherchant des femmes.

Hommes cherchant des hommes.

Pour plus de simplicité, elle choisit l'option numéro un. Elle se surnomme LitChick[1]*, parle de son amour pour la littérature, la politique, les écrivains modernistes, l'histoire de l'East End.*

Elle rencontre un type qui joue dans un groupe. Petit, maigrichon, écossais, jean noir. Il n'a pas de fesses. Tout en parlant, il parcourt des yeux la pièce derrière elle. Au bout d'une bière, il reçoit un texto et se lève. Faut que j'y aille, dit-il, et il se penche pour l'embrasser sur la joue.

Elle se rend à Covent Garden, dans un gigantesque pub en extérieur sur une place bondée de touristes. Elle a rendez-vous avec un homme en costard à l'air fuyant et déprimé. Il a récemment divorcé, lui explique-t-il. Sa femme demande la garde des gosses. Quand elle est avec lui, elle a l'impression de suffoquer. Elle s'excuse pour aller aux toilettes et file vers le métro.

Elle continue, enchaîne les rendez-vous, enchaîne les hommes, consciente que ce n'est pas bon pour elle – que ça lui fait mal – mais comme aux jeux de hasard, comme une addiction, elle continue, irrésistiblement.

Un après-midi, au désespoir, elle descend chez Lissa, dans l'appartement du sous-sol.

Elle frappe, nerveuse. Je ne serais pas venue, aimerait-elle se justifier, si je n'étais pas vraiment

---

1. Allusion humoristique à la *chick lit* : genre romanesque décrivant la vie sentimentale de jeunes femmes actives.

désespérée. Je sais que tu ne veux pas me voir. Je sais que tu es toujours fâchée.

Mais quand elle ouvre la porte, Lissa est relativement agréable.

Cate lui montre son profil.

Bon Dieu, s'exclame Lissa. Mets-toi un peu en valeur.

Avec l'aide de Lissa elle choisit une autre photo – une de plus près, où elle rit.

Et du nichon, conseille Lissa.

Sérieux ?

Carrément, faut montrer un peu de nichon.

Elles façonnent un autre profil, un qui fait moins sérieux. Faut faire comme si tu t'en fichais de ne pas avoir de partenaire, explique Lissa. Pour les hommes, y a rien de plus flippant que le besoin.

Elle se demande où et quand Lissa a appris ces règles.

Cette fois-ci elle a plus de succès. Des tas d'hommes semblent vouloir lui proposer un rendez-vous. Elle en rencontre un – au charme discret. Roux, des lunettes. Quand elle le voit, son cœur fait un bond. Ils boivent un verre puis vont dîner au restaurant. Ils débattent de Philip Roth. Il écrit des critiques littéraires à son compte tout en faisant de l'intérim. Il retire très souvent ses lunettes pour les essuyer. Un tic touchant, décrète-t-elle. Il est petit, mais elle s'en fiche. Après le dîner ils divisent la note en deux. Ils échangent un baiser rapide sur les lèvres – un soupçon de langue –, se disent à quel point c'était génial et repartent chacun de leur côté. Elle n'a plus de nouvelles de lui. Elle consulte son compte constamment. Elle lui envoie un message. Puis un autre. Elle commence à se dire qu'elle risque de devenir folle. Au bout d'un moment, elle voit qu'il est actif sur le site. Il a changé son profil. Changé sa photo. Il dit qu'il aimerait rencontrer quelqu'un qui aime les livres.

Dans ce genre d'humeurs, tout est noir. Dans ce genre d'humeurs, tous les hommes sont des monstres détraqués. Comme elle. Tout le monde lui dit que tout le monde se rencontre en ligne de nos jours, depuis les coulisses tout le monde l'encourage à continuer, mais dans ce genre d'humeurs elle sait qu'il n'y a que les rebuts. Les restes. Elle ne pourrait pas imaginer Lissa, par exemple, aller se dégotter un homme sur ces sites.

Elle montre à Lissa les photos de ces hommes. De ces restes. De ces rebuts. Écoute, dit Lissa. Tu mises sur les mauvais chevaux. Ils sont tous trop maigres. Trop cérébraux. Ce qu'il te faut c'est un nounours. Qu'est-ce que tu penses de lui ? Elle désigne un barbu avec des poches sous les yeux. Il a l'air gentil. Ou lui ? Elle se penche et clique sur le profil d'un homme tatoué coiffé d'une casquette de base-ball. Eh ben voilà, dit-elle. Essaie celui-là.

Ils se retrouvent dans le Dove, à Broadway Market. Ils boivent de la bière, parlent musique et nourriture. Il est chef. Il ne connaît rien à la politique ni aux livres. Il n'a pas le bac. Il a quitté le lycée pour étudier dans une école hôtelière, il a vécu à Paris et à Marseille, il parle couramment le français. Elle a l'impression d'avoir attendu toute sa vie de rencontrer un homme sans diplôme qui parle couramment l'argot marseillais des cités. Il ne flirte pas. Quand il retire sa casquette, elle constate un début de calvitie. Il épie sa réaction, bronche un peu. Mais désormais, après deux heures passées ensemble et plusieurs pintes descendues, elle n'a plus aucune réaction à contrôler parce qu'il pourrait bien avoir perdu tous ses cheveux, elle s'en ficherait pas mal. Il lui explique qu'un jour, il aimerait avoir son propre restaurant. Aucune prétention, de la cuisine simple, locale. Il lui pose des questions sur elle. Elle lui raconte son travail, au sein d'une petite entreprise, qui consiste à faire financer des projets communautaires par de grosses banques. Les bureaux en bordure de Canary Wharf. La queue pendant la pause-déjeuner avec tous les costards cravates. Elle rend ça drôle. Elle lui raconte un match de foot à cinq entre des gamins du quartier et les employés d'une banque allemande. Comment les gamins leur ont mis la pâtée. Pour son plus grand plaisir. Comme elle l'espérait, cette histoire lui plaît. Elle lui raconte les femmes bengalies qu'elle a emmenées à une réunion ce matin à la Banque américaine, papillonnant nerveusement dans leurs saris tels de magnifiques oiseaux.

C'est bien, commente-t-il. C'est du bon travail. Ces banquiers. Tu devrais tirer tout ce que tu peux de cette bande de connards.

Ouais, sourit-elle, trinquons.

Quand il se lève pour commander une nouvelle tournée, elle voit qu'il essaie de rentrer le ventre. Au bout de la troisième pinte, il arrête d'essayer. Dehors, dans la rue, ils s'embrassent, les mains dans les cheveux.

Ils rentrent chez lui. C'est un grand studio dans un immeuble délabré qui donne sur le canal. Il a un futon et un mur entier de disques. Il met du reggae vintage, ouvre une bouteille de vin. Le lit est défait, il s'empresse de le recouvrir d'un plaid.

Je ne m'attendais pas à avoir de la visite, explique-t-il. Elle le croit, et l'en aime d'autant plus. Ils ont faim, il propose de cuisiner. Elle le regarde découper les légumes avec une efficacité saisissante. Il doit être bourré et pourtant son couteau ne ripe pas. Ses tatouages. Ses larges avant-bras. Lissa avait raison. C'est d'un nounours qu'elle avait besoin.

Il prépare des pâtes avec des câpres, du piment et des tomates fraîches. C'est incroyablement délicieux. Quand ils ont mangé, ils font l'amour sur le lit défait. Elle est effarée de voir à quel point c'est chouette de baiser.

Le matin, le soleil se lève sur le gazomètre, sur le canal. Elle compte ses tatouages, il lui raconte l'histoire de chacun.

Et ça c'est quoi ? demande-t-il en lui saisissant le poignet avant de faire courir son doigt sur l'araignée.

Oh, ça ? répond-elle en retirant sa main. Un truc des années quatre-vingt-dix, c'est tout.

Trois mois plus tard elle est enceinte. Neuf mois plus tard ils sont mariés. Dix-sept mois plus tard elle habite à Canterbury.

C'est comme si la vie avait décidé pour elle. L'avait ramassée, retournée, et déposée loin, très loin de chez elle.

2010

Cate

« Allez, lance-t-elle joyeusement à Tom dans sa chaise haute, où il mange solennellement une banane. On fait une excursion aujourd'hui. Pour aller voir Hannah ! »

Sam lève le nez de son téléphone.

« On est samedi, commente-t-il.

— Je sais.

— Samedi c'est mon jour.

— Je sais. Mais j'ai envie de voir Hannah et la semaine elle travaille. Je pensais que tu serais content. Tu peux retourner te coucher.

— Mais… »

Il rajuste sa casquette de base-ball.

« Je comptais aller chez ma mère, mais bon, si tu es sûre. Tu la retrouves où ?

— À Hampstead. Dans le parc.

— À *Londres* ? »

Il la dévisage d'un air consterné.

« Mais pourquoi ?

— Parce qu'elle me manque. Londres me

manque. Et puis Tom grandit tellement vite, il lui manque et…

— Vraiment ?

— Quoi ?

— Enfin, je veux dire, avec tout ce qui se passe… c'est juste que – je n'arrive pas à croire que c'est vrai.

— Qu'est-ce que tu veux dire ?

— Eh bien, si tu étais à la place d'Hannah, est-ce que Tom te manquerait ? »

Elle baisse les yeux sur ses mains, prend une inspiration.

« C'est son filleul. Et oui, je pense qu'il pourrait me manquer. Il paraît que fréquenter des bébés est une bonne chose pour les femmes qui essaient de procréer. »

Tom glousse, elle lève la tête. Il leur fait un grand sourire en tapant dans ses mains, c'est son dernier truc.

Elle essaie de repêcher ces petites boîtes Tupperware qu'elle a achetées à l'époque où elle pensait qu'elle allait écraser, réduire en purée, mixer elle-même sa nourriture, les déniche au fond du placard, en remplit deux de tranches de pomme, de galettes de riz, remplit d'eau le verre à bec, de couches le sac à langer, rassemble l'écharpe, un change, fourre Tom dans son manteau, attrape son porte-monnaie et se dirige vers la porte. Sam se lève pour lui ouvrir, en contemplant d'un air sceptique le monde extérieur.

« Qu'est-ce que je vais dire à ma mère ? demande-t-il en se grattant la barbe.

— Dis-lui qu'il fallait que je voie Hannah. Dis-lui qu'on lui rendra visite la semaine prochaine.

Mardi. Tamsin s'occupe de l'organisation. Tu te rappelles ?

— Oh. Ouais. Cool. »

Il se penche, tope avec Tom, dépose à Cate un petit bisou sur la joue.

« Faites attention à vous. Tu es sûre que ça va aller ?

— Mais oui ! »

Elle cille devant l'allégresse de sa propre voix.

Elle fonce jusqu'au bout de la rue, longe le morceau de pelouse miteuse planté d'un seul arbre, puis le supermarché, descend dans le passage souterrain et ressort au niveau de l'extrémité éboulée des murs de la ville. À ce rythme-là, elle arrivera peut-être à distancer sa fatigue. Le soleil a beau se réverbérer sur les bâtiments en silex, il fait frisquet. La saison tourne : ici l'air a un côté tonifiant qu'elle n'avait pas ressenti depuis des années. La mer – ça doit être lié à la proximité de la mer. Elle ne porte qu'une fine veste. Elle envisage de retourner à la maison, mais ce serait s'exposer à la défaite : si elle rebrousse chemin, elle risque de sortir Tom de sa poussette et de laisser tomber. Or il a l'air tout content, il agite les jambes, regarde de-ci de-là, s'exerce à saluer chaque chien, chaque passant.

Dans le train aussi il est mignon : debout sur la cuisse de Cate, il rebondit, essaie de tendre complètement les jambes, tandis que défilent les plaines anglaises de l'estuaire. Son portable vibre. Hannah.

Toujours partante pour ce matin ?

Oui !

Elle ajoute un smiley, chose qu'elle aurait évitée dans le passé, mais aujourd'hui, pour des raisons de rapidité et à cause de cette nouvelle gaieté aux couleurs primaires, cela lui semble approprié.

Mais le temps que le train ralentisse à l'approche de Londres, Tom est fatigué, grincheux, l'heure de sa sieste est passée. Sur le quai, il proteste quand elle essaie de le mettre dans sa poussette, se cabre, se tortille pour échapper aux bretelles. Elle se penche, farfouille dans son sac en quête des Tupperware, mais le sac, vaste, volumineux et multi-poches, se montre rétif. Elle finit par mettre la main sur une boîte, sort une galette de riz qu'elle tend à Tom.

« Tiens ! Tiens, mon chéri. »

Il pleure pour de bon maintenant, de vraies larmes coulent sur ses joues. Il ne veut pas de galette de riz. Il veut probablement téter. Elle s'agenouille devant la poussette.

« Hé, attends un peu. S'il te plaît. Tu pourras dormir bientôt. »

Elle pousse la poussette sur le quai, mais Tom est dans tous ses états, alors elle s'arrête, sort la plus mince des écharpes, celle qu'elle utilise depuis qu'il est tout petit, celle que Sam mettait pour le porter et lui chanter des chansons. Sam. Elle serait prête à supporter n'importe lequel de ses commentaires et de ses allusions désobligeantes pour l'avoir là, à ses côtés. Mais il n'est pas là. Il n'y a pas de cavalerie, pas de *deus ex machina*. C'est elle l'adulte, à présent.

« Attends, répète-t-elle d'une voix de plus en

plus crispée, tandis que les gens lui jettent de petits regards inquiets. Attends, mon chéri. »

Elle passe l'écharpe dans l'anneau, noue l'origami des plis bien serré et parvient à y glisser Tom. C'est comme lutter avec une pieuvre. Il se débat contre sa poitrine, mais ses pleurs finissent par s'espacer, s'apaiser, et ils respirent ensemble.

« Ça va ? murmure-t-elle en lui caressant le dos à travers le tissu. Ça va. Ça va ? »

Il se laisse emporter par le sommeil. Bon. Soit elle arpente le quai en attendant qu'il dorme plus profondément, soit elle continue à avancer en direction du métro au risque de le réveiller. Après avoir consulté sa montre, elle opte pour la seconde solution.

Le métro est bruyant, plus bruyant que dans n'importe lequel de ses souvenirs, mais Tom, grâce à Dieu, reste endormi, sa tête sur la poitrine de Cate. Les gens les regardent, sourient, et elle leur sourit à son tour malgré son cœur qui déraille. Et s'il se passait quelque chose : une attaque quelconque ? Ça lui semble complètement fou d'avoir ce bébé minuscule endormi dans ce wagon, ce wagon métallique dans lequel on a l'impression que la mort pourrait survenir avec mille visages différents, ce wagon qui creuse son chemin à côté des ossements des morts, des fantômes affamés de la ville, et passe sous le fleuve – *le fleuve* –, ce qui en soi doit être dangereux, non ? Comment se fait-il qu'elle n'ait pas réfléchi à ces choses avant ?

Elle n'aurait jamais dû quitter la maison.

Tom a beau continuer à dormir, elle est réduite à une boule de nerfs, la main raide contre son dos.

S'il te plaît. S'il te plaît ne te réveille pas. Pas maintenant. Pas encore. Pas avant qu'on soit arrivés.

Et de fait il ne se réveille pas, le roulis du train le berce et maintient son état inconscient – il dort toujours tandis qu'elle se débat avec la poussette dans l'escalator de la station Camden, qu'elle marche vers le métro aérien, qu'elle embarque en direction de Gospel Oak, et ce n'est que lorsqu'elle franchit le portail du parc Heath qu'il soulève son adorable minois ensommeillé et regarde autour de lui.

« Oh, coucou ! Coucou, mon chéri ! jubile-t-elle, au bord des larmes tellement elle est soulagée. Regarde ! Regarde tous ces arbres. Les feuilles ! Tu les vois ? Tu les vois ? »

C'est une matinée magnifique. Au loin, rouges, ors et bruns enflamment la vaste étendue de Highgate Hill. Il y a des coureurs, des promeneurs de chiens ; des couples élégants en doudounes assorties gesticulent en parlant français, italien, arabe. C'est le Grand Monde et elle en fait partie.

« Qu'est-ce que c'est joli ! » s'exclame-t-elle en retirant Tom de l'écharpe pour l'attacher dans sa poussette avant de se diriger vers le café au pied de Parliament Hill, celui qui est bon marché, leur préféré, le vieil italien où on peut encore commander des sandwichs à la crème glacée et des tartines d'œufs brouillés. C'est elle qui repère Hannah, installée seule à une table en terrasse.

« Hey ! Hey, Hannah ! »

Elle hurle, transpire et hurle, sans manifestement parvenir à se débarrasser de cet horrible ton enjoué. Hannah lève la tête.

Elle se met debout, étreint Cate – sur son cou

l'odeur de quelque chose de coûteux et sobre –, puis se penche vers Tom.

« Salut, petit loup. »

Elle porte un manteau d'hiver en laine soyeux ; ses cheveux semblent avoir été récemment pris en main par un excellent coiffeur.

« Tu es très jolie, la complimente Cate en reprenant son souffle.

— Merci. »

Cate scrute le visage de son amie en quête de signes de stress mais n'en voit aucun, elle a plutôt l'impression que son regard ripe, comme si Hannah était recouverte d'un enduit lisse et impénétrable, un visage de pierre sans aucune prise à laquelle se raccrocher, alors que Cate se sent poreuse. Plus que ça. C'est comme s'il y avait de grands trous béants en elle, à l'intérieur desquels n'importe qui pouvait jeter un œil, fourrer le doigt et prononcer un jugement sur le bordel qui règne à l'intérieur. Elle transpire, et Tom, qu'elle sort de sa poussette, transpire aussi.

« Oh, fait Hannah en contemplant le bébé. Il est mouillé.

— C'est juste de la sueur. »

Hannah hoche la tête.

« Mais sa poitrine, elle est trempée. Il fait assez froid, non ? »

Hannah a raison. Il a bavé sur son T-shirt. Il fait ses dents, elle aurait dû prendre un bavoir. Pourquoi n'a-t-elle pas apporté de bavoir ? Il a la poitrine inondée de transpiration et de bave, il est tout petit, il fait ses dents, Hannah a raison, il ne fait pas chaud – la saison a changé pendant qu'elle se terrait chez elle.

« Tiens, deux secondes. »

Elle le fourre dans les bras d'Hannah, qui l'assied sur ses genoux.

« Salut, monsieur. »

Tom se contorsionne pour dévisager Hannah d'un air dubitatif, et Cate aperçoit l'éclair de panique momentané sur le visage de son amie.

« Ça va. Il vient juste de se réveiller…

— T'inquiète pas, répond Hannah en levant une main. On est bien tous les deux. »

Cate se penche sur la poussette, farfouille en quête de la tenue de rechange. Encore ce sac. Ce putain de sac la terrorise.

« Ça y est ! »

Elle a un pull propre dans les mains. Elle le brandit à Hannah, qui hoche la tête avec un sourire. Impossible de partager le sentiment d'accomplissement que lui apporte cette trouvaille, alors Cate ne dit rien. Non, elle se contente de passer laborieusement le pull par-dessus la tête de Tom, avant de lui donner nerveusement une galette de riz, dont il s'empare avec plaisir tandis qu'elle lui enfonce un bonnet sur la tête.

Respire. Respire. Respire.

« Je peux te le laisser le temps d'aller commander un café ?

— Bien sûr. Ça va bien se passer, pas vrai, Tom ? »

Tom agite les pieds avec un grand sourire.

« Tu veux quelque chose ?

— Non. Vraiment, ça va. »

Cate se lève, se fraie un passage jusque dans le café et rejoint la queue au bar, en jetant régulièrement un œil par-dessus son épaule vers l'endroit où Hannah et Tom sont installés, Hannah la main levée, désignant quelque chose que Cate ne peut pas voir. Elle passe en revue les infusions, laisse tomber cette idée, commande un cappuccino et une pâtisserie, jette deux sucres dans son café et rapporte le tout dehors.

Respire.

« Alors, quoi de neuf ? s'enquiert Cate qui pose son café et s'assied.

— Il n'y a franchement pas grand-chose à raconter. Je suis en train de vivre une ménopause, là. Je transpire. Je suis irritable. C'est assez horrible, mais ça ne va pas durer.

— Pourtant tu as une mine superbe ! » se récrie Cate.

Elle touche la manche d'Hannah. Un étrange geste réflexe : elle voudrait s'approprier un peu de cette douceur. La main d'Hannah se pose sur la sienne.

« Et toi ?

— Ça va », répond Cate.

Je crois que je suis en train de perdre la tête.

Il y a un silence. Cate souffle sur son café tandis que Tom gazouille sur les genoux d'Hannah, elle contemple son adorable enfant dans les bras de sa plus vieille amie, et soudain elle sent de stupides larmes lui monter aux yeux. Elle se penche pour les essuyer avant qu'Hannah ne voie. Mais elle a vu, évidemment qu'elle a vu.

« Hé, tu pleures. »

Cate hoche la tête. Les larmes ruissellent à présent.

« Ça va. Je t'assure. C'est juste que… »

La morve coule, rien pour y remédier, juste une minuscule serviette en papier ultra-fine à côté de sa tasse de café, sous le biscuit emballé. Elle se mouche, la serviette se dissout entre ses doigts.

« Tiens. »

Hannah plonge la main dans son sac pour trouver des mouchoirs, Cate en sort un du paquet, se mouche.

« Tu as l'air fatiguée.

— Je le suis. Tom se réveille tellement souvent la nuit pour téter.

— Ça c'est rude », compatit Hannah.

Elle se penche à l'oreille de Tom :

« Hé. Écoute-moi bien, toi. Laisse ta mère se reposer. Elle a besoin de dormir.

— Fais gaffe, dit Cate. Quand tu auras ton bébé, tu auras un dormeur. Il faudra l'habituer à une routine dès le premier jour. »

Hannah s'esclaffe.

« Ouais, bah, on verra. Comment va Sam ?

— Ça va. Enfin, peut-être. Je ne sais pas trop. Sa mère et sa sœur m'ont proposé de s'occuper de Tom un jour par semaine.

— Mais c'est génial ! Une garde gratuite. Ça ne fait pas partie des raisons pour lesquelles vous avez emménagé là-bas ?

— J'imagine que si. »

Cate observe Tom, qui agite les bras avec un grand enthousiasme au passage d'un chien.

« Mais s'il devient comme eux ?

— Qu'est-ce que tu veux dire ? »

Cate secoue la tête.

« Je suis désolée. Ce n'est pas vraiment ce que je voulais dire. Seulement…

— Quoi ?

— Parfois j'ai l'impression d'avoir échoué.

— En quoi ?

— Tout. »

Cate serre le mouchoir dans son poing.

« Je n'avais même pas de mouchoirs aujourd'hui. Ma mère avait toujours des mouchoirs. Ça fait partie du job des mères. Et puis j'ai peur.

— De quoi ?

— De tout. L'avenir. Le changement climatique. La guerre. Je n'arrête pas de me demander quel genre de monde ce sera, quand il aura notre âge. »

Elle fait tourner sa main droite autour de son poignet gauche, son pouce effleurant l'araignée, tout juste dissimulée.

« Et je n'arrête pas de penser à Lucy. Je me demande où elle est.

— Lucy ? Sans rire ? »

Hannah s'assombrit.

« Je suis sûre que là où elle est, elle va très bien. Allons, Cate, tu as Tom. Tu as Sam. Tu as ta vie.

— Et si ce n'était pas ma vie ?

— Qu'est-ce que tu racontes, enfin ?

— J'ai juste l'impression…

— Que quoi ? Tu as l'impression que quoi ? »

Dêtreseuleseuleseuleenpermanenceputain.

« Parfois j'ai l'impression…

— Que quoi ?

— Que c'était peut-être irresponsable. D'avoir un gamin tout court. »

Et d'un coup elle sent Hannah se détacher : bras croisés, tête détournée. Elle sent la matinée, chargée de toutes ses promesses, être aspirée loin d'elle, loin d'eux tous.

« Cate, grince Hannah, écoute-moi. Accepte cette proposition de garde. Accorde-toi un jour par semaine. Dors. Et puis je crois que tu devrais aller voir quelqu'un. Un médecin.

— Un médecin ?

— Si tu es déprimée, explique lentement Hannah, tu as des moyens d'agir. Tu es déjà passée par là. Va voir un médecin. Prends des cachets. Va mieux. S'il te plaît. »

Elle soulève Tom, le repose sur les genoux de Cate.

« Allez, Cate, étouffe-moi ça dans l'œuf. Fais-le pour Tom, si ce n'est pas pour toi. Et puis il a froid, déclare-t-elle. Tom a froid. Installons-nous à l'intérieur. »

Lissa

Le premier jour de répétition est une journée de début d'automne vivifiante, et Lissa se lève tôt. Elle chantonne sous la douche, s'échauffant la voix, faisant courir sa langue tout le tour de sa mâchoire. Elle choisit sa tenue avec soin : une chemise en coton ample à col ouvert, un jean et un collier de perles rouges. Pas de maquillage hormis une touche de mascara. Elle s'attache les cheveux, endosse d'un mouvement d'épaules une veste d'homme beaucoup trop grande et s'enroule une écharpe légère autour du cou. Elle est stressée, mais c'est une sensation gérable, un affûtage, un léger pétillement en marge des choses, tandis qu'elle traverse le parc en savourant l'attraction de la marée humaine matinale, l'allure rapide des marcheurs, les vélos. L'air est pur, les feuilles des platanes interceptent les tout premiers rayons du soleil.

Tout en marchant, elle se parle à voix basse, repassant les répliques qu'elle a à moitié mémorisées ; ils se servent de la traduction de Michael Frayn[1], elle commence déjà à bien la connaître, à en intérioriser les cadences, à s'imaginer dans le rôle : Éléna, la jeune épouse d'un vieil homme, enterrée dans son mariage et assoiffée de vie.

Éléna : Comprends donc, ma chère, il a du talent. Sais-tu ce que cela veut dire ? Le talent, c'est la hardiesse, l'esprit libre, les idées larges. Quand il a planté un arbrisseau, il se demande ce qu'il sera devenu dans mille ans ; il rêve déjà du bonheur de l'humanité. De tels hommes sont rares, il faut les aimer…

Elle est curieuse de voir qui jouera Astrov, le médecin dont son Éléna va tomber amoureuse. Curieuse de voir qui jouera tous les rôles qu'elle a lus et relus ces trois dernières semaines.

Elle arrive quinze minutes en avance à l'adresse indiquée sur la première page du texte, un studio en sous-sol à Dalston, rencogné dans une contre-

---

1. En français la traduction utilisée est celle de Génia Cannac et Georges Perros, publiée aux Éditions Gallimard.

allée entre deux restaurants turcs dont les devantures sont barricadées contre le matin. La metteuse en scène, Klara, est déjà là, dans un coin de la pièce, occupée à parler à quelqu'un qui ne peut être que le décorateur, la tête penchée au-dessus d'une maquette de la scène. Elle est plus petite que dans ses souvenirs, boulotte, même, avec des cheveux gris qui frisent façon pissenlit. Une dizaine de chaises sont disposées en cercle pour les acteurs et, derrière, une autre rangée pour l'équipe technique. Sur une table d'appoint, une bouilloire fume dans l'air lumineux. Une jeune femme à la peau claire arrive, lui serre énergiquement la main et se présente comme Poppy, la régisseuse adjointe.

« Ravie de vous rencontrer ! Il y a du café, des viennoiseries, servez-vous. »

Lissa laisse tomber son sac à côté d'une chaise et se dirige nonchalamment vers la table.

« Autant profiter de l'hospitalité. »

Elle se tourne vers la voix : un homme d'à peu près sa taille se tient à côté d'elle.

« Dieu seul sait quand ça se reproduira. »

On perçoit un léger accent du Nord dans son grognement de basse. Liverpool ? Il est rasé de près, la cinquantaine, des cheveux poivre et sel, mi-longs, qui lui arrivent sous les oreilles. Ses yeux sont d'un bleu incroyable. Elle l'a déjà vu quelque part. Ce doit être sur scène, mais elle ne se rappelle pas quand. Elle s'apprête à répondre, mais il est déjà parti, croissant à la main, rejoindre son siège.

« Lissa ? »

Elle se retourne : cette fois-ci c'est un homme nettement plus jeune, le visage fin, les yeux très écartés et les lèvres charnues. Elle serre sa main tendue. Est-ce qu'elle le connaît ?

« Lissa Dane, n'est-ce pas ?

— Oui. Je suis désolée, je... »

Le jeune homme s'esclaffe.

« J'ai seulement reconnu votre visage. Que j'avais vu sur des photos.

— Vraiment ?

— Vous ne sortiez pas avec Declan Randall ?

— Oh. Si, en effet.

— J'adore son travail. »

Elle hoche la tête.

« C'est un homme talentueux.

— Son dernier film – celui qui se passe en prison. Le réalisateur français ? Incroyable.

— Je ne l'ai pas vu, dit-elle.

— Vous plaisantez, s'exclame-t-il en secouant la tête. Si je pouvais avoir la carrière de quelqu'un, ce serait la sienne. »

Elle hoche la tête, se surprend à glisser un regard vers l'endroit où le quinquagénaire est assis. Ça la travaille. Son visage. D'où peut-elle bien le connaître ?

« Donc vous n'êtes plus ensemble ?

— Non, répond-elle. Ça fait deux ans maintenant. Il m'a larguée. Pour une maquilleuse.

— Bon Dieu, commente-t-il en secouant la tête de plus belle. C'est moche.

— Ouais, bah. C'était un monstre égotiste. Alors bon, vous savez ce qu'on dit. »

Elle s'empare de son café.

« Il faut voir le bon côté des choses, blablabla. »

La pièce se remplit, le brouhaha autour de la table

à café augmente, le groupe d'acteurs se déploie dans la salle. La régisseuse adjointe frappe dans ses mains pour rassembler tout le monde. Lissa et le jeune homme, qui lui dit s'appeler Michael, se dirigent vers le cercle, où elle s'assied à côté du quinquagénaire qui l'accueille d'un léger mouvement de tête.

Toutes les chaises sont occupées. Klara s'avance vers sa place sans s'asseoir, balayant le cercle du regard à mesure que les acteurs, un par un, se taisent. Elle laisse le silence enfler jusqu'à emplir la pièce, puis porte la main sur son cœur.

« Vous voilà, dit-elle. Vous voilà tous. Et qui êtes-vous ? Dites-nous. Johnny. »

Elle désigne d'un signe de tête l'homme à côté de Lissa.

« Commence.

— Johnny, Vania. »

Une jeune femme, l'air très concentrée, jean noir et T-shirt polo, prend ensuite la parole :

« Helen, Sonia. »

Un par un, ils se présentent – *Richard, Sérébriakov ; Greg, Astrov* – et au fur et à mesure, la pièce se peuple : la femme âgée élégante qui joue Maria, la belle-mère d'Éléna ; la femme qui semble avoir dans les soixante-dix ans et qui joue Marina, la nourrice. Lissa observe Klara qui observe ses acteurs – tous s'observent avec méfiance, avec excitation, jusqu'à ce que le cercle se referme et que ce soit au tour de Lissa.

« Lissa, lance-t-elle. Éléna.

— Bon, conclut Klara, lisons cette magnifique pièce. »

Comme Johnny se penche sur le sac en cuir noir à ses pieds pour y prendre son texte, Lissa se rappelle soudain d'où elle le connaît : le centre d'appels. Elle le revoit là-bas à présent, assis dans la salle de pause minable avec cette même expression vaguement dédaigneuse. Il y a quelque chose de majestueux chez lui. Quelque chose de tragique. Entièrement vêtu de noir, avec la même serviette en cuir noir à ses pieds.

Hannah

On leur a demandé de se présenter tôt à l'hôpital, où Nathan et elle sont assis en silence, côte à côte sur des chaises en plastique rigide clouées au sol, tandis que l'aube se lève sur Londres.

Nathan passe en revue ses mails professionnels sur son portable tandis qu'Hannah compte les couples. Il y en a sept. Elle connaît les statistiques : 24 % de ceux dans sa fourchette d'âge concevront, 15 % parmi ceux plus âgés qu'elle, un peu plus pour les moins de trente-cinq ans. Elle observe les visages, devine les âges, essaie de calculer. Combien de ceux qui sont présents dans cette pièce se montreront chanceux ? Un couple ? Deux ?

Les noms des femmes sont appelés, elles se lèvent, leurs petits sacs à la main, en disant au revoir à leur partenaire. Nathan, face à Hannah, appuie son front contre le sien.

Puis les femmes sont emmenées via des portes battantes dans une salle d'attente où est allumée une télévision – le vacarme cru des programmes matinaux. Cela lui porte sur les nerfs, elle n'a pas envie de regarder ni d'écouter, alors elle sort son livre et essaie de lire, en regrettant de ne pas avoir pris de casque. Son nom se trouve au milieu de la liste punaisée au mur.

On leur donne des blouses d'hôpital à enfiler : d'étranges tenues, ouvertes dans le dos. Elles s'assoient de façon à ne pas montrer leur culotte.

La matinée s'écoule ainsi. Il y a une orangeade aqueuse à boire. Une par une les femmes s'en vont, Hannah les regarde partir : chacune avec sa précieuse cargaison, pleine d'espoir. Elle essaie de déchiffrer leur visage, leur corps, comme si elle pouvait y voir écrit leur destin : laquelle d'entre elles aura l'enfant tant désiré. Comme si leur réussite signifiait son échec. Comme si la fertilité était un jeu à somme nulle.

Elle pense à Cate. *Parfois je me sens irresponsable, d'avoir un gamin.*

L'indélicatesse de ce commentaire. Le luxe d'un cadeau venu si facilement.

En vérité, ces mots ont rendu Hannah furieuse, mais elle n'a rien dit, remballant sa colère par manque d'énergie.

Sa voisine est nerveuse. Elle n'arrête pas de se lever pour aller aux toilettes. Sa nervosité est contagieuse.

« C'est votre première fois ? » demande Hannah à son retour.

La femme hoche la tête.

« Et vous ?

— La troisième.

— C'est vrai ? »

La femme en semble attristée, Hannah regrette d'avoir parlé.

« Je n'aime pas les anesthésies, reprend la femme. Je n'aime pas être inconsciente. »

Dans la lumière de l'hôpital, elle a le visage livide.

Quand vient le tour d'Hannah, elle aussi a été gagnée par la nervosité. Combien d'ovocytes y aura-t-il ? Plus elle en aura, plus ses chances augmenteront. À la dernière échographie, il semblait y en avoir onze sur l'écran, mais parfois ce ne sont que des sacs vides.

« Hannah Grey ? Suivez-moi. »

Elle suit à pas feutrés l'infirmière dans la petite salle d'anesthésie aux allures de placard, où elle monte sur la table.

« Ça va ? »

L'anesthésiste lui jette un rapide coup d'œil.

On lui prend la main, l'anesthésiste lui demande de compter à rebours, Hannah s'exécute et…

« Treize ! annonce-t-elle à Nathan dans la salle de réveil. J'en ai eu treize. »

Elle a la tête qui tourne, jubile.

« Bah dis donc. »

Il se penche pour l'embrasser.

« Bravo championne.

— Et toi, comment ça s'est passé ?

— Bien, répond-il, le sourire jusqu'aux oreilles. C'était drôle, cela dit, il y avait les mêmes magazines que la dernière fois dans le tiroir.

— Tu plaisantes.

— Je t'assure !

— Tu crois qu'ils les désinfectent ? Tu crois qu'il y a quelqu'un dont c'est le boulot ?

— Aucune idée. »

Ils rient et elle est toute légère, assise là, shootée au thé d'hôpital dans son fauteuil médical aseptisé. D'autres femmes sont assises en face d'elle. Certaines ont l'air heureuses, d'autres moins. Et elle sait. Elle sait que cette fois-ci c'est la bonne pour eux.

Il est encore tôt dans l'après-midi. Ils rentrent à pied chez eux en passant par les ruelles avant de traverser le parc, où les feuilles tourbillonnent dans la lumière dorée. Il règne dans l'appartement l'atmosphère calme et clandestine d'un après-midi de milieu de semaine où ils feraient l'école buissonnière, ensemble. Ils ouvrent les fenêtres, laissent entrer le jour, puis, pour la première fois depuis des semaines, ils s'allongent sur leur lit et font l'amour.

Elle se réveille tôt. Elle a rêvé sans trop savoir de quoi.

À côté d'elle, Nathan continue à dormir. Elle se lève délicatement, tire une des couvertures du lit et se rend dans la cuisine, où elle se prépare un thé à la camomille avant de sortir son ordinateur portable en se demandant si elle devrait se distraire en regardant un film, mais il n'y a rien qu'elle ait envie de voir, alors elle clique sur diverses pages Internet, le forum FIV – les milliers de femmes qui postent leurs questions, les milliers qui leur répondent –, la sororité pastel de l'angoisse et du réconfort. Elle ne supporte pas ces forums et pourtant ils l'appellent, encore et encore, avec leur sérénade de sirènes.

Au bout d'un moment, elle repousse son ordinateur, emporte sa couverture et, postée à la fenêtre, contemple la ville par-delà le parc. Elle pense à ces embryons, invisibles à l'œil nu. Combien d'entre eux ont été fécondés ? Combien d'entre eux palpitent de la plus infime pulsation de vie ? Elle a envie d'être près d'eux. De retourner à l'hôpital, de trouver la pièce où ils ont été entreposés et de s'asseoir à leurs côtés. De les veiller durant ces longues heures fugitives qui précèdent l'aube. Elle est leur mère, après tout.

On l'appelle le lendemain matin, au travail. Dès qu'elle voit le numéro inconnu s'afficher sur son téléphone, elle bondit pour aller répondre dans le couloir.

« Onze ont été fécondés », lui annonce l'infirmière, et Hannah sent son cœur s'envoler.

Elle essaie d'appeler Nathan, mais son portable sonne dans le vide et elle finit par tomber sur sa messagerie. Un SMS arrive. *En réunion. Tout va bien ?*

Onze, écrit-elle, à quoi il répond d'un mot : *Génial !*

Maintenant elle doit attendre.

Le lendemain, pas de nouvelles. Nathan travaille tard, l'appartement semble gigantesque. Elle ouvre la porte de la petite chambre. Cette chambrette est orientée à l'ouest, vers l'hôpital. Elle se laisse glisser sur la moquette et reste assise là en silence. Au bout d'un moment elle s'empare de son téléphone pour appeler chez ses parents. C'est son père qui décroche.

« Salut, papa.

— Hannah. Comment ça va, ma puce ?

— Bien.

— Content de l'entendre.

— Et toi ?

— Super. »

Se sont-ils jamais dit plus que ça au téléphone ?

« Attends une seconde, ma puce. Je vais chercher ta mère.

— Merci, papa. »

L'appel doux de son père. Assise dans la pénombre de sa chambre vide, elle imagine sa mère interrompre ce qu'elle est en train de faire, regarder la télé à tous les coups, les pieds relevés sur la table basse devant elle. Chaussée des chaussons qu'Hannah lui a achetés sur catalogue le Noël précédent. La voilà qui arrive à pas feutrés dans l'entrée. Chasse le chien blotti dans le petit fauteuil à côté du guéridon du téléphone.

« Hannah, ma puce. »

Les voyelles douces.

« Salut, maman. Je ne te dérange pas ?

— Non, ma puce. Pas du tout. Je regardais juste les épisodes de « Strictly Come Dancing[1] » que j'avais ratés. Attends une seconde, que je me mette à l'aise. »

Elle entend sa mère se renfoncer dans le fauteuil.

« Comment tu vas ? Tu as fait le machin ?

— Oui.

1. L'équivalent de « Danse avec les stars » en France.

— Comment ça s'est passé ?

— Bien, je crois. »

Elle ne rentre pas dans les détails. Sa mère a une conception de la FIV pour le moins floue.

« Oh, c'est super, ma puce. Tu sais, j'ai vu Dot l'autre jour. La petite de sa fille a un an maintenant. »

Les propriétés talismaniques de Dot et de la fille de sa fille – conçue par FIV et née l'an dernier – sont puissantes. À Noël, les trois générations avaient été conviées à prendre une tasse de thé empesée.

« Un an ? répète Hannah dans l'obscurité. C'est passé vite.

— Elle est vraiment trognon.

— Comment va Jim ? demande-t-elle.

— Bien. Ils ont signé pour la maison. Ils vont déménager d'ici une semaine. Juste à temps pour la naissance.

— Hayley doit être presque à terme, maintenant.

— Oui. Elle a un sacré ventre. Tu vas bientôt être tata.

— C'est super.

— Comment ça va, le travail ?

— C'est calme.

— Bon, tant mieux. Et Nathan ?

— Il va… bien.

— Eh bien, c'est génial, ma puce. »

Hannah ferme les yeux, elle voudrait être à Manchester dans le petit salon de ses parents, regarder « Strictly Come Dancing » avec sa mère, le chauffage au gaz allumé trop fort.

« Je vais prier pour toi, ma puce, dit sa mère.

— Merci », répond Hannah.

Elle ne sait jamais comment réagir à ça.

Merci, maman, mais Dieu n'existe pas.

« Il faut que je file. Je te laisse retourner à la télé.

— D'accord. Tu es sûre ?

— Nathan a cuisiné quelque chose, ment-elle.

— Oh, OK, bon, embrasse-le pour nous, d'accord ?

— Je n'y manquerai pas. Salut, maman. Je t'aime.

— Moi aussi je t'aime, Han. »

Le lendemain, tôt, il y a un appel de l'hôpital.

« L'embryologiste aimerait procéder au transfert aujourd'hui. »

Elle remercie et va dans la salle de bains, où Nathan se brosse les dents.

« Ils veulent le faire aujourd'hui. »

Il crache, se rince la bouche.

« Ils ont dit autre chose ?

— C'était juste une standardiste. Ils ne doivent pas être terribles, les embryons. »

La plus infime pulsation vacillante.

« Je suis sûr que tout va bien, Han. C'est juste – scientifique. »

Elle tripote un bout de rouleau de papier toilette.

« Hé ! Hé, Han ! »

Sa main sur la sienne.

On les fait entrer dans une minuscule antichambre mal éclairée. On lui demande d'enlever le bas, on lui donne une blouse à enfiler.

La pièce n'est éclairée que par la lumière

faiblarde de spots fichés dans le mur. Il y a une infirmière. Un médecin. Elle sur le lit à roulettes. Ses pieds dans des étriers. L'écran à côté d'elle. Son cœur. Son cœur. La main de Nathan, ferme sur son bras. L'embryologiste apparaît.

« Mme Grey ? M. Blake ? »

Elle hoche la tête.

« Alors, les treize ovocytes prélevés il y a trois jours ont été observés attentivement. Hier soir, il en restait encore sept en développement. »

Elle hoche la tête.

« Il y en a trois qui semblent viables. L'un d'eux est excellent. Un 3,5. Les autres sont un 2,5 et un 2.

— Et les autres ? demande Nathan.

— Moins viables. Nous recommandons d'implanter les deux meilleurs.

— Oui, répond Nathan. Bien sûr. »

Le plafond est constellé de points lumineux, comme des étoiles.

« Han ?

— On y va ? demande la voix du médecin.

— Oui. »

Elle s'allonge, retient un petit cri au contact du froid métallique lors de l'insertion du spéculum. Une étrange quasi-douleur profonde la traverse au moment où l'on ouvre en grand son col de l'utérus.

« Maintenant, regardez l'écran. »

Nathan lui empoigne la main.

« Voilà, on y est, annonce le médecin. Et voilà, ils sont là. »

Deux points lumineux apparaissent dans l'obscurité de son utérus.

Elle les regarde.

« Tenez, dit gentiment le docteur en se penchant pour prendre une sortie d'imprimante. Vous voulez l'emporter ?

— Merci. »

Hannah contemple fixement le cliché, ces deux points flous lumineux. Elle regarde. Elle regarde, regarde, regarde.

Résistance

1998

Cate met le point final à sa dernière épreuve de dernière année (le mythe grec dans Epithalamion, *de Spenser) et sort dans le doux soleil de mai, où elle est accueillie par la traditionnelle averse de farine et de riz jetée par une poignée d'amis avec lesquels elle boit ensuite une bouteille de champagne dans la rue pavée. Puis elle va au pub et enchaîne les pintes de bière dans le jardin attenant jusqu'à ce que le sol vacille, et qu'elle aille vomir dans les toilettes.*

Le lendemain matin elle se réveille tard et, assise dans son lit, regarde fixement le mur, criblé de Post-it, des citations de Spenser, Rochester, Congreve, Donne. Elle les décolle un par un et les jette à la poubelle. Elle devra avoir quitté cette chambre lundi. C'est terminé. Cahin-caha, elle a franchi la ligne d'arrivée, raccommodée au Prozac, cachets qu'elle prend depuis la fin de la deuxième année où, tout à coup, dans la cour de l'université, son esprit s'est fissuré. Chagrin, a diagnostiqué la psychologue de l'université. Chagrin à retardement, a confirmé le médecin en rédigeant l'ordonnance. Et bien sûr, a-t-il ajouté, Oxford peut en soi être très stressant.

Elle a pris une année sabbatique. Est retournée à Manchester. A séjourné chez son père.

Elle sait qu'elle ne finira ni première ni dernière, mais quelque part entre les deux. Depuis sa fenêtre à meneaux, elle voit les étudiants à la gueule de bois chanceler jusqu'à l'épicerie pour s'acheter des boissons sans alcool et des cigarettes. À sa droite, tout juste visibles, les masques de goules du Sheldonian Theatre. Derrière, la Bodleian. Plus jamais elle ne remettra les pieds dans cette bibliothèque. Elle a des cartons à faire. Elle se demande à quoi tout cela a servi.

Elle n'a nulle part où aller, pas de chez-elle. Sa mère est morte, son père est en Espagne. Sa sœur au Canada. Alors elle va s'installer chez Hannah, qui habite un petit appartement en limite de Kentish Town, séparé par une haute colline de l'endroit où habite Lissa avec sa mère. Chez Hannah Cate dort sur le canapé du salon. Hannah a un nouveau copain, un homme prénommé Nathan. Elle l'a rencontré par le biais de Lissa (évidemment). Grand, séduisant, doux, il marche légèrement voûté, comme pour s'excuser de sa taille. Cependant sous tous les autres rapports, il semble être un gagnant dans la vie. Nathan passe des nuits ici, dans le petit appartement de Camden. Parfois, quand elle se réveille dans l'obscurité, Cate les entend à travers le mur.

Elles discutent, rien qu'une fois, Hannah et elle, du nouveau boulot d'Hannah : premier échelon dans une boîte de formation au management.

Mais pourquoi tu veux faire ce boulot ? lui demande Cate.

C'est pas pour toujours, répond Hannah. J'ai besoin d'argent. J'en veux. J'en ai marre de ne pas en avoir.

Je vais faire ça un temps et après je passerai à un truc qui vaut la peine.

Et Patti Smith, alors ? voudrait rétorquer Cate. Et Emma Bovary ? Et les Pixies ? Mais elle ne dit rien, se contente de hocher la tête.

Et toi, qu'est-ce que tu vas faire ? demande à son tour Hannah.

À cette question, Cate n'a aucune réponse.

Elle n'aime pas Londres. Rien que les transports en commun lui donnent mal au crâne. Hannah laisse des numéros du magazine Loot[1] *sur la table de la cuisine, fait des allusions à des gens qui pourraient avoir des chambres libres, mais Cate ne suit aucune piste. Elle est mal à l'aise avec Hannah et Lissa, liées par une amitié qui a grandi et éclipsé la leur. Mal à l'aise quand elles sortent dîner ensemble avec Nathan et Declan, le copain de Lissa, un acteur irlandais ridiculement beau, dans un restaurant éthiopien que connaît Lissa, où les plats sont servis sans couverts sur du pain plat aigre dont ils arrachent des morceaux qu'ils plongent dans diverses sauces avec un même empressement, et où ils boivent du café qui est apporté à table et torréfié sur place. Lors de ces repas, ils parlent avec emphase, en utilisant leurs mains, ils semblent avoir des certitudes sur toutes sortes de choses, quel genre de films aller voir, par exemple, quels livres lire, qui ils sont et qui ils vont devenir.*

Cate, elle, n'a aucune certitude. La vie semble tout à la fois encalminée et pleine de dangers, comme si une vague, une vague titanesque, pouvait surgir à tout moment, jaillir des eaux plates et l'envoyer par le fond.

1. Magazine spécialisé dans la publication de petites annonces.

Elle reçoit les résultats de ses dernières épreuves. Elle a décroché de justesse une première place. Elle l'annonce à Hannah, qui paraît stupéfaite. C'est un coup de chance, s'empresse d'ajouter Cate. Puis elle se déteste d'avoir dit ça. Cependant, songe-t-elle, c'est bien un coup de chance. Jamais elle ne s'était attendue à ça.

Son tuteur l'appelle pour la féliciter. Alors, qu'est-ce que tu vas faire ? demande-t-il.

Une seule idée lui vient en tête : elle aimerait l'annoncer à sa mère. Lui apprendre la bonne nouvelle.

Elle reçoit un mail d'Hesther, une amie d'Oxford qui habite à Brighton et l'invite à venir passer la journée avec elle. Il y a une chambre de libre chez elle.

Quand elle descend du train en provenance de Londres, Cate sent l'odeur de la mer. Elle marche jusqu'à la grève et, debout sur la plage de galets, contemple l'horizon pâle. Elle traverse la ville à pied pour rejoindre la maison d'Hesther. Brighton semble à taille humaine et coquettement délabrée. La chambre n'est pas chère, petite, avec une fenêtre qui laisse bien passer la lumière. Elle la prend. S'achète quelques meubles dans les magasins d'occasion caritatifs de Lewes Road.

L'autre chambre est occupée par une femme prénommée Lucy. Lucy porte des treillis, des débardeurs et des bottes avec des grosses semelles, comme si elle était un fantassin dans une guerre sans nom. Elle a des dreadlocks épaisses qui lui arrivent en bas du dos et un beau visage fin. Elle est en master de Développement international à l'université du Sussex. Elle est à moitié américaine – elle a grandi entre le Devon et le Massachusetts, son accent est délicieusement confus. Deux étés auparavant, Lucy a vécu dans un arbre à Newbury, où elle dormait sur une plateforme en bois à trente mètres du sol pour protester contre la destruction d'une très vieille forêt au profit de la construction d'une route de contournement.

Lucy apprend à Cate comment se servir d'une perceuse, monter des étagères dans sa chambre. Elle a une petite touffe de poils sous les aisselles, elle n'utilise pas de déodorant. Quand elles se tiennent côte à côte, Cate perçoit son odeur musquée. Se promener en ville avec Lucy est un apprentissage, elle a un œil de charognard : du bois pour le poêle, des caisses à vin en guise d'étagères, de la nourriture tout juste périmée dans les bennes des supermarchés. Lucy a la démarche légère, comme si elle marchait encore dans les forêts. Comme si elle pouvait à tout moment devenir prédateur ou proie.

Un rythme s'établit. Une fois tous les quinze jours, Cate se présente au centre d'emploi, et une fois par mois de l'argent atterrit sur son compte. Ce n'est pas grand-chose, mais ça suffit pour payer la petite chambre et acheter de la nourriture bon marché, ça suffit pour lui permettre de respirer. Elle découvre avec satisfaction qu'elle a des besoins modestes. Hesther lui annonce qu'ils cherchent quelqu'un dans le café où elle travaille, à une vingtaine de minutes à vélo, de l'autre côté de la ville. Cate prend le boulot. À la fin de son premier service, on la paie directement avec l'argent de la caisse. La première fois c'est dur : elle a l'impression de tricher. Elle dit ça à Hesther, qui rétorque : Eh, tu sais combien le gouvernement britannique dépense de fric pour acheter des armes ? Sans compter que c'est juste le temps que tu y voies clair, le temps que tu retombes sur tes pieds.

C'est plus facile après ça.

Le week-end elles vont au bord de la mer, boivent du cidre devant le coucher de soleil, regardent les nuées d'étourneaux aller se percher sur le squelette de la jetée de West Pier, former de gigantesques murmurations dans le ciel nocturne.

Lucy et Hesther font partie d'un groupe de jeunes qui aiment se réunir chez elles pour discuter – du capitalisme, des hiérarchies, du pouvoir horizontal et du potentiel de changement. Ils organisent des actions directes. Cate n'a aucune idée de ce qu'est une action jusqu'à ce que, un matin, à l'aube, à la fin de l'été, Lucy frappe à sa porte et lui intime de sortir du lit. Cate enfile sweat et pantalon de survêtement, puis, en camionnette, elles remontent High Street, où Lucy s'arrête et demande à Cate de se mettre au volant. Cate s'exécute, les nerfs à vif, tandis que Lucy se couvre le visage d'un bandana pour taguer proprement à la bombe le mot ESCLAVAGE *– dont le V est remplacé par la virgule de Nike – sur la devanture d'un magasin de baskets. Puis Lucy retourne d'un bond dans la camionnette et hurle à Cate de démarrer. Cate s'exécute, étourdie, rapide. Elle se prend pour Bonnie, ou Clyde.*

Elle se remet à lire, des livres différents : Chomsky, Klein, E.P. Thompson. Elle commence à participer aux discussions. Au début, ça lui fait bizarre d'entendre sa voix dans un groupe : ça fait si longtemps qu'elle n'a pas eu le sentiment d'avoir quelque chose à dire. Elle commence à penser qu'Oxford, ce lieu de pouvoir – ce lieu qui devait lui en conférer –, lui a volé sa voix, ou, plutôt, qu'elle l'a cédée. Ou peut-être qu'elle était seulement cachée, songe-t-elle. Peut-être lui suffisait-il de suivre la piste des miettes de pain pour la retrouver.

Lucy, Hesther et elle montent à Londres pour manifester dans les rues. Elles se déguisent avec des costumes qu'elles cousent elles-mêmes à la machine ; elles enfilent des fat-suits à rayures pour protester contre les gros richards de la City. Il y a des vélos partout. Des sonos à énergie solaire qui crachent des bulles dans la foule. Les passants s'arrêtent et remuent les hanches.

Le lundi matin elle prend des cours de danse où la prof met la musique à fond et où des gens de tous âges sautent partout dans la pièce, suent et crient comme s'ils étaient possédés. Parfois dans ces cours, quand la musique est à son maximum, elle hurle. Personne n'y prête attention : c'est ce qu'on est censé faire. Elle se rend compte qu'elle est en colère. Très, très en colère, même.

Par-delà cette colère il y a autre chose.

Un matin, dans la chambre de Cate, Lucy trouve ses antidépresseurs.

Pourquoi tu prends ces trucs-là ?

J'ai fait une dépression, explique Cate. À la fac. Depuis j'en prends.

Ce n'est pas d'antidépresseurs que tu as besoin, dit Lucy avec un sourire. Juste de meilleurs amis.

Cate jette ses cachets, attend la chute libre dont elle redoute l'arrivée – mais elle ne ressent que du soulagement devant le reflux du brouillard.

Elle a conscience, quelque part dans un coin de sa tête, de ce qu'Hannah dirait si elle la voyait, comme il serait facile de parodier toute cette situation, ce truandage des allocations, ces descentes de cidre, ces danses, ces contemplations de l'horizon. Mais elle commence à s'en ficher. Elle écrit une carte postale à Hannah, la photo démodée d'une vieille femme aux jupons retroussés, dans la mer jusqu'aux chevilles : Allez, viens, est-il écrit, l'eau est bonne.

Lucy et Hesther ont toutes les deux une camionnette, alors avec ses maigres économies Cate s'en achète une aussi : une ambulance retirée de la circulation, qu'elle gare dans une cimenterie en dehors de la ville et que, pendant l'hiver, un peu aidée par Lucy et une petite perceuse Makita, elle équipe elle-même. Revêtement intérieur à rainure et languette, une planche de contre-plaqué découpée en guise de lit, des étagères au-dessus, des tiroirs en dessous. Au printemps, tout est prêt et, les travaux terminés, elle se dit que c'est la première fois de sa vie qu'elle est aussi fière de quelque chose.

Il y a un album qu'elles écoutent toutes, tout l'automne, l'hiver, le printemps. Clandestino, *de Manu Chao. Il y a une chanson, « Minha Galera », que Cate aime par-dessus tout.*

Oh ma cascade.

Oh ma petite fille.

Ma tzigane.

Elle la passe en boucle, et quand elle l'écoute, elle pense à Lucy.

L'été arrive. Elles font des provisions de muesli, de café et de riz chez le grossiste du coin et prennent la route. Elles vont vers l'ouest. Elles nagent nues dans les rivières, d'où elles ressortent, radieuses, le dos argenté. Elles vont dans de petits festivals lovés au creux des vertes collines.

Cate commence à reconnaître des visages autour des feux allumés le soir : des jeunes comme elles et des plus âgés, des gens dont le visage raconte des histoires, d'intempéries, de travail et de vies vécues en plein air. Le soir, avec du thé et du whisky, ces gens plus âgés ont la langue qui se délie : ils parlent du mouvement des enclosures, des communes, d'une Grande-Bretagne plus ancienne, plus sauvage, d'une contestation modérée et pas si modérée de l'ordre établi. Cate a l'impression de pouvoir le toucher, ce courant vivifiant qui déroule son ruban dans la clarté de la nuit occidentale.

Et puis ils dansent.

Par une nuit noire, lors d'un petit rassemblement, au plus fort de l'été, quand il fait encore chaud à minuit, là où il n'y a pas de lumières, quand il n'y a pas de lune, Cate perd Lucy. Elle erre pendant des heures, à chercher, grignotée par la panique. Elle la retrouve au point du jour, assise au milieu d'une pile de gens, torse nu, les tétons peints en or.

Lucy lui tend les bras, Cate s'y love, puis, emplie d'amour, de soulagement et d'un désir à revendiquer, elle penche la tête vers le téton doré de Lucy et le prend dans sa bouche. Il a un goût de sel, de métal, de terre.

Peu après, alors que le soleil se presse contre les fenêtres de sa camionnette, Cate glisse les doigts dans la chaleur humide de Lucy et ne rencontre aucune résistance. Elle regarde Lucy se cabrer, se cambrer sous elle, les yeux mi-clos. Elle voit un tatouage à l'intérieur de sa cuisse, une araignée en filigrane, elle y porte la bouche, l'embrasse. Elle-même tremble de désir : elle n'a même pas besoin d'être caressée pour jouir.

2010

Cate

C'est le milieu de la matinée, Tom dort. Cate est assise à la table de la cuisine, le sac de médicaments à côté d'elle.

Allez, Cate, étouffe-moi ça dans l'œuf.

Comme si c'était aussi facile que ça.

Ce matin elle est allée chez le médecin, comme Hannah le lui a conseillé. La docteure était gentille, bienveillante : elle lui a posé des questions sur sa façon de manger, son sommeil, sa libido. Elle lui a posé des questions sur la méthode d'accouchement et Cate lui a expliqué.

Césarienne.

Et ç'a été difficile ?

Elle pense à la peur : pour son enfant, pour elle-même. La confusion. Les scalpels, l'engourdissement, l'odeur de la chair qui brûle.

Oui. Je crois que oui.

La médecin lui a demandé si elle avait envie de se faire du mal, de faire du mal à son fils. *Non,* a répondu Cate. *Pas ça.*

La médecin a dit que oui, à son avis Cate était déprimée. Elle a dit qu'il y avait les TCC, mais une longue liste d'attente, ou les antidépresseurs. Mais que si elle prenait des antidépresseurs, elle devrait sevrer son fils. Elle lui a demandé si elle en avait déjà pris.

Oui, du Prozac. À la fac.

Bien, répond la médecin. *Bon, on va peut-être commencer par là.*

Cate tend la main vers le paquet de médicaments, extrait une gélule de son emballage et la tient dans la paume de sa main. Le blanc inoffensif et le vert hôpital. Ils lui faisaient pétiller la tête. Si elle buvait après une prise, elle tombait dans les pommes.

Elle pose la gélule sur la table, rapproche son ordinateur, cherche « allaitement antidépresseurs » et lit que la quantité de substance qui passe chez le bébé allaité équivaut généralement à moins de dix pour cent de la quantité retrouvée dans le sang de la mère. Ce qui semble encore malgré tout faire un sacré paquet.

C'est pas d'antidépresseurs que tu as besoin. Juste de meilleurs amis.

Ses doigts planent au-dessus des touches, puis elle tape « Lucy Skein » sur Google, sent l'accélération des battements de son cœur. Plusieurs photos apparaissent, mais aucune ne ressemble à Lucy, même si elle serait plus âgée maintenant bien sûr, beaucoup plus âgée. Elle avait quatre ans de plus que Cate, elle aurait donc aujourd'hui quarante ans, ou pas loin. Peut-être que Lucy Skein n'a même jamais été son vrai nom.

Elles se sont séparées aux États-Unis. Là-bas elles

sont allées à Seattle, pour participer aux manifestations contre l'OMC. Elles se sont enfermées dans des tuyaux en plexiglas et ont bloqué la ville. Ont regardé les policiers sur leurs chevaux, leurs uniformes noirs, leurs visages masqués, comme une scène tirée d'un conte de fées, le bien contre le mal, la lumière contre l'obscurité. Ont scandé des slogans, assises avec des milliers d'autres manifestants, tout en se faisant asperger de gaz lacrymogène jusqu'à la brûlure et l'aveuglement. Elle se rappelle la douleur, l'afflux de sensations : la logique euphorisante de la binarité. Du blanc et du noir. La certitude d'avoir raison.

Après Seattle elles sont descendues à Eugene, dans l'Oregon, où pendant deux mois elles ont habité un entrepôt squatté avec dix autres activistes, et c'est là que Lucy a entendu parler des ZAD près du mont Hood : des bûcherons abattaient des arbres millénaires. Elles s'y sont rendues en stop, ont pénétré dans la forêt par un vif matin de novembre, la montagne cabrée devant elles, dans l'air l'odeur caractéristique de terre, de résine et de neige. Elles sont arrivées au campement, il y avait les arbres, les gens dans ces arbres, leurs cris et leurs sifflements lorsqu'ils se déplaçaient dans des filets tendus très haut au-dessus du sol. Et Cate a vu l'expression de Lucy, elle l'a observée, impuissante, sortir ses cordes, se harnacher, et la voilà qui grimpait, s'éloignait d'elle, et Cate restait rivée à la terre, le cœur plombé, tandis que Lucy grimpait dans le vert et la lumière.

Elles sont retournées à Eugene en stop. La carte bleue de Cate arrivait à expiration. Lucy s'en passait très bien. Elles se sont rendues dans un salon de tatouage en ville, où Cate s'est installée avec Lucy qui lui tenait la main, pendant qu'un homme patibulaire, penché sur son bras, dessinait une araignée en filigrane dans sa toile argentée. Elle est rentrée chez elle en avion, déterminée à revenir dès que possible. Chaque jour elle allait consulter sa boîte mail au cybercafé, mais il n'y avait jamais un seul message. Ces premières semaines, quand le manque de Lucy se faisait trop fort, elle appuyait un ongle sur son tatouage qui cicatrisait et soulevait la croûte pour ressentir à nouveau la douleur.

Elle a repris son boulot au café, déclaré cette fois, essayant d'économiser pour un autre vol, attendant un mot, mais aucun mot ne venait. Le printemps est arrivé, reparti, sans rien apporter de Lucy. Puis, au tout début de l'été, un mail – quelques mots.

Certains d'entre nous se sont fait arrêter dans la ZAD. On nous accuse d'être des terroristes. Je ne vais plus utiliser cette boîte mail.
File
Tisse
Aime
Toujours.
L. X

Et puis plus rien. Rupture. Chute libre.

Des années. Des années durant lesquelles Cate croyait la voir en permanence, sur la plage de Brighton, ou à vélo en ville, ses longs cheveux flottant en bas du dos. Des années durant lesquelles

Cate est restée travailler au café, les yeux rivés sur la porte, à attendre le retour de Lucy.

C'est Hannah qui a fini par franchir le seuil. Hannah qui est descendue à Brighton un jour, qui s'est tenue là, dans son élégante tenue de travail, et a jeté un œil circulaire au café : aux gâteaux sur leurs présentoirs et au menu tracé à la craie sur l'ardoise, aux pitas, au houmous, aux burgers de haricots et aux boissons au soja, et s'est exclamée : *Tu as un diplôme d'excellence délivré par la fac d'Oxford. Qu'est-ce que tu fous à toujours bosser ici ?*

C'est Hannah qui lui a parlé de la chambre dans la maison que Lissa avait dénichée à London Fields. Loyer pas cher. Vue sur le parc. Une chance de repartir de zéro. Et parce qu'elle savait qu'elle moisissait derrière ce comptoir, corrodée par l'attente, Cate a accepté.

Elle dévisage les photos sur son écran d'ordinateur, ressent le vieux pincement de la perte.

Elle aurait pu faire de plus amples recherches. Retourner aux États-Unis, la retrouver. La revendiquer, revendiquer cette part d'elle-même.

Soudain une idée lui traverse l'esprit : Hesther. Peut-être y a-t-il des photos de Lucy sur le compte d'Hesther : peut-être sont-elles restées en contact. Elle recherche Hesther, trouve son profil, les photos de sa famille, sa maison géorgienne à Bristol, avec ses hauts plafonds et son adorable cuisine. Elle revient en arrière, encore, encore. Il y a quelques photos de l'époque de Brighton mais aucune de Lucy.

Elle clique sur le nom d'Hesther.

Salut Hesther, ça fait un bail. J'espère que tout va bien.
Je pensais à nos anciens amis aujourd'hui. Je me demandais si tu avais les coordonnées de Lucy Skein ?
Bises
Cate.

Elle clique sur envoyer.

Merde.

On frappe. Cate ne bouge pas, on frappe de nouveau, de façon plus impérieuse cette fois, puis vient le bruit d'une clef qui tourne dans la serrure. Horrifiée, elle se précipite dans l'entrée : Alice pousse la porte.

« Je me suis dit que tu avais peut-être besoin d'un coup de main. »

La mère de Sam est énergique, vêtue d'une écharpe et d'une veste matelassée sans manches, les joues roses. Un sac renflé est posé à ses pieds.

« Alors j'ai apporté un peu d'aide. »

Elle soulève le sac, hérissé de bouteilles en plastique criardes.

« Je peux entrer ? »

Cate s'efface pour laisser passer Alice dans la cuisine. Les médicaments sont restés sur la table, à côté de l'ordinateur, ouvert sur une série de photos de visages féminins. Cate s'interpose entre la table et Alice, le cœur battant à tout rompre.

« Tu ne les as toujours pas déballés ? »

Alice retire sa veste et la suspend au dossier d'une chaise, puis désigne la tour de cartons derrière la porte.

« Pas encore. Enfin… j'attends de pouvoir emprunter une voiture pour aller faire un tour dans un magasin caritatif.

— Tu peux emprunter celle de Terry », propose Alice en sortant de son sac un tablier immaculé et repassé qu'elle se noue autour de la taille. Elle tire des bouteilles du sac. « Je me suis dit qu'on pourrait s'attaquer à la cuisine et aux salles de bains avant d'aller boire un petit thé et manger un gâteau. Histoire de vous sortir de la maison. »

Cate lorgne les bouteilles. Le placard de produits ménagers d'Alice est un temple élevé aux substances cancérigènes sous toutes leurs formes.

« Oh, eh bien, c'est vraiment adorable de votre part, Alice. »

Elle se retourne, rassemble son ordinateur et ses médicaments et glisse le tout bien à l'abri sous son gilet.

« Le truc c'est que…

— Oui ?

— J'allais justement sortir.

— Sortir ? »

Alice penche la tête sur le côté, on dirait qu'elle renifle l'air en quête de mensonges.

« Oui. Au club parents-enfants.

— Le club parents-enfants ?

— Celui que vous nous aviez conseillé. »

D'un signe de tête, Cate désigne le prospectus sur le frigo.

« J'attendais juste que Tom se réveille. Je vais aller voir où il en est. Excusez-moi une seconde. »

Elle fonce à l'étage dans la chambre, où Tom dort à poings fermés, les bras écartés à angle droit sur la couette. Elle fourre la gélule dans la boîte, range la boîte dans le sac en papier et le sac en papier tout au fond du placard de la salle de bains, sous une serviette, se débarbouille le visage au gant de toilette, retourne dans la chambre, enfile un pull par-dessus la grenouillère de Tom, noue l'écharpe, le glisse rapidement dedans, puis descend les escaliers alors qu'il commence vraiment à se réveiller.

« Nous voilà », lance-t-elle en s'emparant du prospectus sur le frigo et de l'un des sachets de nourriture spatiale dans le placard. « Je suis vraiment désolée de vous quitter, Alice. Et je vous suis infiniment reconnaissante de m'aider. »

Alice est plantée au milieu de la pièce.

« Bon, d'accord. Mais n'oublie pas mardi.

— Mardi ?

— Mardi, mon petit-fils et moi avons *rendez-vous* ! »

L'adresse indiquée sur le prospectus est un bâtiment municipal de plain-pied sans prétention. Elle le longe en vitesse, continue à monter la colline, puis fait le tour du pâté de maisons et retrouve la bâtisse dans son champ de vision.

En réalité elle n'a pas besoin d'aller à ce club. Elle pourrait emmener Tom ailleurs, peut-être dans un café, un café avec le wi-fi, boire un expresso et passer la matinée à se ronger les sangs, à puiser dans son stock d'énergie limité pour poursuivre des recherches Internet infructueuses, mais il commence à pleuvoir, Tom pleurniche et puis elle est là. Alors elle traverse la rue, franchit le seuil, se retrouve dans un couloir encombré de poussettes, de chaussures et de manteaux. Elle enlève Tom de l'écharpe et donne son nom à la femme de l'accueil. Un grondement déferle derrière une double porte vitrée.

« C'est cinq livres la session, explique la femme, mais vous pouvez ne payer que trois. Ça a commencé depuis une heure. »

Cate sort quelques pièces de son porte-monnaie et les pose négligemment sur le bureau. À l'intérieur, elle est accueillie par une houle d'enfants et de jouets en plastique. Elle s'accroche à Tom, qui s'accroche à elle en tournant la tête dans tous les sens. Il semble n'y avoir aucun havre où se réfugier. Elle a le cœur qui bat, le dos qui dégouline.

« C'est l'heure de la ronde maintenant. »

Cate tourne la tête : une femme énergique aux cheveux gris se tient à côté d'elle.

« Il y a un tapis pour bébés là-bas quand on aura fini. »

La femme désigne un endroit dans le coin le plus éloigné et frappe dans ses mains.

« C'est l'heure de la ronde ! » répète-t-elle d'une voix chantante.

Et Cate regarde les hordes se former en une approximation brouillonne de cercle.

« Allez, lui intime la femme aux cheveux gris d'un ton qui ne souffre aucune contestation. Venez vous joindre à nous. »

La femme se lance dans une version sans joie de la comptine « Les roues de l'autobus ». Des enfants plus grands que Tom rampent façon commando à travers la pièce, Cate protège son fils entre ses jambes. Là, parmi ces bambins plus âgés, il lui paraît terriblement petit.

Quand est-ce qu'on descend du bus ? a envie de demander Cate, tandis que la femme aux cheveux gris continue laborieusement. *Il s'arrête quand, ce bus ?* La dernière fois qu'elle était assise comme ça sur un tapis remonte à son enfance. *Madame ? Madame ? On est bientôt arrivés ? S'il vous plaît, madame, j'ai envie de descendre.*

Le bus finit par s'arrêter dans un soubresaut, et après quelques tours de « Frère Jacques » et de « Enroulez le fil », la femme frappe dans ses mains.

« Bon, les enfants, temps libre ! »

Dans un cri général, les grands plongent sur les portants de déguisements. Une fillette sort de la mêlée en tenue de pompier, sa mère vêtue d'un hijab lui adresse un grand sourire et lève les pouces en l'air. Des superhéros s'agitent dans tous les sens. Cate se replie dans le coin qu'on lui a indiqué, sur le tapis pour bébés, où une pelletée de jouets ont été sortis.

« Bon Dieu, c'est la Troisième Guerre mondiale ici. »

Elle lève la tête : une femme se tient debout à côté d'elle, un bébé qui doit avoir à peu près l'âge de Tom dans les bras.

« On m'avait dit que c'était adapté pour les petits.

— Je sais. Il faut peut-être rester dans ce coin, répond Cate en désignant le tapis sous ses fesses.

— Vraiment ? »

La femme a l'air en colère.

« Et c'est quoi, l'intérêt ? »

Voyant Tom, son bébé tend les bras pour le toucher. Elle le remarque, amusée.

« Tu veux descendre ? »

Elle s'agenouille pour poser son enfant sur le tapis. La fillette est fagotée dans du tricoté main. Elle porte un béguin qui lui donne un air de petit champignon, ou de paysan de Bruegel. La femme cueille le chapeau de sa fille, des boucles noires jaillissent, puis elle se déleste à son tour de son gilet. Elle est petite, avec des traits d'une douce intensité, des cheveux bruns courts, une frange droite.

Sur le tapis, leurs enfants cherchent à s'attraper. Leurs mains se touchent, ils poussent un cri de ravissement. La femme rit.

« Alors, qui est ce petit bonhomme ?

— C'est Tom, répond Cate.

— Et voilà Nora, dit la femme.

— C'est un joli prénom.

— Vous trouvez ? C'est ma moitié qui a choisi. Moi, tous ceux que je voulais étaient plus ou moins liés à une tragédie. Antigone. Iphigénie. »

Est-ce qu'elle plaisante ? Cate n'arrive pas à savoir, mais la femme, en croisant son regard, sourit. Elle s'adosse, dégage sa frange de son front en soufflant dessus.

« Et Tom, d'où ça vient ?

— Oh, bah, c'est juste qu'on aimait bien, je crois.

— C'est une bonne raison. »

La femme s'empare d'un jouet qu'elle pose devant Nora. Il a beaucoup de boutons, sur lesquels Nora appuie successivement, déclenchant des versions criardes de comptines américanisées.

« Oh, nonnonnonnonnonnon ! »

La femme se penche pour couper le son.

« On en a eu assez pour la matinée. »

Nora appuie encore deux ou trois fois sur les

boutons, mais comme il ne se passe rien, elle s'en désintéresse et rampe vers Tom, occupé à frapper un cube contre le rebord d'une table.

« Elle est sympa cette grenouillère, commente la femme en désignant Tom.

— Oh. »

Cate se sent rougir.

« On était en retard, il dormait, alors…

— Si je pouvais j'en porterais une moi-même. Vous imaginez quelqu'un qui vous glisse dans un Babygro, qui vous borde ? Qui vous laisse dormir ? Le paradis. »

La femme ferme les yeux, et l'espace d'un instant, l'épuisement envahit ses traits, jusqu'à ce qu'un cri lui fasse rouvrir brutalement les paupières. Nora cherche à attraper les mèches de cheveux sur la tête de Tom.

« Oh, non, non, on ne tire pas, ma chérie, réprimande-t-elle en éloignant son bébé qu'elle pose sur ses genoux alors que les doigts de Nora se referment dans le vide.

— Nora Barnacle ! s'écrie Cate. Joyce. »

Elle a parlé sans réfléchir.

La femme lève les yeux.

« Ouais, confirme-t-elle avec un grand sourire. C'est vrai. C'est certainement de la graine de Barnacle. Hargneuse et collante. Fais voir, mon poussin. »

Elle essuie le nez de sa fille d'un revers de manche.

« Ma moitié écrit sur Joyce, explique-t-elle. Je m'appelle Dea, ajoute-t-elle avec un sourire. Alors, on fait quoi après ? »

Lissa

Elle a mal au crâne et elle a l'impression d'avoir la langue enflée. La chope à côté de son lit est vide : elle a dû se réveiller dans la nuit pour l'écluser. Après les répétitions, elle est allée directement au pub avec les autres acteurs sans manger, et a descendu trois verres de vin avant de se rendre compte d'à quel point elle avait faim. À ce moment-là, comme la cuisine du pub avait déjà fermé, elle a dû se contenter de deux paquets de chips en guise de dîner.

Par la fenêtre depuis son lit elle voit la pluie tomber mollement dans le jardin détrempé. Le vent a dû souffler fort car les arbres ont perdu beaucoup de feuilles. Au moins, de l'autre côté du mur, le parc est calme : d'habitude, le samedi, on entend très tôt les conversations, mais aujourd'hui le temps a manifestement tenu la foule à l'écart.

Elle s'extrait du lit, enfile sa vieille robe de chambre et se rend à pas feutrés dans la cuisine, où elle remplit son verre au robinet et le boit d'un trait. Elle farfouille dans le placard en quête d'ibuprofène mais ne trouve qu'une boîte vide. Des recherches plus approfondies mettent au jour deux gélules de paracétamol, qu'elle avale avec soulagement. Le frigo cède un bout de cheddar, mal emballé, tout dur, et un morceau de beurre, lacéré au couteau et maculé de confiture. Elle prend le fromage, le grignote en contemplant la pluie.

Quand Declan lui rendait visite, ça le rendait

malade, cette habitude qu'elle avait de ne pas ranger les choses à leur place, de ne pas les utiliser correctement, ou de refermer le couvercle sur des bocaux vides. Un jour, pendant la dernière période où il a habité ici, elle a retrouvé en rentrant du boulot cinq pots de Marmite quasi terminés empilés sur la table de la cuisine avec ce mot : *Tu vois ce que je veux dire ?*

C'était une facette bizarre de Declan : il avait beau dégager l'impression d'un type hyper facile à vivre quand on le rencontrait, la démarche souple, le sourire ravageur, joyeux compagnon de Guinness au pub, ou d'un rail de cocaïne, c'était pourtant toujours elle la plus négligée, c'était toujours elle qui buvait plus que lui et ne se rappelait pas la soirée de la veille. Lui était déjà en train de faire le tour du parc en courant, même après une poignée d'heures de sommeil. Il aimait la discipline, Declan, ça oui. Il aimait une cuisine propre. Un pubis glabre. Il avait le don de s'enfoncer cruellement dans les failles et de vous remettre à votre place. Elle songe à Michael, à leur conversation le premier jour de répétition : *Si je pouvais avoir la carrière de quelqu'un, ce serait la sienne.*

Elle a menti. Évidemment qu'elle a vu son film. Elle les a tous regardés. Plusieurs fois. Declan est un acteur brillant. Il fait des choix intelligents. Il travaille avec qui il veut. Il est tellement bon que le temps d'un film, elle arrive à oublier qui il est, à oublier qu'elle le déteste.

Elle met la capuche de sa robe de chambre, se roule une cigarette, l'allume à la table, tire deux taffes et la repose d'un air dégoûté.

Elle a envie qu'on la touche. À quand remonte la dernière fois qu'on l'a touchée ? À quand remonte la dernière fois qu'elle a fait l'amour ? Elle n'a même pas envie de faire l'amour. Elle a juste envie qu'on la touche. Elle risque de se faner si on ne la touche pas très vite. Elle n'est pas douée pour être célibataire. Les célibataires doués font des projets pour le week-end – sachant la détresse de cette embuscade, ils la parent à coups de brunchs, de cours de yoga, d'expos et de dîners –, or elle n'a aucun projet pour le week-end, rien qu'une gueule de bois, sa propre compagnie et la longue journée qui l'attend.

Elle envisage de retourner se coucher pour essayer de se rendormir, mais ça lui semble encore plus déprimant, alors elle se prépare du thé, qu'elle apporte dans le salon. Les stores sont baissés, elle n'y touche pas.

Son regard tombe sur le DVD de Bergman et elle se rappelle l'expression de Nathan dans le café de la bibliothèque, qui se moquait d'elle en train de gribouiller sur sa main avec le stylo qu'il lui avait prêté.

Parlent-ils d'elle ensemble – Hannah et lui ?

Lissa envisage d'entreprendre une thèse. Oh hahahahahahahahaaa.

Elle sort son portable et fait défiler l'écran jusqu'à leur bref échange de SMS.

Merci pour le Bergman. J'ai adoré. Liss. Bisous.

Super. J'espère que tu t'es acheté un calepin. À un de ces quatre à la bibliothèque. N. bisous

Depuis, elle est retournée plusieurs fois à la bibliothèque, s'est fait faire une carte, a réservé quelques livres sur l'histoire russe. Elle aime bien être là-bas, elle aime bien mettre ses affaires dans un casier, boire du bon café à la cafétéria. Elle le guette, souvent, mais ne l'y a plus revu.

Son sac est sur le canapé à côté d'elle, son contenu déborde : texte de la pièce, écharpe, tabac, téléphone. Elle rapproche le texte. Il est ouvert à la scène sur laquelle ils ont travaillé hier, elle et Johnny, la scène où Éléna réprimande Vania au nom de tous les hommes : *Insensés qui détruisez la forêt, il n'y en aura bientôt plus sur terre.*

Ce n'est que la fin de la première semaine et pourtant il règne déjà une atmosphère dans la salle de répétition. Klara est encline aux coups de sang, elle monte sur ses grands chevaux à la moindre provocation. Jeudi, Greg, l'acteur qui joue Astrov, a eu trente minutes de retard : le rendez-vous chez le médecin pour son fils avait débordé. Il s'est fait crier dessus et elle l'a menacé de le virer si ça se reproduisait.

D'ordinaire, à ce stade-là, à la fin de la première semaine, on arrive à se situer, mais cette fois-ci impossible : hier, par exemple, quand Lissa travaillait le monologue d'Éléna, la metteuse en scène arborait un air de mépris à peine contenu, qui a fini par exploser en poing sur la table. « Arrête-moi cette émotion micro-ondes ! »

Émotion micro-ondes, cela est très vite devenu clair, est l'expression préférée de Klara. Elles se sont attaquées au monologue de plusieurs façons différentes, mais chaque fois Klara secouait la tête en grommelant. Et pourtant, quand le tour de Johnny est arrivé le discours de Vania à Éléna – *Vous êtes mon bonheur, ma vie, ma jeunesse ! […] permettez-moi seulement de vous regarder, d'écouter votre voix* – Klara, adossée à sa chaise, hochait la tête en murmurant son assentiment. Si elle avait été un chat, elle aurait ronronné.

Johnny est un acteur magnifique, c'est indéniable. La veille au soir, au pub, elle a entendu Greg s'extasier devant Michael au sujet d'une représentation à Liverpool où il avait vu Johnny jouer vingt ans plus tôt : *Le meilleur Hamlet de sa génération. Il m'a donné envie de devenir comédien. Putain, quelle tragédie qu'il ne soit pas devenu une star !*

En dépit du fait que la plupart des hommes et la plupart des femmes du casting semblent tacitement rechercher son approbation, Johnny reste dans son coin. Il ne s'est pas attardé au pub hier soir, rien qu'une pinte, bue au bar en compagnie de Richard, l'acteur âgé qui joue Sérébriakov. Il ménage ses forces, contrairement aux autres qui s'épanchent déjà dans des intimités faciles, des baisers, des étreintes, des échanges d'anecdotes. À son départ, elle l'a entendu dire à Richard qu'il avait ses gamins ce week-end. *Ils veulent toujours aller dans ces hangars de jeux : c'est l'enfer sur terre quand on a la gueule de bois.*

Elle n'a aucune idée de ce que Johnny pense d'elle. Son expression est indéchiffrable. Hier, alors qu'elle répétait seule avec Klara, elle l'a vu entrer discrètement dans la pièce. Il est resté dans le fond, à la regarder en silence : ces yeux bleus, la calme intensité de son regard.

Une idée la traverse, et à cette idée, elle s'allonge un peu plus sur le canapé, ouvre sa robe de chambre, glisse la main dans sa culotte puis la pose sur son sexe. Elle ferme les yeux et s'imagine debout sur scène, seule, et elle imagine Johnny qui la regarde, s'imagine se déshabiller pour lui, lentement une couche après l'autre. Et son visage, ses yeux bleus, sa façon de regarder, sa façon de la désirer – et soudain ce n'est plus Johnny, c'est Nathan, Nathan assis à la place de Johnny, au fond de la salle, qui la regarde, qui la désire, et elle qui est nue à présent, et elle jouit, elle jouit dans sa main.

Allongée sur le canapé, elle reprend son souffle, les yeux rivés au plafond.

Puis elle se recroqueville, grogne et s'enfonce la tête dans le coussin, honteuse.

Hannah

« On fait un truc ce week-end ? »

Nathan est sous la douche. C'est le deuxième jour après l'implantation. La porte de la terrasse est ouverte, le soleil d'automne inonde l'appartement.

« Comme quoi ? lance-t-il pour couvrir le bruit de l'eau.

— Comme… je ne sais pas… sortir de Londres ? Aller à la campagne. À la mer.

— Ouais, pourquoi pas ? Oh, attends… »

Il ferme le robinet, s'empare d'une serviette.

« J'ai un article à peaufiner en vue d'une publication. »

Elle le regarde se sécher, s'étirer dans un rayon de soleil. Il s'approche d'elle.

« Tu as bonne mine, dit-il.

— Je le sens. »

Il a un goût de café, de dentifrice et de savon.

« Mais tu devrais, toi, lance-t-il par-dessus son épaule alors qu'il se rend dans la chambre pour prendre un caleçon et un jean dans la commode. Sortir, je veux dire. Pourquoi tu n'irais pas rendre visite à quelqu'un ? À Cate ? À Canterbury ? Ou alors – c'est quoi cet endroit au bord de la mer, déjà ? Pas loin ? Là où il y a des huîtres ?

— Whitstable.

— Ah oui, c'est ça. »

Il revient vers elle, boutonne sa braguette.

« Ça te dirait ?

— Peut-être.

— Attends. On a le droit de manger des huîtres ? Quand on est… ?

— Oh. Non, répond-elle en fermant les yeux, chaleur dedans, chaleur dehors. Non, je ne crois pas qu'on puisse. »

En définitive elle ne fait rien : elle se rend compte qu'elle n'a pas envie de s'éloigner de la maison. Mais tandis qu'elle occupe son week-end, elle pense aux embryons en elle. Souvent, elle sort l'échographie et la contemple, les caressant avec le doigt, ces deux points lumineux, entourés d'une immensité de noir.

Le lundi, le quatrième jour, ils appellent. Elle est en réunion, elle sent son portable vibrer dans son sac. Elle s'excuse, sort dans le couloir, répond.

«Je suis désolée, annonce l'infirmière. Rien n'a été congelé. Les autres embryons ne se portaient pas bien.

— Oh, répond Hannah. Merci.»

La pulsation, le vacillement de vie. Disparus.

«Il se passe quoi? murmure-t-elle. Pour ces embryons? Vous pouvez me le dire?

— Je...»

L'infirmière hésite. Elle a l'air très jeune.

«Ils sont... évacués, j'imagine. Je suis désolée, personne n'a jamais...

— Ce n'est pas grave, dit Hannah. Merci.»

Le sixième jour, un mercredi, elle retrouve Lissa au théâtre. Elle sort du métro à Embankment puis traverse lentement Hungerford Bridge, où tombe le crépuscule et où les lumières dansent sur le fleuve.

Le beau temps persiste, les nuits sont vivifiantes. Elle resserre son manteau, slalome entre les musiciens ambulants, trouve une livre dans son porte-monnaie pour une jeune fille assise en haut des marches. Elle essaie de se rappeler quelle pièce elles vont voir. Un drame familial. Choisi par Lissa. Le théâtre plutôt que le cinéma cette fois-ci. En vérité, elle n'a pas envie de se retrouver enfermée. Elle aimerait continuer à marcher, par cette claire soirée d'automne, prudemment, prudemment le long de la Tamise: une pèlerine, qui porte en elle ses lumières. Combien de temps cela prendrait-il d'atteindre la mer?

Le Long Bar est bondé. Un groupe de jazz joue sur la petite scène. Hannah fouille la salle du regard en quête de Lissa et finit par la trouver, rencognée sur un banc en cuir à côté de la fenêtre panoramique, le fond d'un expresso sur la table devant elle. Penchée sur un texte, le crayon en suspens, ses lèvres remuent sans bruit. Hannah lui touche l'épaule : elle sursaute.

« Oh, salut. »

Lissa se lève et l'embrasse sur la joue. Elle porte un peu plus de maquillage que d'habitude, ses longs cheveux sont remontés au sommet du crâne à l'aide de peignes japonais. Elle ressemble incroyablement à sa mère. Hannah s'assied à côté d'elle sur le banc.

« Tu as fait le machin ? demande Lissa.

— L'implantation. Oui.

— Et comment ça s'est passé ?

— Bien, je crois. J'espère. C'est ton texte ? Comment ça se passe ?

— Oh, ça va, répond Lissa, sourcils froncés, pliant le texte en deux avant de le ranger dans son sac. Elle est dure. La metteuse en scène. Enfin, je m'y attendais, mais elle est vraiment vraiment dure. Je crois qu'elle ne m'estime pas beaucoup. »

Hannah regarde par-delà Lissa le vaste fleuve, les lumières qui clignotent.

« C'est juste tellement… conflictuel, continue Lissa. Il faut faire ses preuves chaque minute, chaque jour. Il n'y a nulle part où se cacher. Et puis le type qui joue Vania. Il est génial – mais je ne sais pas où j'en suis avec lui. »

Oh Lissa, aimerait-elle rétorquer. *C'est toi qui as choisi ce métier. Les acteurs ne sont donc jamais heureux* ?

Voilà ce qu'elle rétorque :

« Oui, je comprends. »

La cloche sonne pour annoncer le début de la représentation. Lissa sort les billets de son sac et Hannah la suit dans la bouche sombre du théâtre.

La pièce est longue, les acteurs nombreux, les billets pas chers et les sièges loin de la scène. Hannah n'arrive pas à suivre qui est qui, elle a l'impression que l'action se déroule dans une petite boîte très loin.

Pendant l'entracte, sans mot dire, elles sortent et se dirigent lentement vers le parapet au-dessus du fleuve.

Lissa sort sa blague à tabac.

« Ça ne te gêne pas ? »

Hannah secoue la tête. Lissa roule, allume et recrache loin la fumée. Elles retombent dans le silence, les yeux sur l'eau. En dessous d'elles, la petite plage a apparu, son sable et ses cailloux miroitent dans le clair-obscur. Hannah inspire l'odeur caractéristique de boue, de sel et de crasse.

« J'envisage de faire des études, annonce Lissa, d'opérer quelques changements dans ma vie.

— Oh ? »

Hannah se force à revenir à l'instant présent. C'est alors qu'elle se souvient.

« Tu n'as pas vu Nath à la bibliothèque ? Il y a quelques semaines ? Je suis sûre qu'il m'en a parlé. »

Lissa hoche la tête tandis qu'une mince volute de fumée s'échappe de sa bouche.

« Quelque chose au sujet d'une thèse ?

— Ouais. Peut-être.

— Et qu'est-ce que tu en ferais, après ? »

Lissa hausse les épaules.

« Je ne sais pas trop. J'ai lu quelques trucs.

— Sérieusement, Liss ? fait Hannah en resserrant son manteau. Si je misais un billet de cinq sur chaque personne surqualifiée qui postule pour un stage avec un doctorat… »

Lissa émet un petit rire.

« Tu serais riche. Je sais. »

Elle se retourne : les spectateurs commencent à réintégrer la salle.

« On devrait y aller, dit-elle.

— Ça t'embêterait… ? demande Hannah. Je suis vraiment fatiguée. Ça t'embête si je n'y retourne pas ? »

Elle a envie de rentrer à la maison, de rester fermée, elle ne veut pas perdre une seule goutte.

Lissa aspire une dernière taffe rapide avant de jeter sa cigarette par-dessus le mur.

« Pas du tout », répond-elle.

Elle se penche, étreinte fugace.

« Prends soin de toi, Han. »

Hannah se dirige vers les marches, monte sur le Waterloo Bridge. Elle attend son bus. Pense au fleuve, rapide, sous ses pieds, pense à son cours : il file à travers le quartier de Wapping, file par-delà la barrière de la Tamise, file, file, tourbillon d'eau douce et d'eau salée lorsque sa large bouche embrasse la mer.

À mesure que les jours s'écoulent elle le sent, elle en est sûre. Une traction. Un agrippement. Les points lumineux se sont enfouis en elle, ils ont pris racine. Elle a les seins plus lourds. Il y a en elle une plénitude qui n'était pas là avant.

« Ça fonctionne », déclare-t-elle à Nathan pendant le petit déjeuner, le matin du huitième jour.

Il lui prend la main par-dessus la table. Il sourit, mais son sourire ne va pas jusqu'à ses yeux.

« Quoi ? demande Hannah. Qu'est-ce qui ne va pas ?

— Tout va bien, seulement… je ne veux pas me faire de faux espoirs.

— Vraiment ? Pourquoi ?

— Hannah, je t'en prie.

— Je te le dis, insiste-t-elle en lui serrant la main. Je le sens. Ça fonctionne. Je le *sais*. »

L'après-midi du onzième jour, au travail, quand elle va aux toilettes, il y a une trace de sang dans sa culotte, infime, mais présente.

Elle détourne les yeux. Les reporte sur sa culotte. Elle a envie de crier, essaie de respirer.

Ce n'est rien. C'est normal. Elle retourne à son bureau et tape sur Google « sang après FIV ». Sa recherche la conduit sur les forums, où elle lit que le sang pourrait être une bonne chose : *saignements d'implantation*. Autrement dit elle a raison, ils s'enfouissent en elle, ces points jumeaux lumineux.

Elle ne retourne pas aux toilettes. Elle tient bon tout le reste de la journée. Elle travaille sur un rapport. Elle participe à une visioconférence avec les États-Unis durant laquelle elle sourit, hoche la tête, prend soigneusement tout un tas de notes. Il n'y aura plus de sang. Ce n'est rien, c'est normal, ça a marché. Tout va bien. *Cenestriencestnormalçaamarchétoutvabien.*

Pendant le trajet du retour en métro, le moindre

chaos de la voiture lui arrache une grimace, il y a de la douleur désormais, au plus profond de son abdomen, une serre qui lui griffe l'utérus. Parvenue à la maison, elle n'arrive plus à se retenir. Sa culotte est trempée de sang. C'est fini. Terminé.

Quand Nathan rentre du travail, elle est recroquevillée sur leur lit.

« Salut. »

Il l'embrasse.

« Je saigne, lui dit-elle.

— Quoi ? Oh mon Dieu. Oh Han, je suis désolé. »

Il n'a pas l'air surpris.

« Tu es désolé ? répète-t-elle d'un ton morne. Pour qui ? Pour moi ? Pour toi ? Pour notre enfant ? Qui n'existe pas ?

— Pour tout ça. Pour toi, surtout, Han. »

Il s'allonge sur le lit derrière elle, se love contre son dos, l'enlace par la taille.

« Ça va ? Ça fait combien de temps que tu es là ?

— Une heure. Ou deux.

— Tu es toute froide », remarque-t-il en la serrant plus fort.

Et tout à coup elle prend conscience de son corps, et comme Nathan a raison : comme elle est froide, comme son corps est devenu froid.

« Oh, Hannah. »

Il pose sa joue sur son épaule.

« Oh Han, mon amour. »

Le lendemain matin elle est penchée sur son ordinateur avant même que Nathan se réveille.

« Qu'est-ce qui se passe ? demande-t-il en entrant dans la pièce, en lui déposant un baiser sur la tête.

— J'ai trouvé une clinique. Harley Street. »

Elle sent ses doigts lui enserrer les épaules.

« Hannah…

— S'il te plaît, implore-t-elle. Regarde. »

Elle désigne les photos de bébés sur l'écran.

« Non. »

Il s'éloigne, se poste à la fenêtre.

« Nathan…

— *Non,* Hannah. Tu avais promis. Tu avais promis que ce serait la dernière fois.

— Cet homme est le meilleur. Il…

— Hannah. Je refuse d'écouter ça.

— Pourquoi ? »

Elle est debout, les poings serrés.

« Pourquoi ?

— Hannah ? Tu ne peux pas juste… Juste me laisser… Je peux te serrer dans mes bras ? S'il te plaît ?

— Pourquoi ? Pourquoi tu veux me serrer dans tes bras ?

— Hannah. Bon sang, Han. À ton avis ?

— J'y vais, décrète-t-elle. J'ai pris rendez-vous. Je paierai. Viens avec moi. S'il te plaît. Juste… viens. »

Le nord géographique

1987-1992

Elles se méfient l'une de l'autre. Elles connaissent leur existence mutuelle parce qu'elles ont obtenu les meilleures et deuxièmes meilleures notes l'an dernier en anglais, et que c'est le genre de choses dont on parle. Mais, jusqu'à maintenant, elles n'ont eu aucun cours en commun. Or les voilà qui se retrouvent dans la même salle de classe. Anglais, top niveau, Miss Riley. Elles ont douze ans.

Miss Riley a de longs cheveux bouclés et des lunettes comme Su Pollard dans la série Hi-de-Hi ! *Elle distribue un poème de Thomas Hardy. Qui veut commencer à lire ? Elle regarde un à un les visages. Ils sont dans une de ces salles de classe en préfabriqué, les moisies, construites après la guerre.*

Ce premier jour, Hannah et Cate ne lèvent pas la main. Elles s'observent, pareilles à des snipers, chacune attendant que l'autre bouge en premier. Une fois que le poème a été lu à voix haute (mal, avec hésitation) par quelqu'un d'autre, Miss Riley lève la tête vers sa classe.

Très bien. Cate ? Peux-tu me dire de quoi parle ce poème ?

Elle n'est pas particulièrement jolie, pense Hannah, cette fille qui a obtenu carrément 5 % de plus qu'elle ou n'importe qui d'autre à l'examen d'anglais : 97 %. Elle a un visage rond. À une époque où les filles portent leurs chaussettes en accordéon sur les chevilles et remontent leur jupe au-dessus de la hauteur réglementaire, Cate porte la sienne à la longueur habituelle. Elle a les cheveux coupés juste au-dessus des épaules, elle est légèrement en surpoids. Mais il y a chez elle quelque chose qu'Hannah ne parvient pas à nommer, quelque chose qui vibre sous la surface, une certaine force.

Il parle d'amour, répond Cate. Et de la perte de cet amour. Le poète aime sa femme et elle est partie.

Bien. Quelqu'un d'autre ?

Hannah lève la main. Elle lui paraît brûlante.

Oui, Hannah ?

Elle est morte, ajoute-t-elle.

Qu'est-ce qui te fait dire ça ?

Elle est à jamais dissoute, pâle, insensible. Inouïe pour toujours à travers le pays [1]. *C'est un fantôme.*

Oui.

Mais il a mauvaise conscience. Il se sent coupable de quelque chose. On le voit au mètre, à la façon dont il trébuche, change dans la dernière strophe. Le poème ne se finit pas bien.

Excellent ! rayonne Miss Riley.

Et Cate, de l'autre côté de la salle, dévisage cette fille triomphante, ses longs cheveux bruns, ses yeux alertes, pareils à ceux d'un oiseau.

La partie est lancée : dorénavant elles sont enfermées dans une rivalité infernale, jubilatoire.

Au bout d'un certain temps – la moitié d'une année

---

1. Traduction française de Jean-Pierre Naugrette : *Les poésies d'amour*, Thomas Hardy, Éditions Circé, 2018.

à peu près – elles font une sortie scolaire ensemble et se retrouvent assises à côté dans le car qui les conduit à l'ancienne filature de Styal Mill. Elles s'entendent étonnamment bien. La semaine suivante, Hannah stupéfie Cate avec son invitation à venir manger chez elle, et Cate surprend Hannah en acceptant.

Hannah a une petite maison, une maison jumelle dans une cité non loin de Parrs Wood Road. Il y a un jardin tout en longueur derrière. Il y a encore un passe-plat entre la kitchenette et la salle à manger, par lequel la mère d'Hannah fait passer des frites surgelées et de la mousse à la fraise instantanée. La chambre d'Hannah est minuscule : plus petite que celle de son frère James, alors même qu'il est plus jeune. Hannah fulmine devant cette injustice.

Ses parents vont à l'église et Hannah se doit d'y aller aussi, tous les dimanches matin. Elle prend souvent des livres qu'elle lit pendant le sermon. Quand Cate apprend ça, elle lui prête un exemplaire de Pour toujours *de Judy Blume, couvert avec du papier peint William Morris afin de faire en sorte qu'il ressemble à un inoffensif recueil de poèmes. J'ai corné les pages où il y a les meilleurs passages, dit-elle.*

Le dimanche suivant, tandis que le pasteur ânonne, Hannah ouvre le livre et lit :

« Il roula sur moi et nous ensemble, ensemble, encore et encore, et c'était si bon que j'aurais voulu que ça dure toujours – jusqu'à ce que je jouisse[1]*. »*

Hannah sourit jusqu'aux oreilles, et commence à comprendre que la force qu'elle a vue courir sous

1. Traduction française d'Isabelle Reinharez : *Pour toujours*, Judy Blume, L'École des loisirs, 1986.

l'apparence anodine de Cate, bien qu'elle n'ait pas encore les mots pour la qualifier, c'est de la subversion. Cette fille a le cœur rebelle.

La maison de Cate est une maison jumelle edwardienne à Didsbury, de l'autre côté de Parrs Wood Road, avec quatre grandes chambres et un jardin. Elle a une mère, un père et une sœur aînée de dix-sept ans, Vicky, qui règne sur le palier comme une déesse courroucée.

La mère de Cate est infirmière, jolie, rondelette. De longs cheveux roux lui encadrent le visage et des taches de rousseur lui éclaboussent le nez. Elle rit beaucoup. Elle cuit son propre pain. C'est la première fois qu'Hannah mange du pain fait maison. Le père de Cate est grand, barbu, quand il est là il met de la musique dans le salon : il a une collection de vieux vinyles et passe Bob Dylan, Paul Simon et Cat Stevens. Quelquefois, après le repas, ils allument la chaîne et dansent dans la cuisine. La mère de Cate danse vraiment très bien. Son père aussi. Parfois ils dansent collés, parfois ils rient et s'embrassent. C'est la première fois qu'Hannah voit des parents se toucher. La sœur de Cate, quand il lui arrive d'assister à ces démonstrations, lève les yeux au ciel. Mais putain, râle-t-elle. Arrêtez.

Comparés à ses propres parents, la mère et le père de Cate paraissent jeunes.

Chez Cate on vote à gauche. Chez Hannah on vote à droite.

Chez Cate il y a Zola et Updike. Chez Hannah il y a les Reader's Digest *et l'*Encyclopaedia Britannica.

Le père de Cate fait un métier en rapport avec l'ingénierie. Le père d'Hannah est gardien à l'hôpital Christie.

Chez Cate il y a de l'huile d'olive. Chez Hannah il y a de la vinaigrette toute prête.

Quand elles ont treize ans la mère de Cate tombe malade. Elle perd du poids, perd ses cheveux, porte des foulards. Parfois elle vient chercher Cate à l'entrée du collège mais Cate préférerait qu'elle s'abstienne. Elle préférerait passer sans s'arrêter devant l'étrange femme mince avec un foulard, des boucles d'oreilles et du rouge à lèvres, qui en fait trop, dont les dents prennent trop de place dans le visage.

Au bout d'un certain temps, cependant, sa mère va mieux. Ses cheveux repoussent, même s'ils sont un peu différents, un peu plus fins qu'avant. Le père de Cate continue à mettre de la musique, mais ils ne dansent plus dans la cuisine.

Quand elles ont seize ans Cate affiche une photo de Patti Smith sur le mur de sa chambre, un poster grandeur nature de la couverture de l'album Horses. *Elle l'a acheté au centre commercial Corn Exchange en ville. Elles vont chez Affleck's Palace où elles farfouillent dans les rayonnages surannés en quête de vestes comme celle de Patti. De fait ce look va mieux à Hannah, vu que pour l'instant elle est plate comme une limande. Tout cet été-là, les lundis soir, elles font croire à la mère d'Hannah qu'elle va dormir chez Cate et elles prennent le bus pour aller au Ritz en centre-ville, où elles sautent sur la piste de danse au son des Pixies, de Nirvana, de R.E.M. Cate porte un tutu, des Doc, des hauts rayés effilochés. Hannah porte de longues jupes en patchwork et des Doc. Si elle poussait le bouchon plus loin, sa mère ferait une attaque. D'ailleurs, quand elle se passe du khôl au crayon, sa mère fait déjà presque un malaise.*

Elles vont dans une petite ville à l'ouest de Paris pendant leur échange avec leurs correspondants français et reviennent en parlant quasiment un français acceptable. Le samedi, elles se baladent bras dessus bras dessous dans Fletcher Moss Park, où elles s'exercent à parler français très fort. Elles se testent mutuellement sur des questions tombées aux examens précédents.

En quoi Emma Bovary est-elle responsable de sa propre chute ? Ou encore, la nature de la société provinciale et son entourage rendent-ils sa tristesse inévitable ?

Cette année, leur prof d'anglais est une femme dévouée, dynamique, qui croit en la mobilité sociale, à l'émancipation des femmes. Elle leur suggère de postuler toutes les deux à Oxford et fait des heures supplémentaires le soir pour les entraîner en vue de l'examen. Elles entrent dans une nouvelle ère de compétition, s'aiguillonnent l'une l'autre.

Un samedi matin la mère de Cate tombe et reste recroquevillée sur elle-même dans le rayon céréales du supermarché. Elle retourne à l'hôpital et Cate part vivre chez Hannah, sur un lit de camp installé dans sa chambre. La nuit, quand Hannah dort, Cate, allongée sous sa couette, la regarde dans le cocon de son sommeil, dans sa sécurité, et sent que l'horreur l'attend dans l'obscurité.

Elle va voir sa mère dans l'établissement de soins palliatifs la semaine qui précède sa mort. Elle a des yeux gigantesques. Elle semble prendre tellement peu de place dans le lit. La chambre a une odeur piquante et suffocante à la fois. Oh, dit sa mère, à l'entrée de Cate. Quand elle parle, on dirait que quelqu'un lui appuie sur l'estomac et laisse s'échapper tout l'air. Cate s'approche lentement. Elle se dit que c'est probablement la dernière fois qu'elle voit sa mère. Une part d'elle a envie de rigoler : elle se plaque une main sur la bouche pour empêcher le rire de sortir.

Te voilà, dit sa mère comme elle serre Cate contre elle. Te voilà.

Après l'enterrement, Vicky, la sœur de Cate, emménage chez son copain. Et maintenant il ne reste que Cate et son père, qui tournent en rond dans la maison. Son père ne cuisine plus, et Cate oublie souvent de manger. Elle cesse d'écrire des dissertations pour les cours de préparation à Oxford. Hannah est simultanément horrifiée, consternée pour son amie et, dans un petit recoin peu charitable, soulagée.

Elles postulent chacune à un college. *Étant donné que ni elles ni leur prof ne connaissent rien à l'université, elles les choisissent au hasard : Hannah le sien parce que sur les photos c'est le plus beau, Cate le sien parce qu'il est écrit que c'est celui qui prend le plus grand nombre d'élèves issus du public chaque année. Elles passent l'examen. Elles sont toutes les deux convoquées pour un entretien, un week-end froid et humide de novembre. Hannah est logée dans une chambre avec vue sur une cour pavée, brumeuse le matin, et le bel avenir que semblent exhaler les murs d'enceinte lui met du baume au cœur. Cate est dans un logement moderne à l'arrière du réfectoire. Sa fenêtre donne sur une bouche d'aération, l'odeur de cuisine imprègne sa chambre.*

Elles reçoivent leur lettre un mois plus tard, juste au début des vacances de Noël. Elles se téléphonent, comme prévu. Ouvrent l'enveloppe. Hannah contemple sa lettre, incrédule.

Cate regarde la sienne. Merde, s'exclame-t-elle. Oh, merde.

2010

Cate

« Bonjour, mon petit soldat ! »

Malgré l'heure matinale, Alice, fidèle à elle-même, est immaculée : veste sans manches, cheveux coiffés, jean repassé.

« Comment va mon petit soldat aujourd'hui ? Tu es prêt pour notre rendez-vous ?! »

Tom lui décoche un grand sourire, agite les mains, fait les yeux doux.

« Bien, répond Cate. Il va bien. On va bien.

— Tu as un bisou ? »

Alice plonge sur Tom.

« Tu as un bisou pour mamie ? »

Tom tend les bras avec ravissement vers sa grand-mère.

« Terry est dans le jardin. »

Alice prend Tom dans les bras.

« Il y a eu un vent terrible hier soir. »

D'un signe de tête, elle désigne par la fenêtre le père de Sam qui lutte courageusement avec un souffleur de feuilles. Tous les trois l'observent un moment en silence. Terry semble provoquer autant de désordre qu'il parvient à en contenir.

« Je ne comprends jamais bien ce qu'ils font, s'aventure Cate. Ces engins.

— Ils balaient les feuilles, répond Alice.

— Ah. Oui. »

Terry lève la tête, les voit et parvient à leur adresser un grand salut, tandis que Tom donne des coups de pied et se cabre dans les bras d'Alice.

« Il a envie d'être avec les grands garçons, commente Alice. Je vais le sortir un moment. On se retrouve tout à l'heure. »

Cate ravale son horreur : son fils minuscule, cette machine stupide.

« C'est vous qui voyez.

— Ce que je vois, réplique vertement Alice, c'est que ça lui fera du bien. »

Cate attend à l'arrêt de bus mais il n'en arrive aucun, alors elle descend la colline à pied pour aller au centre-ville, la cathédrale droit devant elle. Elle a cinq heures à occuper : cinq heures durant lesquelles elle peut faire n'importe quoi, dans la limite du raisonnable. Elle pourrait prendre le train à destination de Charing Cross, aller à la National Portrait Gallery. Admirer les tableaux de Sickert. De Vanessa Bell. Remonter St Martin's Lane, traverser Covent Garden, aller chez le bouquiniste d'Oxfam en bas de Gower Street, acheter un livre de poche pas cher et le lire dans un square, retrouver un peu la sensation de ses anciens contours.

Elle sait ce qu'elle devrait faire : rentrer chez elle, laver des torchons, des grenouillères et des tenues de cuisinier. Plier du linge. Déballer des cartons. Finir d'emménager chez elle. Mais elle ne fait aucune de ces choses : non, elle marche, ses pieds retracent le chemin de pèlerinage ancestral, franchissent les murs de la ville, descendent Northgate, Palace Street.

À l'entrée de la cathédrale se déroule l'inévitable queue d'étudiants étrangers et de chrétiens internationaux venus visiter l'intérieur. Cate s'esquive chez Pret, se paie un café et une pâtisserie et s'assied à la fenêtre, d'où elle contemple le cœur à colombage de la ville. Il y a des étals qui vendent des souvenirs, des casquettes de base-ball avec LONDON brodé dessus. Des confiseries surmontées d'une enseigne façon années 1950 qui vendent de gros bonbons durs et d'autres bicolores. Des jeunes hommes en veste rouge qui sillonnent la foule pour vendre des tours en barque, racoler les clients. Tous les soi-disant émois de la bonne vieille Angleterre du vingt et unième siècle.

Son regard est attiré par un petit stand au milieu de la mêlée, affublé d'une banderole où il est écrit : NON À L'AUGMENTATION DES FRAIS D'INSCRIPTION À L'UNIVERSITÉ. VOTE LE 10 DÉCEMBRE.

Devant, une jeune femme aux longs cheveux teints en rose distribue des prospectus. Cate observe sa façon de parler aux passants. Sa silhouette menue enveloppée dans un pull extra-large. L'animation sur son visage. Elle lui rappelle Lucy.

Elle a eu beau consulter ses mails presque toutes les heures, Cate n'a encore reçu aucune réponse d'Hesther.

Son café terminé, elle sort, s'approche timidement du stand.

« Je peux en avoir un ? demande-t-elle à la jeune femme aux cheveux roses en montrant les prospectus.

— Bien sûr, sourit la jeune femme en en prenant un qu'elle lui presse dans la main. Vous voulez signer la pétition, aussi ?

— Avec plaisir. »

Cate se penche, signe, puis, soudain gênée, et sans vraiment savoir quoi faire ensuite, elle marmonne un au revoir et s'éloigne, rejoignant la file d'attente pour la cathédrale. L'entrée coûte dix livres. À contrecœur elle sort son portefeuille, paie par carte. Une allée pavée mène à l'entrée, le monument se dresse devant elle. Elle s'avance dans la nef, là où la voûte s'élance vers le ciel et où des guides au visage suave vêtus de tabard vendent des guides touristiques. Elle s'éloigne, longe les présentoirs de cierges et se dirige vers le fond tout en lisant les inscriptions sur les tombes scellées dans la pierre. Un véritable album larmoyant de mésaventures coloniales : jeunes hommes morts à Waterloo, en Inde, en Afrique de l'Ouest et du Sud, le tout jusqu'au top cinquante des Première et Seconde Guerres mondiales. Des drapeaux noirs en lambeaux sont suspendus aux murs. Quelque part au loin on entend un orgue. Elle s'arrête devant un monument de forme ovale, la tombe d'un certain Robert Macpherson Cairnes, chef d'escadron des troupes montées royales, « arraché à ce monde sublunaire le 18 juin 1815 à l'âge de 30 ans ».

Cet humble monument
érigé par la main de l'amitié
est un témoignage loyal, mais très insuffisant,
de l'affection, et du chagrin que nulle langue ne peut dire,
de l'affection qui survit par-delà le tombeau,
du chagrin qui n'aura de cesse
que lorsque ceux qui le pleurent
le rejoindront
dans le royaume béni
de
la paix éternelle.

Tous ces garçons. Toutes ces mères. Tout ce chagrin. Et ici, pas la moindre excuse, jamais. Il aurait été appréciable de lire quelque part, ne serait-ce que sur une toute petite plaque de rien du tout : *Désolé. Nous nous sommes trompés. Tout ce colonialisme, cet empire, ce massacre de nos enfants. Tout ce Dieu. Les terres confisquées. Les ressources pillées. Le patriarcat porté au pinacle. L'Église et l'armée main dans la main.*

C'est qui le petit soldat, hein ?

Elle veut récupérer son fils. Elle veut remonter la colline en courant jusqu'à Harbledown et l'arracher des bras de sa grand-mère. Soudain elle a du mal à respirer. Elle sort précipitamment par la porte latérale qui donne sur le cloître, où le vent mord et où l'herbe de la cour est d'un vert profond. Elle s'effondre sur un banc en pierre taillé dans le mur et inspire de grandes bouffées d'air. Soudain elle comprend pourquoi elle n'aime pas cette ville : elle lui rappelle Oxford, les églises, les touristes, l'herbe sur laquelle on n'a pas le droit de marcher.

Et jusqu'aux balades en barque à fond plat, des générations d'étudiants à l'assaut de la rivière, qui cherchent à réaliser le rêve de *Retour à Brideshead.*

Evelyn Waugh était un fasciste doublé d'un sentimentaliste. Argumentez.

Elle détestait ce putain de bouquin.

Il y a des bruits de pas sur les dalles. Cate lève la tête, voit une silhouette se diriger vers elle à pas rapides. Malgré son grand manteau d'homme et son bonnet enfoncé sur la tête, Cate la reconnaît, elle était au club parents-enfants, elle se plaque contre le mur en pierre : elle n'a pas envie d'être vue aujourd'hui, mais il est trop tard.

« Oh, s'exclame Dea. Hé, salut ! Cate, c'est ça ? »

Elle sourit, tend une main gantée. Elle a le visage fatigué, malmené par le vent.

« Je ne t'ai pas reconnue tout de suite. Sans le bébé. Où est-il aujourd'hui ?

— Avec ma belle-mère. À Harbledown.

— C'est bien. »

Dea penche la tête sur le côté.

« Tu n'as pas l'air convaincue. C'est pas bien ?

— Oh, non – ça l'est. C'est juste que c'est la première fois que je le laisse. Tout est un peu étrange.

— Je comprends ce que tu veux dire, répond Dea avec un hochement de tête. J'ai les mardis pour moi toute seule. Je ne pense qu'à ça toute la semaine, je suis censée bosser, mais je ne fais que… »

Elle grimace.

« C'est quoi ton travail ?

— L'art d'église. J'écris un livre. Mais ça me prend une éternité.

— Quel genre d'art d'église ?
— Il y en a des exemples juste là. »
Dea pointe la voûte, Cate lève la tête. Au début, elle ne sait pas ce qu'elle regarde, puis :
« Ici. »
Dea la prend par le coude.
« Tu vois cet homme feuillu ? Et la sirène ? »
Au début c'est difficile à discerner, mais avec un peu plus d'attention, les détails apparaissent : pas juste des hommes feuillus, mais des dragons enroulés sur eux-mêmes, des lézards, des bergers avec des flûtiaux.
« Oh, dit-elle. Oui. Jamais on ne se douterait qu'ils sont là.
— Exactement ! J'aime les considérer comme des petites nodosités subversives. Des divinités païennes qui soutiennent les piliers de l'église établie. »
Dea la regarde de nouveau.
« Est-ce que je viens vraiment de dire ça ? Désolée », fait-elle avec un sourire contrit.
Un vent glacial s'engouffre dans les allées du cloître.
« Il fait froid, remarque Dea. Ça te dirait d'aller chez moi ? C'est juste au coin de la rue. On pourrait prendre un thé.
— Avec plaisir. »
Elles sortent de la cathédrale, longent le stand tenu par les étudiants, où Dea s'arrête un instant pour parler à la fille aux cheveux roses. Cate, en retrait, observe la fille qui montre fièrement à Dea la liste de signatures.
« C'est l'une de mes étudiantes, du moins c'était

avant que je prenne mon congé maternité, explique Dea en retrouvant Cate. Nous demandons à notre présidente d'université de diffuser l'information au sujet des frais d'inscription, mais je ne pense pas qu'elle le fera. C'est intéressant, cela dit : tous ces gamins. Ils prennent vraiment position. Je suis fière d'eux. »

Dea habite tout près, non loin de la grand-rue : une maison coincée au milieu d'une rangée de maisonnettes mitoyennes jumelles. La porte d'entrée est peinte d'un gris-vert mat, et à côté, une jardinière explose de fleurs tardives écarlates. Le couloir étroit est un enchevêtrement de manteaux et d'écharpes. Dea la conduit dans une cuisine à l'arrière, où la maison s'ouvre et devient lumineuse et accueillante. Une grande femme noire avec une volumineuse coupe afro se tient devant la cuisinière.

« Salut Zo. »

Dea déroule son écharpe.

« Je te présente Cate. Je l'ai rencontrée au Clubaggedon. Tu sais, ce club horrible dont je t'ai parlé. Et je viens de la croiser à la cathédrale. »

La femme se retourne. Tout chez elle est long : longs membres, long cou, longs doigts enroulés sur un mug. Elle est d'une beauté incomparable.

« Enchantée, Cate, moi c'est Zoe. »

Elle a un accent américain : Cate croit reconnaître les intonations du Sud. Dea s'approche doucement de la cuisinière et embrasse Zoe. Cate regarde la main de Zoe s'attarder brièvement sur le dos de Dea.

« Assieds-toi, Cate, invite Zoe. Excuse le bazar. »

Cate s'installe sur l'assise d'un canapé défoncé, recouvert de plaids et de coussins. Derrière, des rayons de soleil filtrent par la fenêtre et lui réchauffent le dos. Scintillants dans la lumière, des bocaux, des livres, des jouets et des bouteilles se disputent une étagère. Des livres, encore, s'empilent un peu partout. Une biographie de Louise Bourgeois sert de reposoir à une plante. Il y a de la poussière sur les plinthes, les lattes du parquet sont rayées. De la vaisselle sale s'entasse dans l'évier. La vue de ces assiettes suscite chez Cate un sentiment ténu mais profond de soulagement.

« Vous habitez là depuis longtemps ? demande-t-elle.

— Cinq ans. »

Dea verse des herbes dans une théière.

« On habitait aux États-Unis avant. J'enseignais à la fac là-bas, c'est là qu'on s'est rencontrées. Mais je suis originaire du Kent. J'ai grandi juste en périphérie de la ville. Et toi ? Ça fait longtemps que tu es à Canterbury ?

— Presque deux mois. On a emménagé quand Tom avait cinq mois.

— Ça n'a pas dû être facile.

— Ça va, ment Cate.

— Vous habitez où ?

— De l'autre côté de la ville. Wincheap Way.

— Je connais, dit Dea. On a un jardin ouvrier, derrière Toddler's Cove.

— Eh bien, j'ai été ravie de faire votre connaissance, Cate, dit Zoe. Je vais aller travailler un peu pendant que Nora fait la sieste.

— Oh, joies immenses d'un doctorat financé.

— Oh, joies d'un congé maternité payé à temps plein, rétorque Zoe en envoyant un baiser à Dea.

Hé ! ajoute-t-elle en se retournant à la porte. Vous devriez monter un truc, vous deux. Un truc sympa. Un truc où les mères se retrouvent.

— C'est ce qu'on fait. »

Dea s'avance avec une tasse de thé qu'elle tend à Cate.

« Pas vrai, Cate ? On y est. C'est notre club. Ici. Maintenant.

— Euh... oui, j'imagine », répond Cate.

Elle lève sa tasse : jaune pâle, un parfum subtil. De petites fleurs flottent en surface.

Dea se glisse à côté d'elle sur le canapé.

« Le Mum Club. La seule règle du Mum Club c'est qu'il est interdit de parler du Mum Club. OK ? »

Zoe éclate de rire et lève les yeux au ciel.

« Je vous laisse », dit-elle avec un salut de la main.

Zoe partie, Dea se tourne vers Cate.

« Biscuit au chocolat ? J'ai une planque.

— Hum. Avec plaisir. »

Dea tend le bras vers le placard derrière elle et sort une boîte en fer-blanc.

« C'est dingue les trucs qu'on se retrouve à acheter quand on devient maman. J'avais oublié à quel point c'était bon les Fingers. »

Cate se penche pour en prendre un.

« Alors..., commence Dea. Comment ça va, Cate ?

— Je... »

Cate hésite, prise au dépourvu, la bouche pleine de biscuit.

« Je vais bien, répond-elle.

— Au Mum Club, on dit la vérité, la réprimande Dea. Je commence. Pose-moi une question. Demande-moi comment je vais.

— Euh… comment ça va, Dea ?

— Hummm. Voyons voir. »

Dea ferme les yeux un instant.

« Eh bien, je dors en moyenne cinq heures par nuit. Avant j'étais quelqu'un qui dormait huit heures minimum. Quand je manquais de sommeil, je pétais un câble. Je suis toujours cette personne, quelque part au fond de moi, mais je ne crois pas avoir effectué un cycle complet de sommeil depuis la naissance de ma fille. Ma douleur au genou s'est réveillée. C'est une vieille blessure, exacerbée par le fait de porter ma fille en écharpe, ce qui semblait être la meilleure et la plus merveilleuse chose à faire quand elle avait trois semaines, mais qui me paraît maintenant être une moins bonne idée. Seulement c'est le seul endroit où elle accepte de dormir. Donc bon. J'ai des nichons énormes. On m'avait dit qu'ils dégonfleraient. Que nenni. Je suis assaillie nuit et jour par des visions d'horreur : ma fille qui tombe, ma fille qui se fait mal, quelqu'un qui lui fait mal. Je ne peux pas écouter les infos sans pleurer ou éteindre. Je n'ai pas fait l'amour depuis la naissance de ma fille. »

Cate sourit.

« Tu trouves ça drôle ? »

Dea sirote son thé. Le chocolat remplit de douceur la bouche de Cate.

« Je pourrais continuer, mais… tu sais. J'en garde pour la prochaine fois. Alors, lance-t-elle en se tournant vers Cate. Dis-moi. Comment tu vas ? »

Elle a préparé des pâtes à la sauce tomate : huile d'olive, une pointe de piment. Un bout de parmesan qu'elle avait oublié au fond du frigo est râpé sur le dessus. Une portion pour Tom dans son petit bol vert est prête à être mangée, une bouteille de rouge est débouchée sur la table.

La porte s'ouvre, Cate entend Sam accrocher son manteau dans l'entrée.

« Salut. »

Il hume l'air.

« Ça sent bon.

— Je me suis dit que j'allais cuisiner. »

Elle s'empare de Tom qui jouait par terre.

« Viens, chaton. Viens goûter les pâtes. »

Son plat remporte un certain succès. Tom se révèle étonnamment expert pour manipuler les farfalle et en aspirer la sauce. Le repas fini, après qu'ils ont bu un verre et demi chacun, Sam propose de donner son bain à Tom, et Cate, assise à la table, les écoute glousser et chanter ensemble. Quand le bain est terminé, Sam redescend un Tom aux cheveux bouclés tout mouillés, et elle lui embrasse le front.

« C'est qui mon petit garçon ? fait-elle. C'est qui mon adorable petit garçon ?

— Je le mets en pyj ? demande Sam.

— Oui, s'il te plaît. »

Lorsqu'elle a récupéré Tom chez Alice, il était content, calme.

Elle se lève, fait la vaisselle, essuie la table et se sert un autre demi-verre de vin.

La vérité ?

Ouais. On dit la vérité.

Le ton de Dea, comme si elle avait envie d'entendre la réponse. Comme si toute autre chose que la vérité n'aurait pas été satisfaisant.

La vérité c'est que moi aussi j'ai peur.

Continue. De quoi ?

De tout. Tout le temps. Je me sens seule. Je souffre. Je n'arrive toujours pas à accepter l'idée qu'on m'ait ouverte. J'ai l'impression d'échouer. En tant que femme. En tant que mère. Je fais tout de travers. Ma mère n'est pas là. Elle me manque. Je me rends compte qu'elle me manque depuis toujours. Elle ne m'a pas préparée du tout. Je lui en veux de m'avoir laissée seule. Je ne m'en sors pas. Pas du tout. Personne ne m'avait prévenue.

Je crois que je n'ai pas épousé la bonne personne.

Elle n'a pas prononcé cette dernière phrase, mais elle a dit tout le reste. Une fois lancée, impossible de s'arrêter. Et Dea restait là, à l'écouter : l'oxygène grisant de l'écoute.

Bon. Même heure la semaine prochaine ? Mum Club ?

Ouais. Même heure la semaine prochaine.

« Hé, lance Sam en entrant dans la pièce. Tom a l'air en pleine forme. Ça s'est bien passé, alors, avec maman ?

— Oh, répond Cate. Ouais. »

Elle vide son verre.

« Je crois que ça va fonctionner. »

Lissa

Ils vont jouer à un jeu, annonce Klara. Mais c'est un jeu sérieux, une *technique*, une technique pour *s'extraire de sa peau*. Ils ont besoin de cette technique parce qu'ils sont raides. Ils sont raides à la manière anglaise. Pas comme les Russes. Les Russes ne sont pas raides, pas du tout. Ils ont la vodka, le chagrin, le sang de la terre dans les veines, là où les Anglais ont du thé insipide et l'humidité.

Donc.

La metteuse en scène jette un regard circulaire : tous ses acteurs sont rassemblés devant elle, une brochette complète. C'est la première heure du lundi matin, le début de la troisième semaine.

« Leesa, dit-elle, les yeux étrécis. Tu es raide. Toujours tu es raide. Tu vois comment tu es assise ? Il dit quoi Vania, sur Éléna ? »

Klara se tourne vers Johnny :

« Sur comment elle est ?

— *Si seulement vous pouviez vous voir vous-même, voir votre visage, vos gestes… Quelle paresse de vivre ! Oh ! Quelle paresse !*

— Merci, Johnny. Donc, Leesa : est-ce qu'Éléna s'assied comme ça ? »

Elle croise les mains sur les genoux pour imiter la posture de Lissa.

« Non. Tu es anglaise. Tu as tout faux. Pourquoi j'ai choisi des Anglais pour interpréter cette pièce russe ? Je suis folle. Plus jamais ça. Leesa : tu connais la technique Meisner ? »

Lissa hoche la tête : elle la connaît.

« On la pratiquait à l'école d'art dramatique. Cela dit ça fait des années que…

— Parfait. Assieds-toi là, s'il te plaît. »

On installe une chaise, Lissa s'avance docilement au milieu de l'espace et s'assied.

« Et toi, reprend Klara en pivotant pour pointer du doigt Michael, toi aussi tu es raide. Tu ne montes sur scène que cinq minutes mais tu es raide. C'est affreux. Viens ici. »

Michael se lève, se passe la main dans les cheveux. Il a un grand sourire.

« Super, commente-t-il. Cool.

— Michael, tu connais cette technique ? »

Il secoue la tête.

« Leesa. Décris-la à Michael, s'il te plaît. »

Lissa croise les chevilles, les décroise.

« Alors… si je me souviens bien… ça commence par l'un ou l'autre d'entre nous qui fait une remarque sur l'autre. Je vais faire une remarque à ton sujet, une remarque de surface, pour commencer. Ça peut être ce que tu portes. Je pourrais dire : *Tu portes un haut bleu.* Et toi tu me répètes ma phrase. *Je porte un haut bleu.* On fait ça pendant un moment, et ensuite on approfondit…

— Stop ! crie Klara en giflant le bureau. Assez d'explications. Commencez. »

Michael laisse échapper un petit rire rauque. Lissa prend une inspiration.

« Tes cheveux, commence-t-elle, ils… sont coiffés en banane. »

Michael sourit.

« Mes cheveux sont coiffés en banane ? répète-t-il en donnant à ce dernier mot une légère intonation montante.

— STOP. »

Michael se tourne vers la metteuse en scène.

« Pas de *jeu théâtral.* »

Klara assène un coup de poing sur la table et Poppy, la régisseuse adjointe, sursaute.

« Tu joues. Si c'est ça ta façon de jouer,

heureusement que tu n'as pas de texte dans la pièce. L'intérêt c'est de ne *pas jouer.* »

Châtié, Michael se retourne vers Lissa, qui lui lance un regard compatissant, puis ils reprennent :

« Tu es pâle, dit Lissa.

— Je suis pâle.

— Tu es pâle.

— Je suis pâle. »

Il est pétrifié désormais, trop effrayé pour esquisser un geste.

Elle se rappelle son enseignant à l'école d'art dramatique, un petit homme sérieux qui croyait passionnément en cette méthode de travail. *Nommez ce que vous voyez*, voilà ce qu'il disait toujours quand ils employaient la technique Meisner. *Concentrez votre attention sur l'autre, regardez-le attentivement, et nommez ce que vous voyez.*

« Tu as l'air apeuré, dit-elle à Michael.

— J'ai l'air apeuré, admet Michael.

— Tu as l'air apeuré. »

Le jeu se poursuit laborieusement, mollement, tandis que Klara se répand en bruits de bouche et en mouvements de tête.

« STOP. C'est affreux. Affreux. »

D'un geste brutal, elle évacue Michael de la scène.

« *Pu-tain*, marmonne-t-il tout en se levant et en remontant son jean. Bonne chance.

— Toi. »

Klara donne un petit coup de tête vers Johnny.

« Johnny. À toi. »

Johnny se lève en silence et vient prendre la place de Michael.

Il reste immobile, parfaitement immobile, longtemps, à l'observer. Son regard est doux. Elle le sent qui lui effleure les épaules, le ventre, les pieds, les seins. Elle a conscience de ses jambes, de nouveau étroitement croisées – quand cela s'est-il produit ? –, la position de ses mains. Conscience de la chaleur dans ses paumes, sous ses aisselles. Elle a conscience de la balance du pouvoir, du plateau qui penche du côté de Johnny. Puis :

« Tu as l'air triste, dit-il.

— J'ai l'air triste, répète Lissa, surprise.

— Tu as l'air triste.

— J'ai l'air triste.

— Tu as l'air triste.

— J'ai l'air triste.

— Tu rougis.

— Je rougis.

— Tu rougis.

— Je rougis.

— Tu es contrariée.

— Je suis contrariée.

— Je t'ai contrariée.

— Je t'ai contrarié, non », elle trébuche, « tu m'as contrariée.

— Je t'ai contrariée. »

Ses joues s'embrasent.

« Tu… as une chemise noire », dit-elle.

Johnny hausse un sourcil.

« J'ai une chemise noire, répète-t-il.

— STOP. »

Ils se tournent vers Klara, qui s'est levée de sa chaise, incandescente.

« Pourquoi tu as fait ça ? Pourquoi tu as parlé de

sa *chemise* ? Il se *passait* quelque chose. Pour la première fois dans cette putain de salle à la con il commençait à se passer quelque chose et toi, tu parles de sa *chemise* ? Non. Bon. Recommencez. »

Johnny se retourne lentement, sourit à Lissa. C'est le sourire d'un assassin. Ses yeux bleus clignent à peine.

« Tu es mal à l'aise, dit-il.

— Je suis mal à l'aise.

— Tu es mal à l'aise.

— Je suis mal à l'aise.

— Je te mets mal à l'aise.

— Tu me mets mal à l'aise.

— Je te mets mal à l'aise.

— Tu me mets mal à l'aise.

— Tu as l'air triste.

— J'ai l'air triste.

— Tu as l'air triste.

— J'ai l'air triste.

— Tu as un visage triste.

— J'ai un visage triste. »

Sa gorge se serre. Pas le temps de se remettre du dernier uppercut avant qu'il assène le suivant.

« Tu as perdu quelque chose.

— J'ai perdu quelque chose. »

Elle le sent : les autres acteurs, assis sur le bout de leur chaise. Tandis que les visages alignés deviennent un public, que les filaments invisibles entre eux et elle se resserrent, il se passe quelque chose.

« Tu pleures.

— Je pleure.

— Tu pleures.

— Je pleure.

— Bien ! exulte Klara en sautillant. Maintenant. *Maintenant.* Commencez votre scène. »

Elle a besoin d'air frais. Elle pousse la porte de sortie et se tient dans la cage d'escalier minable, la tête levée vers le ciel.

Michael est déjà là.

« Merde alors, commente-t-il. C'était dur. Mais électrique. »

Lissa ne répond rien.

Derrière elle, Johnny apparaît.

« Sacrément électrique, mec », lance Michael.

Johnny l'ignore. Michael acquiesce tout seul.

« Électrique, répète-t-il dans le vide.

— C'était plutôt bon, dit Johnny à Lissa. Tu pourrais être une bien meilleure actrice que ce que tu t'autorises à être, tu sais. Si tu lâchais prise. »

Elle a son après-midi. Elle n'a pas envie de rentrer chez elle. Elle n'a pas non plus envie de rester plus longtemps dans cette pièce à regarder le reste de la journée de répétition, alors elle prend le bus pour aller au centre-ville, le vieux 73 bringuebalant : Kingsland Road, Shoreditch, Old Street, Angel, King's Cross. Le ciel est bas, jaune, et quand elle descend à l'arrêt de la bibliothèque, il commence à pleuvoir. Elle fourre son manteau et son sac dans un casier, présente sa carte au gardien à la porte de la salle des livres rares, trouve une place, s'assied. Dans le silence elle ferme les yeux.

Elle est creuse : il n'y a rien en elle, rien qui l'amarre, ni le talent, ni le succès. Johnny a raison :

elle a perdu quelque chose. Ou beaucoup de choses. À moins qu'elle ne les ait jamais eues. Elle n'est que la somme totale de ses échecs. Elle est tellement creuse qu'elle pourrait flotter au-dessus de ces gens penchés sur leur tâche, s'élever et flotter au-dessus de cette ville, cette ville qu'elle a aimée mais qui ne l'aime pas en retour, qui ne lui donne pas de quoi vivre, juste de quoi survivre.

Elle va redescendre, prendre ses affaires, appeler son agent et lui annoncer qu'elle se retire de la pièce, qu'elle abandonne cette pseudo-carrière.

Elle se rend au vestiaire, récupère son manteau et son sac, traverse la vaste entrée qui résonne pour se diriger vers la sortie, et c'est alors qu'elle le voit. Il a beau lui tourner le dos, elle sait que c'est lui. Il a les épaules voûtées, il ne parle pas, mais il est clair que l'autre personne au bout du fil parle beaucoup. Lissa reste en arrière, les mains dans les poches de son manteau. Au bout d'un court moment, il raccroche et elle le voit se mettre debout, parfaitement immobile pendant quelques secondes, puis lever la tête. Elle s'approche de lui et lui touche le bras. Nathan sursaute.

« Lissa. Salut.

— Ça va ? »

Il se passe la main dans les cheveux. Il a un regard farouche.

« J'ai juste besoin de… Cigarette. Tu en as une ?

— Bien sûr. »

Ils passent devant les vigiles, sortent sous le petit surplomb qui abrite un peu de la pluie, laquelle tombe à verse désormais. Elle lui tend le tabac, reste en retrait le temps qu'il roule.

« Désolé, dit-il en portant la cigarette à ses lèvres.

— Pourquoi ? »

Il la regarde, surpris.

« Je ne sais pas. J'ai juste – l'habitude de dire désolé, j'imagine. Désolé de fumer. Je ne devrais pas fumer. »

Elle lui tend un briquet, qu'il actionne avec reconnaissance, la tête penchée en arrière pour recracher la fumée. Elle lui prend sa blague en cuir et se roule à son tour une cigarette, leur fumée se mélange dans l'air humide. Sur le parvis, les gens chargés de leurs sacs et de leurs livres se hâtent sur le béton désormais glissant.

« Tu as mangé ? demande-t-il.

— Non.

— Il y a un pub pas loin. Est-ce que… des tapas ou ce que tu veux. »

Quelque chose dans sa façon de prononcer « tapas » la fait sourire.

Quand ils traversent la rue, il semble si désorienté qu'elle doit se retenir de lui prendre le bras pour le guider au milieu de la circulation et le mettre en sûreté.

« C'est quelque part par là », explique-t-il en la menant entre les immeubles en briques rouges qui se dressent au sud de Euston Road, puis le long de vastes maisons jumelles géorgiennes, jusqu'à un pub d'angle à l'air sombre.

« Je crois que c'est ça. Ça fera l'affaire en tout cas. »

Il lui ouvre la porte.

« Tu veux un verre ? Je vais prendre une pinte. Et un whisky. Tu veux un whisky ? »

Il n'est plus question de manger. Elle regarde l'horloge au-dessus du bar : 14 h 45.

« Avec plaisir, répond-elle. Pourquoi pas ? »

Elle leur trouve une table dans un coin du bar, cachée loin de la fenêtre. Il revient avec deux pintes de Guinness et deux verres de whisky.

« À la tienne. »

Il boit son whisky cul sec, qu'il rince avec une bonne rasade de Guinness. Puis, comme s'il remarquait véritablement sa présence pour la première fois :

« Ç'a été ta journée ? s'enquiert-il.

— Horrible. »

Il acquiesce d'un air sombre.

« Et toi ? demande-t-elle.

— Je te raconte pas ! »

Il lève alors la tête et elle voit son désespoir.

« Ça n'a pas marché. La FIV. Le dernier essai. »

Elle n'est pas surprise. Elle aimerait l'être mais elle ne l'est pas.

« Je suis perdu, avoue-t-il. On est perdus. Dans tout ça. »

Il regarde la pluie qui commence à moucheter la fenêtre, puis écluse le reste de sa Guinness en trois goulées gargantuesques.

« Je vais prendre un autre verre. Tu en veux un ? Un autre whisky ?

— Allez. »

Quand il est parti, elle tripote son téléphone. L'allume. L'éteint. C'est bizarre, songe-t-elle, qu'Hannah ne lui ait rien dit. Elle finit son whisky. Sirote sa pinte.

Il revient avec deux autres Guinness, plus deux whiskys.

« Je le boirai, si tu ne peux pas, dit-il avec un petit sourire en faisant glisser les verres devant Lissa. Alors, raconte, pourquoi ta journée a-t-elle été aussi mauvaise ? Hannah m'a dit que tu jouais dans une pièce ? »

Elle a envie de répliquer que ça n'a aucune importance. Qu'elle n'a pas envie de parler d'elle.

« Oui, répond-elle. En effet.

— Un truc russe ? »

Elle hoche la tête.

« *Oncle Vania*. Tchekhov.

— Comment ça se passe ?

— Ça va. »

Il se penche en avant.

« Ça va ? Ça sonne pas terrible.

— Si. Seulement… »

Elle part d'un petit rire.

« Je ne sais pas. Je doute de tout aujourd'hui.

— Je pourrais dire la même chose.

— Vraiment ? »

Elle n'ajoute rien, attendant qu'il poursuive, observant ses mains autour de la chope. Ses yeux – la peau en dessous, les commissures retroussées de ses lèvres. *Nommez ce que vous voyez.*

Tu es triste.

Tu es en colère.

« Je ne sais pas. »

Il pianote sur le bois taché de la table.

« Je ne – je ne me rappelle même plus pourquoi on fait ça, ce truc que nos vies sont devenues. Hannah. Cette *contrainte*. Le. Moindre. Putain. De.

Truc. Réglé. Contrôlé. Tout ce que je mets dans mon corps. Je la vois qui rôde. Elle surveille la quantité de café que j'ingère. Me demande combien de verres j'ai bus si je sors après le boulot. Compte. Elle passe son temps à compter. C'est devenu une vraie flic. »

Il tombe dans le silence.

« Elle essaie juste d'avoir un enfant, murmure Lissa.

— Tu crois que je ne le sais pas ? »

Il est hors de lui à présent.

« Mais c'est tout ce qu'elle est devenue. Elle est devenue une créature qui essaie d'avoir un enfant. Et ça ne marche *pas*, putain. Un enfant, ça devrait pas être conçu dans l'amour ? L'abandon ? En prenant son pied ? Pas avec un emploi du temps. Un tableur. *Un graphique.* »

Il en a trop dit. Elle le voit reculer devant ses propres mots. Il lève la tête vers elle.

« Tu n'as jamais voulu de gamin, toi ? demande-t-il à voix basse.

— Je… non. Une fois. Enfin, j'ai été enceinte une fois.

— Sérieux ?

— Ouais. »

Une forme floue sur une échographie à la clinique Marie Stopes dans le quartier de Fitzrovia. À la fin de la première année d'école d'art dramatique.

« Qu'est-ce qu'il s'est passé ?

— J'ai avorté.

— Je suis désolé.

— Ne le sois pas. Allez. »

Elle lève son whisky et le colle contre le sien.

« *Sláinte.* »

L'alcool lui brûle la gorge.

« Cigarette ? demande-t-elle.

— Tu lis dans mes pensées. »

Ils sortent, blottis sur le seuil, roulant à tour de rôle.

« Allez, raconte, répète-t-il quand ils ont tous les deux allumé leur cigarette. Tu ne m'as toujours pas expliqué pourquoi ta journée était aussi pourrie.

— Quelqu'un... a critiqué ma façon de jouer. Je l'ai mal pris, je crois. »

Elle essaie de trouver un point d'ancrage : la pluie, les voitures aux phares allumés. Les gens qui manœuvrent leurs parapluies. Elle file droit vers l'ivresse.

« Parfois... Je ne me sens pas réelle. »

Elle se tourne vers lui. Il la regarde. Il est tout près. Il secoue la tête.

« Quoi ? demande-t-elle.

— Ça me fait super bizarre, de t'entendre parler comme ça.

— Pourquoi ?

— Parce que je t'ai toujours vue tellement vive. Plus que réelle. »

Elle part d'un petit rire.

« Je me rappelle la première fois que je t'ai vue. Tu... tu brillais littéralement. Et puis après, ces fêtes. Quand on était plus vieux. Quelle superbe fêtarde vintage tu faisais !

— Ouais. Qu'est-ce que j'avais dans le crâne ?

— C'était le bon temps, tu trouves pas ? On était insouciants. On était libres. »

Il se penche en avant, lui saisit le poignet. Elle

baisse les yeux, voit ses doigts, les ongles coupés à la va-vite, sent une pulsation dans son propre cœur, son poignet, son entre-jambe.

« Ça me manque », avoue-t-il.

Nommez ce que vous voyez.

Tu me désires.

« Qui ? lui demande-t-elle en reportant son regard sur son visage. Je suis qui ? Pour toi ?

— Tu es belle, tu es intelligente, tu es sauvage, Lissa. Tu es réelle. »

Il lui pose alors les mains sur les joues, approche son visage du sien, ses lèvres des siennes.

La surprise.

L'absence de surprise.

Ses lèvres qui s'ouvrent pour lui. Le goût de sa langue.

« Désolé, s'excuse-t-il en s'écartant.

— Non.

— Je n'aurais pas dû faire ça.

— T'inquiète pas. Il ne s'est rien passé. »

Il secoue la tête.

« Hannah, dit-il d'une voix étranglée.

— Il ne s'est rien passé, Nath. »

Il se passe une main sur le visage.

« Pas ça. C'est juste… Elle veut recommencer. La FIV. Elle veut aller dans une autre clinique. Sur Harley Street.

— Ça doit coûter un bras.

— Et les yeux de la tête.

— Alors tu comptes faire quoi ?

— Je ne sais pas. »

Le désespoir revient, l'enveloppe. Nathan la regarde.

« Tu ferais quoi, toi ?

— Mon Dieu, s'exclame-t-elle en rigolant sans bruit. Ne me demande pas ça.

— Mais si. Je te le demande. Tu es la première personne à qui j'arrive à parler de ça. Tu ne peux pas savoir à quel point ça fait du bien de parler. Liss. Dis-moi, supplie-t-il. S'il te plaît. Qu'est-ce que tu ferais ?

— Je ne le ferais pas, répond-elle en resserrant son gilet, les yeux rivés sur la rue lavée par la pluie. Je dirais non. »

Hannah

Ils sortent du métro à Regent's Park, longent les bâtiments crème à colonnades, puis empruntent Marylebone Road avant de tourner dans Harley Street. Elle marche vite, comme si en se hâtant – en pressant Nathan devant ces mini-manoirs, devant ces voitures démesurées qui vomissent des femmes ultra-minces coiffées d'un foulard, devant ces vieilles dames qui portent leurs chiens minuscules dans les bras –, il n'allait peut-être pas se rendre compte de l'endroit où ils se trouvent.

Elle sonne à une maison de trois étages, heureusement légèrement moins majestueuse que celles qui l'entourent. On les fait entrer via l'interphone et ils pénètrent dans un hall au dallage noir et blanc décoré de photos de bébés souriants, où la courbe élégante d'un escalier de style Regency s'étire vers la lumière. Ils donnent leur nom puis on les introduit dans une salle d'attente de la taille de leur appartement. Des canapés moelleux se font face de part et d'autre de tables carrées, où des magazines sont disposés en piles bien nettes. Un couple est assis sur un canapé, six mètres plus loin. Ils scrutent Hannah et Nathan.

Nathan est assis, une cheville croisée sur un genou. Ses baskets sont éraflées. Sa jambe s'agite sur la profonde moquette à longues mèches. Dans un coin, une machine à café gargouille.

« Je vais boire un truc, annonce-t-il en se levant d'un bond. Tu veux quelque chose ?

— Non merci. »

Hannah se penche au-dessus de la table : *Tatler, Harper's Bazaar, Country Living, Elle.* Elle fait glisser le *Elle* hors de la pile et le feuillette, consciente d'avoir le souffle court.

Nathan arrive avec une petite tasse en plastique blanc.

« Ce café est dégoûtant, dit-il d'un ton de reproche. Combien ils facturent ?

— 7 000. »

Elle parle doucement mais avec précision. Il connaît ça. Elle sait qu'il connaît ça.

« Je me demande combien ça coûte de louer un endroit pareil. »

Il parle un peu trop fort. De l'autre côté de la pièce, le couple leur jette un regard. La réceptionniste passe la tête dans l'embrasure de la porte.

« Le Dr Gilani va vous recevoir. »

Hannah se lève en lissant sa jupe.

« Merci. »

Nathan la suit en haut des escaliers.

« Jolis tableaux », commente-t-il alors qu'ils

longent une succession de peintures abstraites criardes.

Le Dr Gilani est installé derrière un vaste bureau dans une pièce démesurée. C'est un nounours, trapu, souriant, barbu. Il se penche en avant pour les accueillir, empoigne leurs mains dans ses pattes.

« Ravi de vous rencontrer, déclare-t-il, l'air sincère. Je vous en prie, asseyez-vous. »

Ils s'asseyent.

« Alors, reprend-il. J'ai parcouru votre dossier. Vous n'êtes pas sans savoir, Hannah, qu'il y a une grande proportion de femmes comme vous pour qui il n'existe pas de cause connue à l'infertilité. »

Hannah hoche la tête.

« Et le fait que vous ayez déjà été enceinte une fois, malgré la fausse couche, est un point positif. La bonne nouvelle c'est que la possibilité existe encore que vous conceviez à n'importe quel moment. La mauvaise, c'est qu'il n'y a rien, hormis les conseils habituels, que nous puissions vous suggérer de faire pour vous aider. Mais, ajoute-t-il avec un sourire, nous sommes très bien équipés ici. »

Nathan jette un regard circulaire, comme pour identifier lesdits équipements, mais la pièce, malgré son gigantisme, semble vide.

Le Dr Gilani passe en revue les traitements que, contrairement aux hôpitaux publics, il peut proposer : caméras time lapse, échographies fréquentes, raclement de l'utérus, implantation des embryons le week-end. L'ensemble faisant grimper le taux de réussite à 30 % pour les patientes de l'âge d'Hannah.

« C'est quoi le raclement de l'utérus ? demande Nathan. Ça a l'air barbare.

— C'est une technique qui s'est révélée favoriser l'implantation. Tenez. »

Il tend un document par-dessus le bureau. Il a souligné les chiffres : 32 % de grossesses, âge 35-38 ans. Les taux de naissance qui suivent sont moins élevés. Le montant des frais est écrit en tout petit en bas de la page.

« Vous pourriez me donner une idée ? De la composition des coûts ? » demande Nathan.

Le sourire du Dr Gilani est inaltérable.

« Bien sûr, je peux demander à ma secrétaire de préparer un papier.

— C'est juste que… ça fait un paquet d'argent, ajoute Nathan. Non ? Pour un truc qui risque d'échouer à 70 %. »

Hannah enfonce l'ongle de son pouce dans la paume de sa main.

« Je comprends. »

Le Dr Gilani jette un rapide coup d'œil à l'horloge murale.

« Beaucoup de nos patients utilisent leur assurance pour couvrir…

— Nous n'avons pas d'assurance, le coupe Nathan. Nous croyons en la Sécurité sociale. »

Hannah se penche par-dessus Nathan, s'empare du document pour le glisser dans son sac.

« Merci, dit-elle.

— Donc… si vous vous décidez, veuillez prendre rendez-vous auprès de ma secrétaire et nous pourrons commencer immédiatement.

— Attendez, objecte Nathan. Han – tu n'as pas

besoin d'un peu de temps ? Pour te remettre ? Hannah vient juste de subir une série de FIV. Elle est épuisée.

— Je vais bien, rétorque Hannah. Et je peux parler pour moi.

— Bien sûr, intervient le Dr Gilani en écartant ses grosses mains, si vous préférez attendre. Mais chaque mois qui passe, évidemment, est un mois qui…

— Non, le coupe Hannah. Je préférerais ne pas attendre. »

Nathan regarde par la fenêtre, la mâchoire serrée.

« Merci, Dr Gilani. Vous avez été d'une grande aide. »

Le docteur leur presse les mains dans les siennes.

Nathan la précède dans l'escalier sans s'arrêter au bureau de la secrétaire. Non, il pousse la porte de sortie. Le temps qu'Hannah le rattrape, il a déjà tourné au coin de la rue et se roule une cigarette.

« Quand est-ce que tu as recommencé à fumer ?

— Récemment. Et je n'ai pas recommencé à fumer.

— C'est quoi, ça, alors ?

— Une cigarette.

— Tu fumais ? Au dernier cycle ?

— Non, Hannah. Je ne fumais pas. Mais j'aimerais bien m'en griller une maintenant. »

Il allume sa cigarette. Elle le dévisage. Les voitures mugissent. C'est une journée grise et polluée.

« Je n'y crois pas, dit-elle.

— Qu'est-ce que tu n'arrives pas à *croire*, Hannah ? »

Elle le désigne d'un geste.

« Oh. Je te dégoûte, c'est ça ? Eh bien moi c'est ça qui me dégoûte, réplique-t-il en pointant sa cigarette autour de lui. Tous ces médecins qui se font des milliers, *des millions*, sur le désespoir des gens. C'est une rue de charlatans. Tu jetterais 7 000 livres au fond d'un puits en faisant un vœu, ça reviendrait au même.

— Vraiment ?

— Vraiment. Bordel, Han, ce sont des guérisseurs.

— Et ces enfants affichés sur les murs, alors ? Ils existent. Grâce à ce médecin.

— Ils auraient peut-être existé sans lui.

— Tu n'en sais rien.

— Non, en effet. Je ne sais rien du tout. Toi non plus. Ce Dr Gilani de mes deux non plus. Personne ne sait. Parce que le corps humain est un mystère. Parce que la fertilité est un putain de *mystère*, Han.

— On peut faire certaines choses…

— On les a faites. On les a toutes faites sans exception, Hannah. Depuis des mois. Depuis des années. On n'a toujours pas de bébé.

— *Je* les ai faites. C'est *moi* qui ai fait ces choses. Qu'est-ce que tu as fait, toi, Nath ? Dis-moi. Quoi ? »

Il la regarde, tire une longue bouffée sur sa cigarette.

« Je suis désolé, Hannah, je le suis vraiment. Je veux que tu saches que je t'aime, mais je ne peux plus faire ça.

— Quoi ? Qu'est-ce que tu ne peux pas faire ?

— Ça.

— Ça veut dire quoi, *ça* ? »

Il jette son mégot dans la rue, où les voitures grondent aux feux rouges, et secoue la tête.

Son père la retrouve sur le quai à Stockport. Elle le voit avant lui à travers la vitre : toujours le choc momentané devant son hésitation, le blanc de ses cheveux. Elle descend, il tourne la tête de droite à gauche pour la repérer.

« Papa ! » lance-t-elle.

Il pivote, bras ouverts.

Il sent le savon et l'âcreté de la lessive maternelle.

« Laisse-moi prendre ça. »

Il s'approche de sa valise.

« Ça va, ce n'est pas lourd.

— Allons. Donne-moi ça. Tu as ton billet ? Il y a des portillons au fond maintenant. »

La voiture est garée à son emplacement habituel.

« Bon, dit-il en rangeant la valise dans le coffre, ta mère a préparé du hachis parmentier. Elle s'inquiète pour toi, ma puce. »

Il pleut, une petite bruine. Les feuilles sont brunes : l'automne pointe déjà ici. À leur arrivée, sa mère est dans la cuisine, les fenêtres embuées, le chien bondissant pour leur dire bonjour.

« Viens là, dit sa mère en la serrant contre son cœur. Tu as perdu du poids », la réprimande-t-elle en l'étreignant.

Ils mangent du hachis parmentier et du brocoli, suivis de fruits à la crème en guise de dessert, puis après le repas ils passent au salon, où ils s'installent devant la télé.

« Qu'est-ce que tu aimerais regarder ? »

Son père allume le poste, lui tend les trois télécommandes avec un petit geste grandiloquent.

« C'est toi qui décides, insiste-t-il.

— Je m'en fiche, vraiment. Vous regardez quoi, en général, à cette heure-là ? »

Elle s'installe à côté de sa mère. Ils regardent un épisode d'un drame en costume.

Au moment de la publicité, son père va dans la cuisine d'où il revient avec du thé et du chocolat. Il tend sa part à Hannah avec un clin d'œil.

« Aldi, précise-t-il. Ils font des petites barres super bonnes. »

Elle va se coucher en même temps que ses parents, à vingt et une heures trente, et s'allonge dans sa chambre d'enfant, dans son vieux lit simple. Sur le mur il y a une photo de son père et elle le jour de son mariage, dans le parc – la lumière de l'après-midi. Cette robe verte.

Sa mère passe la tête dans l'embrasure de la porte à son retour de la salle de bains.

« Tu as besoin de quelque chose ?

— Merci, maman, ça va.

— Une bouillotte ?

— Ça va.

— Je sais, mais il fait frisquet ce soir. Et je me disais, pour ton bidon… après tout ce qui s'est passé.

— Ça va. Merci, maman.

— D'accord, ma puce. Bonne nuit.

— Bonne nuit, maman. »

Sa mère ferme discrètement la porte et Hannah

est alors frappée, non pour la première fois, par le fait que ses parents, dont l'univers lui a toujours paru si étriqué, si limité, sont passés maîtres dans l'art de la gentillesse. Avant, elle les descendait en flammes : les journaux qu'ils lisent (le *Daily Mail*), les programmes qu'ils regardent (des soap operas et des documentaires sur la nature). Leurs opinions politiques. Leur religion (Église anglicane). Leurs horizons, toujours si étroits. Leur naïveté. Leur classe sociale.

Et pourtant ils sont gentils.

Ils aiment leurs enfants, et ils s'aiment toujours. Comment font-ils ? L'ont-ils appris, avec le temps ? La lente concrétion de l'habitude, de journées constituées de ces petits gestes simples ?

Le dimanche matin ses parents se préparent pour aller à l'église. Hannah regarde sa mère enfiler son manteau d'hiver, puis faire tout un cirque devant le mince anorak de son père : essayant de le convaincre de mettre un deuxième pull, de l'amadouer pour qu'il passe une écharpe.

« Tu veux venir ?

— Non, je vais aller marcher. Acheter deux ou trois trucs à l'épicerie. Peut-être préparer le déjeuner. »

Elle parcourt l'allée en cul-de-sac : gravier, fenêtres minuscules, drapeaux anglais. Elle a toujours été sidérée par la vitesse à laquelle les maisons changent, par le fait que de l'autre côté de Fog Lane Park on est à Didsbury, où les rues sont arborées et les maisons gigantesques. Pas comme ces bicoques jumelles des années 1930, serrées les unes contre les autres comme pour s'excuser d'exister.

Elle effectue deux tours du parc local, puis va acheter un poulet et des légumes à l'épicerie. Ses parents sont de retour à midi, elle voit leur visage s'illuminer à l'odeur de la viande rôtie.

Plus tard, quand le déjeuner est terminé et que les deux femmes font la vaisselle, Hannah se tourne vers sa mère.

« Comment tu pries, maman ? demande-t-elle.

— Comment ça ?

— Je veux dire à l'église, quand tu pries. Comment tu t'y prends ? »

Sa mère retire ses gants en plastique et les pose sur le plan de travail. Elle rince la bassine, la range dans le placard sous l'évier, puis se tourne vers Hannah.

« Je ne sais pas trop, en fait. Je ferme les yeux. J'écoute. J'essaie de… me recueillir, j'imagine. Et ensuite, si je prie pour quelqu'un en particulier, je me représente la personne. Si c'est pour toi, je pense à toi. Parfois tu es comme tu es maintenant, parfois tu es une petite fille. »

Sa mère lui prend les mains dans les siennes.

« Et ensuite je demande. Je prie.

— Tu pries pour un bébé ?

— Oui, ma puce. Je le faisais.

— Faisais ? Et maintenant ? »

Sa mère s'avance, lui prend les joues entre les mains.

« Maintenant, je prie pour ton bonheur, ma puce. Pour que tu sois heureuse. C'est tout. Oh, Hannah, s'écrie sa mère comme Hannah se met à pleurer. Oh, mon adorable petite fille. »

Londres

1997

C'est au mois d'août 1997, l'été de la remise des diplômes, qu'Hannah arrive dans la capitale.

Tony Blair est Premier ministre depuis trois mois. Pendant dix-huit ans de la vie d'Hannah, il y a eu un gouvernement conservateur. Elles ont regardé les élections ensemble, Lissa et elle, juste avant de passer leurs examens, dans un pub irlandais du quartier de Chorlton. Elles ont bu des black velvets jusqu'à tanguer. Même son père a voté Tony Blair.

L'invitation de Lissa s'est faite négligemment, sur une carte postale de la fontaine de Trevi envoyée de Rome.

J'ai fait ma meilleure imitation d'Anita Ekberg. C'est trop beau, ici. Aucun doute, je vais m'ennuyer et me sentir seule à mon retour. S'il te plaît, viens vite à Londres.

Lissa la retrouve à Euston, elle porte un jean et des tennis en toile éraflées. Elle est bronzée, ses cheveux sont dénoués. Hannah, elle, grince dans son corps. Elle s'est récemment fait faire un carré court, et elle touche régulièrement des doigts l'endroit où ses cheveux forment une pointe effilée dans la nuque.

Waouh. Lissa l'étreint dans le hall de la gare. Louise Brooks. J'adore.

C'est vrai ? demande Hannah en portant les doigts sur sa nuque.

Elles attendent le bus devant la gare de King's Cross, et à son arrivée, Hannah suit Lissa qui monte en courant les escaliers du fond. La banquette de devant est libre, Lissa se jette dessus, balance ses pieds sur le garde-fou, et bavarde tandis que le bus leur fait traverser les terrains vagues derrière King's Cross, où Lissa désigne des entrepôts où elle a été à des fêtes, un club où elle se rend presque tous les week-ends. Elle parle à Hannah de son nouveau copain – Declan –, un Irlandais qui a dix ans de plus qu'elle. Raconte qu'il l'a emmenée à Rome, où il tourne une nouvelle série, qu'ils se sont baladés dans les salles de tournage de Cinecittà, qu'ils ont logé dans un appartement du quartier de Trastevere, vu des tableaux médiévaux, des tombeaux religieux.

Declan dit qu'il va me trouver un agent, explique Lissa. Histoire que je puisse auditionner pour des trucs pendant les vacances.

Elle l'explique sans surprise particulière, comme une simple acceptation heureuse de son sort.

Et Hannah regarde Lissa parler et elle songe qu'elle est plus belle encore, si c'est possible, qu'avant. Lissa aura du succès comme actrice. C'est clair. Elle pourrait même devenir une star. Elle a le talent, la beauté, l'insouciance, la chance lui sourit. Rien ne sert de l'envier, les choses sont ainsi, c'est tout.

Derrière la vitre, le paysage industriel cède place aux cités tandis que le bus gravit une colline interminable. Elles descendent en face d'une station de métro, puis Lissa guide son amie dans des rues où de hautes maisons leur tournent le dos et où Hannah entend des gammes par les fenêtres ouvertes. Ces rues sont tranquilles, la métropole adoucie. Elles s'arrêtent devant une maison avec des roses trémières dans le jardin et une porte verte abîmée.

Ta chambre est en haut des escaliers, tout au bout du couloir, explique Lissa en ouvrant. Tu peux monter ton sac, si tu veux.

Les escaliers sont recouverts d'un vieux tapis marocain. Il y a des objets entassés sur presque chaque marche, en attente d'être montés ou descendus – ce n'est pas très clair. Une série de cadres sont alignés sur le mur : dessins humoristiques, cartes postales et d'autres tableaux plus imposants – en haut des escaliers une grande toile représentant Lissa petite fille. Hannah la contemple, elle reconnaît le style : il y en avait une dans la chambre de Lissa à la cité U. Elle dépose son sac dans une pièce étroite meublée d'un lit simple, qui donne sur un jardin tout en longueur avec une serre dans le fond. Quelque part au-dessus lui parvient le bruit d'une radio.

Elle s'assied un moment sur le lit puis se rend dans la salle de bains : vaste, sale, peinte en vert-de-gris sombre. Le sol est jonché de piles de magazines en tout genre. Elle s'empare d'un numéro froissé du New Yorker, *ouvert à la page fiction. Il date de près de quatre ans.*

Au rez-de-chaussée, une cloison a été abattue dans le salon et un mur entier est occupé par une bibliothèque. La fenêtre qui donne sur la rue, tapissée de végétation, diffuse une lumière verdâtre : on a un peu l'impression d'être sous l'eau. Des cendriers à divers stades de débordement sont posés sur des dessertes. Sur les étagères, les livres ne semblent régis par aucun classement : Tolstoï, Eliot, Atwood, Balzac. Hannah en prend un, Eliot,

Quatre quatuors. *Ses marges sont remplies de notes, des gribouillages déliés. Un mouvement derrière elle la fait sursauter.*

Une femme se tient en bas des escaliers. Elle est grande, porte un long tablier brun maculé de peinture, et ses longs cheveux grisonnants sont remontés sur le sommet de son crâne par deux peignes. Elle est d'une beauté saisissante.

Qui es-tu ? demande la femme.

Hannah, répond Hannah. Désolée.

Pourquoi es-tu désolée ? demande la femme, la tête penchée d'un côté. Elle semble à la fois curieuse et dangereuse, comme un oiseau de proie. Elle se rapproche, scrute le livre qu'Hannah tient dans les mains.

Ah. Eliot. Tu es une fan ?

Hannah baisse les yeux sur le texte aux marges couvertes d'une écriture arachnéenne. Quelle est la bonne réponse ?

Je crois, oui. Enfin... j'ai étudié La Terre vaine. *J'ai bien aimé. Mais... il n'était pas atroce, avec sa femme ?*

Il l'était, si, malheureusement. C'était une véritable ordure. Mais il savait écrire.

Je m'appelle Sarah, au fait, ajoute-t-elle, la main tendue. Je te le prête. Mais ne t'inquiète pas si tu n'aimes pas. Les jeunes ne sont pas sensibles à Eliot.

Elles se rendent dans la grande cuisine en désordre, où Sarah relaie Lissa dans la préparation du déjeuner, en insistant sur le fait qu'elle est affamée et qu'un sandwich sera loin d'être suffisant. Quand le repas est prêt, Hannah observe Lissa et Sarah qui mangent, frappée par la décontraction avec laquelle elles s'attaquent à leur nourriture. Le sel n'est pas dans un pot mais dans un mortier, où les deux femmes plongent leurs doigts. Elles arrosent généreusement d'huile leur salade, qu'elles saucent ensuite avec du pain. La salade terminée, elles se lèchent les doigts. Elles mangent comme des animaux, et pourtant elles sont plus élégantes que tout ce qu'Hannah a jamais pu voir. Elle pense à ses parents, à sa mère dans ses gilets Marks & Spencer, la vinaigrette toute prête versée sur une laitue pâlotte : leur politesse, leurs serviettes, leur insistance sur les bonnes manières.

Après elles fument. Sarah a une blague en cuir similaire à celle de Lissa, elle utilise les mêmes feuilles sombres à rouler. La mère et la fille discutent des films qu'elles ont vus, des pièces de théâtre. Il y a une tension dans ces conversations, une compétition. Quand Lissa parle de l'art à Rome, Sarah l'écoute en silence, la tête penchée sur le côté. Avant d'aller à Rome, explique Sarah à Hannah, Lissa croyait qu'un Bellini était un cocktail.

C'en est un, rétorque Lissa en écrasant sa cigarette dans le reste d'huile d'olive. L'art et la vie ne s'excluent pas. C'est toi-même qui me l'as appris.

Touché, répond Sarah en levant son verre.

Hannah a l'impression d'être une plante dont les vrilles se tendent, s'agrippent à cette maison, à ces femmes, à cette vie.

Tu devrais rester encore quelques jours, propose Lissa quand la fin du séjour d'Hannah approche. Ma mère t'apprécie. Elle trouve que tu me fais du bien. Elle a son vernissage d'exposition la semaine prochaine. Declan sera revenu. Ce sera l'occasion de te le présenter.

Hannah téléphone à sa mère, qui lui paraît petite et hésitante au bout du fil. Tu es sûre, ma puce ? Tu es sûre que ça ne les embête pas ? Tu ne vas pas gêner ?

La maison est gigantesque, maman.

Oh, dans ce cas. Bon, tu remercieras sa mère pour moi, d'accord ?

Le soir du vernissage, c'est la canicule. Hannah porte un débardeur léger, un pantalon ample. Elle touche l'endroit fraîchement rasé à la base de sa nuque. La galerie est minuscule, dans une rue pavée de l'est de Londres. Les toiles de Sarah sont exposées dans une salle blanche immaculée. Il y a du vin et des tonneaux de bière. Les gens discutent sur le trottoir, se mélangent aux visiteurs des autres galeries alentour.

En les regardant, Hannah se dit : C'est ici – la vie est ici. C'est comme si pendant tout ce temps une part d'elle-même avait besogné en silence dans l'ombre pour se confectionner une peau, et que désormais elle était prête à la porter, à entrer dans la lumière.

Elle perd Lissa un moment, puis lorsque la foule se clairsème elle la retrouve, un peu plus loin dans la rue, en train de discuter avec un grand jeune homme vêtu d'une chemise en flanelle aux manches retroussées jusqu'aux coudes. Lissa raconte une histoire avec force gestes, et l'homme rit, penché en avant pour entendre. Elle les regarde se partager une cigarette. Voilà donc Declan, le copain de Lissa. En le voyant, Hannah est déstabilisée. Presque un sentiment de déjà-vu, et une déception qui menace de faire éclater la magie de cette soirée pour laisser s'insinuer quelque chose de plus sombre. Lissa lui fait signe, Hannah s'approche lentement.

Le grand jeune homme se tourne vers elle et lui serre la main.

Bizarrement, il ne ressemble pas à un acteur.

Hé, dit Lissa. Hannah, je te présente Nath.

2010

Lissa

Elle ne contacte pas Nathan et il ne la contacte pas. Souvent, cependant, elle rejoue leur baiser dans sa tête – elle le déroule seule dans son lit le soir, ou le matin, quand elle émerge peu à peu. Elle n'a pas eu de nouvelles d'Hannah depuis plusieurs jours. Elle est sûre que Nathan n'a rien dit – mais malgré tout elle l'entend, cette alarme à la fois sourde et aiguë, qui sonne quelque part en bordure de ses pensées.

Elle se jette à corps perdu dans la vie de la pièce. L'approche de Klara commence à porter ses fruits : ils deviennent moins anglais, leur façon de jouer est brute, il y a du sang dedans, de la moelle, de l'os. Et à mesure que le contentement de Klara grandit vis-à-vis de sa distribution, celle-ci, à l'instar de toute troupe heureuse, devient en soi une entité vivante, animée d'un souffle. Les acteurs arrivent plus tôt et repartent plus tard, prenant plaisir à regarder les scènes des autres. Ils commencent à filer la pièce du début à la fin, en ressentent le rythme, les endroits où il faut de la cadence, ceux où il faut ralentir et la laisser respirer. Quand une scène accroche, ou manque de vie, les acteurs sortent du texte et utilisent la technique Meisner pour s'observer mutuellement, sans quitter leur personnage, en répétant ce qu'ils voient avant de revenir à la scène.

Michael propose qu'ils chantent ensemble – une idée accueillie avec enthousiasme par le reste de la troupe –, ils apprennent donc une chanson folklorique russe qu'ils répètent le matin avant de commencer à travailler, accompagnés par Michael qui gratte quelques accords de guitare.

À mesure que la première approche, Lissa sent son propre jeu s'améliorer, son corps lui semble différent, il y a de l'indolence en lui : chaleur, tristesse, oscillation. Même Johnny s'adoucit. Depuis le jour où il l'a fait pleurer, quelque chose s'est modifié entre eux, et Lissa se rend compte, non sans surprise, que c'est avant tout leurs scènes qu'elle attend avec impatience.

Le soir avant la répétition technique, son téléphone sonne : Hannah.

Lissa, les yeux rivés sur ce prénom, attend. Au bout d'un moment, une vibration annonce un message. Elle s'empare de son téléphone, déclenche la messagerie, le porte à l'oreille.

« *Liss ?* » Hannah parle d'une voix douce. « *Tu peux m'appeler ? J'ai besoin de parler.* »

Dans sa tête, l'alarme s'intensifie, plus aiguë. Elle se roule une cigarette, va à la porte de la cuisine et rappelle Hannah.

Hannah répond dès la première sonnerie.

« Salut. Qu'est-ce que tu fais ?

— Je me prépare. C'est la technique, demain.

— Oh merde. Bien sûr. »

Hannah parle d'une voix entrecoupée.

« Tu peux venir ? J'ai un truc à te demander. »

Merde.

« Bien sûr, répond Lissa en s'efforçant de garder un ton détaché. Maintenant ?

— S'il te plaît. Et, Lissa ? Peut-être… tu ramènerais une bouteille ? »

Lissa enfile sa parka et se dirige vers Broadway Market, en s'arrêtant au passage chez l'épicier turc pour acheter du vin et du chocolat.

L'interphone grésille, la porte métallique s'ouvre, Lissa monte le vieil escalier extérieur, Hannah l'attend en haut des marches. Elle est pâle, menue dans la semi-obscurité, imprégnée d'une énergie impétueuse, épineuse.

« Tu as apporté du vin ? »

Lissa brandit la bouteille.

« Du rioja, annonce-t-elle en s'efforçant de sourire. Comme au bon vieux temps. »

Hannah la lui prend des mains, rentre, se dirige vers le plan de travail de la cuisine, débouche la bouteille, sert deux verres puis en tend un à Lissa.

« Santé, fait-elle d'un ton amer.

— Santé, répète Lissa en prenant son vin sans enlever son manteau.

— Tu as froid ? s'inquiète Hannah.

— Non… Je ne peux pas vraiment rester. Il faut que je me lève tôt demain. C'est la technique.

— Lissa. S'il te plaît. J'ai besoin de parler. »

Lissa retire son manteau, qu'Hannah suspend derrière la porte. Dehors, le crépuscule s'installe sur le parc et les lumières de la ville. Un vase de fleurs est posé sur la table. De petites lampes sont allumées. C'est l'appartement d'une adulte, et pourtant, assise en face d'elle, sur le canapé bleu, les jambes repliées sous elle, les cheveux derrière les oreilles, Hannah ressemble à une enfant perdue.

« Qu'est-ce qu'il se passe, Han ? Où est Nath ?

— Il travaille, j'imagine. Je ne sais pas. On s'est disputés.

— À quel sujet ?

— Il ne veut pas entamer un nouveau cycle. La FIV. Il a dit non. Je pensais qu'il changerait d'avis. Mais non. Et maintenant il dit qu'il veut faire une pause.

— Une pause de quoi ? »

Elle sent les mouvements de sa respiration, dedans, dehors, brefs, saccadés.

« De tout.

— Qu'est-ce qu'il entend par là ?

— Je ne sais pas. Je suis rentrée quelques jours à Manchester. Je pensais que la situation aurait changé à mon retour, mais on s'est à peine parlé depuis.

— Peut-être qu'il a raison. Peut-être que vous avez besoin de faire une pause dans tout ça pendant un temps. C'est pas ce qu'on dit ? Que c'est souvent quand on laisse tomber que ça finit par marcher ?

— *Putain*, tu sais combien de fois j'ai entendu ça ? »

Hannah balance son coussin à travers la pièce.

« Trop de fois. »

Soudain, sans crier gare, Hannah se recroqueville.

« Pourquoi ? dit-elle. Pourquoi ça m'arrive à moi ? Est-ce que je suis maudite ? J'ai l'impression d'être maudite. »

Lissa s'approche, s'assied à côté d'elle sur le canapé.

« Hé. Han. Tu n'es pas maudite. »

Hannah lève son visage d'entre ses mains.

« Tu voudrais bien lui parler ?

— Je ne peux pas...

— S'il te plaît. »

Hannah lui empoigne le bras.

« Fais-le changer d'avis. Toi, il t'écoutera, Lissa. Parle-lui. S'il te plaît. »

Elle prend le bus jusqu'à Bloomsbury, descend à Southampton Row, puis remonte vers Russell Square, où les arbres explosent d'orange et de rouge, sous le ciel gris fer.

Quand elle l'a contacté, elle lui a dit qu'elle avait besoin de lui parler, mais n'était libre que le jeudi matin. Il lui a aussitôt répondu par SMS : *Ça m'intrigue. Suis à la fac le jeudi. Viens me voir là-bas ?*

Elle a changé cinq fois de tenue avant de se résoudre à sortir. Finalement, elle a enfilé un vieux sweatshirt délavé, un jean et sa parka. Des baskets. Pas de maquillage, les cheveux remontés au sommet du crâne.

À l'accueil, on lui indique le troisième étage : elle monte par les escaliers, pousse une double porte et pénètre dans un couloir. Son bureau est fermé, mais quand elle approche le battant s'ouvre et une jeune femme apparaît. Elle est grande, les cheveux détachés. De longues jambes moulées dans un jean. Elle passe devant Lissa sans même lui jeter un regard.

Il y a des affiches à l'entrée, dans le style des bureaux universitaires : l'une annonce une conférence, une autre une réunion syndicale au sujet des frais d'inscription. Elle lève la main et frappe.

« Entrez. »

Il est assis à son bureau, dos à elle.

« Salut, dit-il en se tournant. Liss. »

Il a l'air content de la voir.

« Salut. »

Elle entre, referme derrière elle. La pièce est agréable, une haute fenêtre par laquelle on aperçoit les arbres de Russell Square, un mur tapissé de livres, un petit canapé, son bureau. Lui. Il porte un T-shirt bleu clair à col large.

« C'est donc là que la magie opère », commente-t-elle.

Il sourit, et elle se rend compte qu'elle n'arrive pas vraiment à le regarder en face, alors elle va inspecter sa bibliothèque. Elle est impeccable, classement alphabétique.

« *Coming of Age in Samoa*[1] ?

— Un classique. Tu devrais le lire.

— Ça parle de quoi ?

1. Essai inédit en français, publié en 1928, écrit par une anthropologue américaine, Margaret Mead, et dont le titre signifie : « le passage à l'âge adulte aux Samoa ».

— De sexe.

— Oh. »

Elle se sent devenir écarlate.

Il sourit jusqu'aux oreilles. Est-ce qu'il la taquine ?

« Comment se passe ta pièce ? demande-t-il.

— Mieux. On fait la première demain.

— C'est arrivé vite. Je peux venir ?

— Bien sûr. Mais il faut réserver.

— Je le ferai.

— Super.

— Et si tu t'asseyais ? »

Elle s'installe sur le canapé. Il est encore chaud. Elle pense à la jeune femme qui était ici avant elle.

« On dirait une étudiante, commente-t-il.

— Merci, enfin je crois.

— Tu veux boire quelque chose ? Un thé ? »

Il désigne un petit plateau, une bouilloire, des tasses.

« J'ai du whisky dans un tiroir.

— Sérieux ?

— Seulement en cas d'urgence.

— Urgence étudiante ?

— Urgence universitaire. »

Il y a un silence, une immobilité dans la pièce. Elle se rend compte que c'est à son tour de parler.

« Je suis venue pour Hannah, explique-t-elle.

— Ah, d'accord. Et pourquoi donc ?

— Je le lui ai promis.

— Pourquoi ?

— Parce qu'elle semble croire que j'ai le pouvoir de t'influencer. »

Lissa détourne les yeux, les baisse sur ses mains.

« Et puis j'ai mauvaise conscience. Je n'aurais jamais dû te dire ce truc, l'autre jour au pub. De ne pas faire la FIV. J'avais tort.

— Vraiment ? Pourtant tu semblais assez déterminée. Tu m'as dit de ne pas le faire.

— Mais ce n'est pas ce que je voulais dire.

— Qu'est-ce que tu voulais dire, alors ?

— Je voulais dire que *moi* je ne le ferais pas. Je ne parlais que pour moi. Pas pour Hannah et toi… Je ne pensais pas…

— Quoi ? Tu ne pensais pas quoi ? Que tu m'influencerais ? »

Il la regarde fixement. Il ne cille pas.

« Je t'en prie, implore-t-elle. Je t'en prie, ne dis pas ça. Ce n'est pas juste. Je ne me rendais pas compte de ce que je disais. Je ne pensais pas à Hannah.

— Tu sais, réplique Nathan d'une voix douce, j'ai passé la majeure partie de ma vie d'adulte à penser à Hannah. À ce qu'elle désire. À comment la rendre heureuse. Et pour la majeure partie de ma vie d'adulte, c'était ce dont j'avais envie. »

La courbe de sa joue, le mouvement de sa pomme d'Adam quand il déglutit.

« Quelle est la vraie raison de ta venue, Lissa ? demande-t-il.

— Pour Hannah. Je te l'ai déjà dit. »

Il hoche la tête, puis :

« Je peux te dire quelque chose ?

— Oui.

— Je peux fermer la porte à clef avant ? »

Elle hoche la tête, le regarde se lever. Sent son cœur, le martèlement de son sang. Les mains de

Nathan sur la clef. Le bruit de la serrure. Il revient et s'agenouille devant elle.

« Liss, dit-il. Le truc c'est que ces derniers temps je n'arrête pas de penser à ce dont toi tu as envie. À ce qui pourrait te faire plaisir. »

Il lui prend la main.

« Tu as la main froide, constate-t-il.

— Oui », répond-elle, même si désormais c'est difficile de parler.

Il lui prend un doigt et le met dans sa bouche. Sa bouche est chaude. Elle sent le plaisir irradier depuis l'extrémité de son index jusque dans sa poitrine, son sexe, l'arrière de ses yeux. Elle ferme les paupières, appuie la tête contre le canapé.

« Je peux faire ça ? demande-t-il.

— Oui », répond-elle, même si c'est difficile de parler.

Elle garde les yeux fermés, maintenant il pose sa bouche sur son ventre, très délicatement, maintenant il lui déboutonne son jean, le descend, et elle se soulève pour l'aider. Maintenant il a glissé son doigt en elle, et elle entend un bruit, assez grave, dans la pièce, et soudain elle se rend compte que c'est d'elle que vient ce bruit. Et il la caresse avec son pouce, et son doigt est en elle, et le bruit se poursuit.

« Je peux faire ça ? demande-t-il.

— Oui, répond le bruit de la voix qui est la sienne. Oui, s'il te plaît, oui. »

« Donc la deuxième règle du Mum Club c'est...

— Quoi ?

— Il faut qu'on fasse un truc qui nous fait peur. »

Elles sont assises sur un banc dans les jardins de la cathédrale, ou plutôt, un jardin secret ceint d'un mur en silex au sein du cloître de la cathédrale. Dea a donné rendez-vous à Cate dans un petit parking de Broad Street où, dans une petite loge encastrée dans un mur épais, un homme attendait : Dea lui a présenté sa carte universitaire et le vigile leur a fait signe d'entrer. C'est calme ici, les murs crénelés ont l'épaisseur d'une forteresse, comme si à l'extérieur la ville avec sa circulation, ses bus, ses chalands, ses parkings, ses touristes, avait momentanément cessé d'exister. Il fait froid, mais le soleil est de sortie et le ciel est bleu, sans nuages.

« OK, répond Cate. Alors, qu'est-ce qui te fait peur, Dea ?

— Coucher avec ma femme. »

Cate éclate de rire ; sur le banc voisin, un couple de personnes âgées tourne la tête vers elles.

« Ne te moque pas. Je parle de la peur à tous les niveaux. Je parle d'horreur classée X. Je suis presque incontinente, déclare Dea avec un grand sourire. Et toi ?

— Quoi, moi ?

— Des problèmes d'incontinence ? »

Cate rit.

« Césarienne, alors non, pas vraiment.

— Ah ah, oui, bien sûr. Donc, tous les morceaux sont intacts ?

— Quelque chose comme ça.

— Donc, sexe du coup ?

— Pas beaucoup, non. Je n'ai pas été très motivée ces derniers temps.

— Et ça passe comment ? Avec ton mari ?

— Hum. Sam doit trouver ça un peu dur.

— Parle-moi de lui. »

Cate se tourne vers Dea.

« De qui, de Sam ?

— Ouais. Ça fait combien de temps que vous êtes ensemble ?

— Pas longtemps. Un an et demi.

— Vous vous êtes rencontrés où ? »

Petite hésitation, puis :

« Sur Internet, répond Cate.

— Continue. J'adore les bons mythes originels. C'est quoi qui t'a fait craquer ?

— Il est drôle. Du moins il peut l'être. Il a du talent. C'est un chef. Pour notre deuxième rendez-vous il m'a invitée chez lui. Il a cuisiné pour moi.

— Sympa. Qu'est-ce qu'il avait préparé ?

— Du poulet, rôti dans la cannelle. Il avait fait ses propres pains pitas. »

Elle sourit.

« Ç'a été plus ou moins l'argument décisif. Jusque-là, personne ne m'avait jamais fait de pita. »

Dea pousse un sifflement grave.

« Moi non plus. J'aurais pu changer de bord, pour un pita fait maison.

— Ouais, d'ailleurs ils étaient super bons. Et après il m'a emmenée à Marseille – il a habité là-bas plusieurs années – et, oui, j'ai adoré ça, la façon dont il savait s'orienter dans la ville… sa façon de parler français. Et peu après je suis tombée enceinte. »

L'expression qu'il a eue quand elle lui a annoncé la nouvelle. La joie absolue. Et sa réaction à elle, cellulaire, désarmante.

« Il m'a demandé de l'épouser et j'ai dit oui.

— Bah dis donc, c'était du rapide. Comment c'était ?

— Quelle partie ?

— Le mariage ?

— Oh. »

Cate fronce le nez.

« Tu sais… très bizarre. J'étais énorme. On était peu nombreux – un bureau d'état civil, un repas au resto. Tout ce que je voulais, c'était boire quelques verres, mais je ne pouvais pas, évidemment. Mon père est venu d'Espagne en avion et a fait un discours horrible. Sa femme s'est torchée au champagne. C'était la première fois qu'ils rencontraient Sam. Je n'arrêtais pas de me dire que tout ça était un peu précipité et complètement inutile et je regrettais de ne pas pouvoir me saouler. Je n'arrivais pas à comprendre pour qui nous le faisions.

— Et maintenant tu n'as pas envie de coucher avec lui.

— Ouais. Non. Si.

— Eh bien, commente Dea avec un grand sourire, tu sais, je crois que c'est parfaitement normal. Selon moi coucher avec un homme est inconcevable. Toute cette *pénétration*.

— Tout n'est pas mauvais. Parfois c'est même assez bon.

— Si tu le dis. »

Cate hésite, puis :

« J'ai été avec une femme, une fois, raconte-t-elle.

— Vraiment ? Ça alors !

— Ouais.

— Et ?

— Et… Je crois que j'étais amoureuse d'elle. Elle me manque.

— C'était qui ?

— Lucy ? On pourrait dire que c'était une activiste. Elle aimait grimper aux arbres.

— Sexy.

— Carrément.

— Elle est où maintenant ?

— Aucune idée. Aux États-Unis probablement. C'est là que je l'ai laissée. Si elle est encore en vie. Comme elle risquait de se faire arrêter, elle s'est planquée. J'ai fait quelques recherches, dernièrement. Pour essayer de la retrouver.

— Ooookay.

— Quoi ?

— Donc tu n'as pas envie de coucher avec ton mari mais tu recherches d'anciennes amantes sur Internet ? Des béguins sexy, *clandestins*, sur Internet ?

— Ce n'est pas ça.

— Vraiment ? C'est quoi, alors ?

— Elle était importante pour moi. Pour toutes sortes de raisons. Pas juste le sexe. Bref, c'est probablement mieux de ne pas l'avoir trouvée.

— Pourquoi ?

— Je ne suis pas sûre qu'elle approuverait ce que je suis devenue.

— Qu'est-ce que tu es devenue ?

— Moins. »

Dea la dévisage sans mot dire. Cette expression qu'elle arbore : curieuse, amusée, vivante. C'est étrange, songe Cate, mais ça ne la dérange pas d'être scrutée par cette femme, d'être écartelée en douceur sur le chevalet de son attention.

« Alors, dis-moi, reprend Dea. Rien qu'une femme ? Ou plus ?

— Une de plus. Après Lucy. Mais c'était un désastre. Ça s'est terminé très vite. Et je me suis rendu compte que je n'étais pas gay. J'ai juste aimé une femme. Une seule. Une fois.

— Ah ah, la bonne vieille réplique à la Gertrude Stein.

— Il faut que je donne une définition ? s'agace Cate, désormais sur la défensive.

— Non. Désolée. Bien sûr que non. »

Cate observe son visage mais n'y voit aucun jugement, juste cet éternel regard amusé.

« Il est au courant ? demande Dea.

— Qui, Sam ? Un bout, pas tout.

— Tu ne penses pas que tu devrais lui dire ?

— Je pense que ça risquerait d'être un peu perturbant.

— Perturbant pour qui ? »

Cate ne répond pas.

« Ça fait beaucoup de questions, finit-elle par murmurer. Et toi ?

— Moi ? » Dea lève les yeux au ciel. « Mon Dieu. On va plonger dans mon passé sexuel maintenant ? *Ça* c'est de l'horreur classée X. Je te raconterai un jour. Je te donnerai la version non censurée. »

Cate rit.

« J'ai hâte. »

Sont-elles en train de flirter ? Elle n'arrive pas à le savoir.

« Mais pas maintenant. On se gèle. Viens, dit Dea. Allons nous mettre au chaud. »

Elles se lèvent et Dea passe son bras sous celui de Cate.

« Hé, s'exclame-t-elle, comme elles approchent du bout du jardin. Tu n'as pas dit ce qui te faisait peur, finalement. Si je couche avec ma femme, toi tu vas faire quoi ? »

Cate réfléchit.

« Sincèrement ? C'est ma maison. La ranger. Déballer les cartons du déménagement. Je ne l'ai toujours pas fait. Ça me terrifie.

— Eh bien, avant tout, laisse-moi te dire que, selon moi, la pression qu'on met sur les femmes pour qu'elles aient un foyer impeccable est l'un des plus grands hold-up du capitalisme. Auquel je résiste au quotidien par principe, comme tu as certainement dû le constater en voyant l'état de ma propre maison. Mais, tu sais, puisque ça te terrifie tant que ça, je pense que tu devrais y faire face. Déballer ces cartons. Ranger. Organiser une rencontre. Invite-moi. Et Zoe. Mets Sam aux fourneaux. On ne sait jamais, ajoute Dea avec un clin d'œil, peut-être qu'on retombera toutes enceintes. »

Plus tard ce soir-là, quand elle entend Sam rentrer du travail, Cate sort du lit et descend au salon, où il est déjà installé dans le canapé, bière à la main, ordinateur calé sur la poitrine.

« Salut, lance-t-elle avant de s'asseoir sur le fauteuil en face.

— Salut. »

Il retire son casque.

« Qu'est-ce que tu regardes ?

— Des conneries.

— C'était comment, le boulot ?

— Crevant. Barbant. J'en ai marre. Vraiment. De servir la bouffe aux autres.

— Je voulais te demander…

— Ouais ?

— J'ai rencontré quelqu'un.

— Quoi ? »

Il hausse un sourcil.

« Qui ?

— Une autre maman. À ce club parents-enfants, celui auquel Alice m'avait conseillé d'aller. Celui auquel tu m'avais conseillé d'aller – pour que je puisse me faire des amis. Et je me demandais si je pourrais l'inviter à la maison, pour une rencontre. Je me demandais si tu accepterais de cuisiner.

— Une *rencontre* ? C'est quoi une rencontre ?

— Sam. S'il te plaît.

— Quand ?

— Je ne sais pas. D'ici deux ou trois semaines. Je me disais que je pourrais inviter Hannah, Nathan. Organiser une soirée, quoi. »

Il fronce les sourcils.

« Je ne sais pas, il faut que je regarde mon planning de service.

— Sam. Tu m'avais dit que je devrais rencontrer des gens. Ça y est. J'ai rencontré des gens. Dea, et Zoe.

— Attends, elles sont homo ?

— Oui.

— Y a des lesbiennes à Canterbury ?

— Très drôle. »

Il boit une lampée de bière.

« Donc je peux leur dire qu'on va l'organiser ? Tu cuisineras ? »

Il réfléchit.

« D'accord. Mais on invite aussi Mark et Tamsin.

— Sérieux ?

— Et pourquoi pas ? On leur doit un dîner. Ça fait des siècles que Mark n'a pas goûté ma cuisine. Ça pourrait être l'élément déclencheur. L'encourager à investir.

— Génial ! » s'exclame-t-elle.

Merde.

Lissa

Il n'appelle pas. Elle ne l'appelle pas. Il n'envoie pas de texto. Elle ne lui envoie pas de texto. Elle regarde son téléphone. Le garde dans sa poche. Attend la vibration d'un message, aucun message n'arrive.

Elle a oublié comment ça marche. Comment on cède son pouvoir à l'homme après avoir couché. Comment cela semble être une loi universelle fondamentale. Comment on peut passer de saine d'esprit à foldingue en deux temps trois mouvements. Même quand il s'agit du mari de ta meilleure amie.

Le. Mari. De. Ta. Meilleure. Amie.

Réfléchis-y un moment. Analyse. Digère.

La soirée presse se passe bien. Les acteurs sont peut-être un peu poussifs, un peu guindés, mais la pièce a son moteur propre, sa propre force de vie, et au moment du rappel, Lissa ressent une excitation qu'elle voit se refléter dans les yeux de ses camarades : ça fonctionne, la pièce est vivante, ils font partie de quelque chose de bien.

Après la représentation, au bar, la rumeur circule que les journalistes étaient nombreux, qu'il faut s'attendre à une bonne grosse poignée de critiques, ce qui suscite chez Lissa un sentiment familier de soulagement et d'angoisse.

Le samedi matin, déjà quatre articles ont paru en ligne. *The Telegraph, The Independent* et *The Times* affichent tous quatre étoiles. *The Evening Standard* publie une critique à cinq étoiles : *Où était passé Johnny Stone ? Avec un talent aussi rare il devrait être connu comme le loup blanc. Il aura fallu un théâtre d'avant-garde et une metteuse en scène peu connue pour lui donner l'opportunité de briller.*

Helen est *une jeune actrice qui a tout de l'étoile montante.*

Et de Lissa, la journaliste écrit : *jamais je n'ai vu une Éléna aussi languide, perdue et dangereuse.*

Elle reçoit un message de Cate.

J'ai vu les critiques ! J'aimerais pouvoir venir. J'organise une soirée à Canterbury : le 10 décembre. Mais je crois que tu joues, non ?

Merci, répond Lissa. *Mais tu as raison. Je joue. J'espère que tout va bien.*

Elle laisse son portable à la maison et va se promener dans le parc. C'est jour de marché, mais il fait froid, il n'y a pas foule. Elle a l'impression d'être visible comme le nez au milieu de la figure, elle risque fort de tomber sur Hannah ou Nathan ou les deux – en train d'acheter du bacon, des croissants ou du poisson. Font-ils toujours l'amour ? Hannah et Nathan ? Que font-ils à présent ? Elle pourrait passer les voir. Frapper à la porte, prendre un café. *Salut, Han ! Nathan m'a séduite. Ouais, jeudi, dans son bureau ! Ça vous est déjà arrivé de baiser là-bas ? Sur le canapé ? Et ce truc avec son pouce. C'est ce qu'il te fait ?*

Peut-être qu'il les baise toutes, elle, Hannah et les succulentes filles aux jambes interminables qui se lèvent de son canapé en le laissant tout chaud. Peut-être qu'aucune d'elles ne le connaît vraiment.

À moins que ce soit elle qui ne se connaisse pas.

Elle se demande s'il existe un mot pour une femme comme elle, peut-être un mot grec – une sorte de terme spécial pour une sorte de femme spéciale, celle qui trahit son amie.

Oh, Hannah. Oh, mon Dieu.

Elle s'achète un croissant, le rapporte chez elle et le mange seule, debout face à l'évier.

À la suite des critiques, la vente des billets augmente : ils sont pleins à 80 % les soirs de semaine et jouent à guichets fermés le vendredi et le samedi soir. Leurs échauffements collectifs prennent un air de fête. Quand ils ont terminé leurs exercices vocaux, leurs étirements, leurs exercices d'élocution et leur arpentage de la scène, ils forment un cercle et se lancent un ballon afin d'accorder leurs réflexes. Dix minutes avant la première partie, ils chantent leur chanson folklorique russe. De temps à autre, les plus jeunes hommes s'essaient au kazachok, avant de se toper dans les mains et de se disperser à grands cris dans leurs loges, où ils attendent le retour son enjoignant aux premiers acteurs de rejoindre le plateau.

Seul Johnny ne s'échauffe pas. Non, installé sur scène dans la chaise longue de prédilection de Vania, vêtu de son costume en lin froissé, le chapeau enfoncé sur les oreilles, il remplit des grilles de mots croisés en jetant de temps à autre un œil aux singeries de ses camarades, sourcil levé. Quand ils commencent à chanter, il se lève et sort fumer une cigarette.

Lissa est contente d'avoir une occupation, un endroit où aller le soir, contente d'être soutenue par le rituel de la représentation, de savoir où se placer, comment parler, où mettre ses mains.

Elle reçoit un SMS d'Hannah. *J'ai acheté des billets ! Nath et moi on vient jeudi en huit.*

Super ! répond-elle, l'estomac soulevé par une peur nauséeuse.

À la fin de la première semaine, sa mère vient avec Laurie. Après la représentation elles l'attendent au bar. Sarah lui prend la tête à deux mains.

« Merveilleux, ma chérie, merveilleux : vraiment très bon. Pas d'article dans le *Guardian*, pourtant ? »

Si une pièce se joue sans que le Guardian *publie une critique, cette pièce existe-t-elle vraiment ?*

« Rien dans le *Guardian*, maman, non. »

Laurie s'avance pour l'étreindre.

« Tu n'as jamais été aussi bonne, Liss, jamais. »

Le lundi de la deuxième semaine, son père vient, sa femme dans son sillage.

« Bien joué, ma puce. Tu étais splendide. Tu m'as rappelé ta mère jeune. »

À côté de lui, sa femme hoche la tête tel un oiseau agité de tics, son sac à main compressé sous le bras.

« J'ai bien aimé, intervient-elle. Mais il ne se passe pas grand-chose, quand même ? »

Non, convient Lissa, il ne se passe pas grand-chose. Elle propose un verre, son père a l'air partant, mais sa femme lui touche le bras et il se tourne alors vers Lissa avec un petit haussement d'épaules impuissant.

Les agents des acteurs viennent, ceux qui ont de l'influence amènent des directeurs de casting : The Globe, le National, une chaîne de télé. Les inévitables rumeurs circulent dans les loges avant la représentation – *untel est là ce soir, untel est là* – et savoir que ces gens qui ont le pouvoir de changer le cours de votre vie sont présents, ça vous chauffe le sang. La hiérarchie est bousculée, il ne s'agit plus du simple calcul du talent, de la méritocratie de la scène. Il semblerait que l'agent de Michael amène la moitié des télés de Londres et des théâtreux, l'agente d'Helen vient trois fois, chaque soir accompagnée d'un directeur de casting différent. Lissa les voit au bar après la représentation, serrés dans un coin comme pour discuter d'affaires d'État vitales, les commerciaux penchés en avant, concentrés, sérieux, attentifs à ce que les jeunes acteurs ont à dire.

Sa propre agente finit par venir, sans être accompagnée par aucun directeur de casting, au milieu de la troisième semaine, quand le spectacle est un peu plat. Lissa la voit installée au dernier rang, petite femme rousse aux cheveux indomptables, puis lorsqu'elle retire son costume dans sa loge, Lissa reçoit un texto.

Magnifique. Fallait que je file, on se parle demain ?

Le lendemain elle consulte souvent son portable, attendant un appel qui ne vient pas.

Le jeudi arrive, elle passe la journée dévorée par une appréhension incontrôlable. Elle écrit un message à Nathan. *Tu viens avec Hannah ce soir ?* Pas de réponse. Mais dès qu'elle pose le pied sur scène elle voit Hannah, seule, un siège vide à côté d'elle : la déception et le soulagement la submergent.

Après, au bar, Hannah la serre dans ses bras.

« Incroyable, Liss. J'ai adoré. Elle valait le coup, finalement ?

— Qui ça ? »

Elle se sent bizarrement désorientée. Son amie là devant elle, et à l'intérieur le feu dévorant de sa transgression.

« La metteuse en scène polonaise.

— Oh, ouais, répond Lissa, on peut dire que oui. »

Elle scrute le visage d'Hannah.

« Nath n'a pas eu envie de venir, alors ?

— Il a été retenu au boulot. Il t'embrasse.

— Il m'embrasse ? Vraiment ?

— Hé, tu as eu un message de Cate ? Pour t'inviter à Canterbury ?

— Je ne peux pas. Je joue. Tu y vas, toi ?

— Je pense que oui. On a besoin de s'échapper de Londres. Nath et moi. De faire un truc spontané pour changer. »

Lissa s'esclaffe.

« La spontanéité n'est pas ton fort, Hannah. Si tu veux faire un truc spontané, va ailleurs. À Berlin. À New York. À Belize. »

Hannah la dévisage – un regard bref, blessé.

« Bah, murmure-t-elle, je vais peut-être commencer par Canterbury et aviser après. »

Lissa sourit, une étrange amertume lui emplit la bouche.

Son anniversaire arrive : elle a maintenant trente-six ans, et joue une femme de vingt-sept. Elle ne le dit à personne de l'équipe. Quand elle sort de chez elle pour aller rendre visite à Sarah, la température est glaciale, il y a un vent violent, cinglant. Sarah lui offre la traditionnelle carte faite main, mais cette année il n'y a pas de cadeau.

« Je suis assez occupée, explique sa mère dans la cuisine. Ce nouveau boulot me bouffe un peu. Je te l'avais dit ? J'ai une exposition programmée cet été. Le plan avec la galerie de Cork Street s'est concrétisé.

— Je peux voir ? demande Lissa. Ce sur quoi tu travailles ?

— Je ne sais pas trop. »

Sarah incline la tête, réfléchit, puis :

« Non… je penche plutôt pour le non. »

Leur café terminé, Lissa s'attarde, sa mère se lève. Dehors, le vent est tombé et la lumière du soleil frappe le jardin d'hiver.

« Ça te dit de marcher ? demande-t-elle. Le temps s'est éclairci. On pourrait monter au Heath.

— J'ai du boulot, réplique Sarah en se dirigeant déjà vers la porte. Tu es la bienvenue mais j'ai du boulot. »

Lissa, immobile, écoute les pas de sa mère dans l'escalier.

Sur le mur du salon est accroché l'un des portraits de Sarah, qui représente Lissa à l'âge de huit ou neuf ans. Elle se rappelle cette séance de pose comme si c'était hier : c'était l'été, il faisait chaud dans le grenier, mais ça lui était égal d'être là-haut, un samedi matin après l'autre, dans ce vieux fauteuil fleuri. Elle s'y asseyait avec son livre – les jambes passées par-dessus un accoudoir, la lumière du soleil tombant à l'oblique à travers la lucarne – pendant que Sarah préparait ses tubes, dressait son chevalet. Puis, enfin, quand tout était prêt, elle allumait la radio et commençait à peindre, et Lissa la percevait, cette concentration, cette façon dont elle jouissait enfin de toute l'attention de sa mère. Le sentiment de sécurité incroyable que cela lui procurait.

Puis, un matin, sur le trottoir devant les portes de l'école, une différente sorte de tableau est apparue. De simples lignes blanches, des silhouettes d'enfants tracées à la craie. Tout le monde se tenait autour, perturbé, comme devant une scène de crime, à se demander de quoi il pouvait bien s'agir.

Ce soir-là, chez elle, Lissa a raconté cette histoire à sa mère et Sarah s'est tournée vers elle avec un étrange sourire.

C'est moi qui les ai dessinés. Caro et moi. On est sorties à l'aube, tu dormais encore. Ces silhouettes étaient tout ce qui restait. Des enfants. À Hiroshima. Nous les avons dessinées pour que les gens comprennent.

Lissa se rappelle cette façon de s'exprimer, cette fierté, ce sourire si particulier de Sarah, comme si elle avait accompli une bonne action. Alors qu'en réalité, Lissa le savait, elle avait fait quelque chose d'affreux. Elle n'a pas de mots pour expliquer à sa mère le sentiment qu'ont suscité chez elle ces dessins. La vacuité de ces enfants disparus.

La journée se déploie devant elle, vide jusqu'au moment où elle doit se trouver au théâtre, à dix-huit heures. Elle se dirige vers le quartier de South Bank, à la cinémathèque, où est programmée une rétrospective Bergman. Elle prend des places pour les films les plus longs, puis achète un café, une part de gâteau et s'assied à la fenêtre pour attendre l'ouverture du cinéma, en observant le visage des passants. Peut-être va-t-il apparaître. Il n'est pas, assurément, de l'ordre de l'impossible que Nathan s'offre le plaisir d'une séance l'après-midi. Peut-être cela se passera-t-il ainsi : tomber sur lui par hasard, laisser la coïncidence se charger de l'intrigue. Ou bien elle pourrait lui envoyer un autre SMS. Lui dire où elle est. L'inviter à la rejoindre.

Mais évidemment il ne vient pas. C'est un homme occupé. Il n'y a que les gens comme elle qui peuvent aller au cinéma l'après-midi en semaine, goûter aux plaisirs équivoques du temps libre. Elle devrait en rire, songe-t-elle, d'aller voir un Bergman le jour de son anniversaire. Mais il n'y a personne avec qui en rire.

Le cinéma ouvre, elle est la première à entrer, tend son ticket à l'ouvreuse, assise dans l'obscurité avant le lever du mince rideau, avant l'arrivée des publicités.

Hannah

Elle cherche un hôtel à Whitstable pour le vendredi et le samedi soir, en trouve un qui malgré son ouverture très récente a de bons avis sur TripAdvisor. La mention coton égyptien, indispensable, est là. Dans les chambres, des miroirs encadrés de bois flotté. Une palette neutre de blancs et de gris. Elle téléphone et une femme à la voix agréable lui répond qu'elle a de la chance, qu'ils ont eu une annulation de dernière minute, qu'il reste une chambre de libre mais que la salle de bains est collective. C'est ça ou Travelodge, alors Hannah la prend. Tandis qu'elle dicte les informations de sa carte de crédit, elle s'imagine un vaste ciel – marcher sur la plage le samedi matin. Elle réserve une table pour déjeuner dans un restaurant dont elle a entendu parler, un peu plus loin sur la côte, un pub sans prétention qui a la réputation de servir des plats incroyables. Elle consulte le menu : huîtres, céleri-rave en croûte de sel, agneau façon Aylesbury. Ils mangeront des huîtres. Ils marcheront sur la plage. Tout se remettra en place. Elle s'est trompée. C'est ce côté clinique et maîtrisé qui les a conduits à cette situation. Nathan a raison, Lissa a raison : ils devraient faire une pause, laisser les choses se passer naturellement. Peut-être que tout le monde a raison. Les forums sont bourrés d'histoires de gens qui ont conçu après des échecs de FIV. Ce n'est pas la fin. Ce n'est que la fin du début. Elle a trop serré la vis. Il reste encore du temps, il reste encore une chance : elle a juste besoin de se détendre. D'être spontanée. Une escapade leur fera du bien.

Soutiens-gorge

2008

Hannah se marie. Nathan lui a fait sa demande dans un cottage en Cornouailles. Ils sont ensemble depuis dix ans et demi. Pour célébrer cette annonce, elle organise une petite rencontre dans leur nouvel appartement avec ses témoins, Lissa et Cate.

On est en février, pourtant il fait doux et ensoleillé quand Cate et Lissa parcourent à pied la petite distance qui sépare la grande maison au bout de Broadway Market de l'appartement d'Hannah. Elles s'arrêtent à l'épicerie au passage. Cava ? demande Cate en brandissant une bouteille. Champagne, réplique Lissa. Un petit coup de Veuve.

Au bout du canal elles bifurquent à droite, où elles annoncent leur arrivée devant une simple porte métallique, qu'Hannah leur ouvre dans un grésillement. Elle apparaît, souriante au sommet des marches, vêtue d'un banal pantalon et d'une chemise en soie. L'appartement sent la terre et le propre : l'escalier intérieur vient d'être recouvert de sisal. Cate et Lissa retirent leurs chaussures et montent lentement, le sisal agréablement rugueux sous leurs pieds. L'escalier donne sur un vaste salon avec cuisine ouverte, où un long canapé bleu est collé au mur.

Cate a déjà vu cet appartement – elle y est souvent allée depuis qu'Hannah et Nathan y ont emménagé l'an dernier – mais ce soir il semble différent, c'est comme si la définition avait été augmentée. Elle balaie des yeux les détails de la pièce : le canapé élégant, une table en bois ultra-léger, un broc marron posé dessus juste là où il faut, des couteaux rangés par taille sur un bandeau magnétique fixé au mur. On dirait qu'ils la dévisagent, ces objets, avec un regard froid chargé de jugement. Ils semblent lui demander comment elle rivalise.

Elles prennent leur verre et sortent par des portes coulissantes sur une vaste terrasse avec vue sur Haggerston Park, où elles boivent leur Veuve et trinquent à la santé de leur amie.

Il émane d'Hannah un éclat particulier, en cette soirée aux airs de printemps, comme si elle-même était la pièce maîtresse de cette exposition dont elle est la commissaire, comme si tout cela – la terrasse, le parc, son foyer qui chatoie doucement de l'autre côté des portes vitrées – n'avait pour but que de refléter son éclat, son statut de future mariée.

Au bout d'un petit moment Cate s'excuse : il faut qu'elle aille aux toilettes. Dans la salle de bains d'Hannah il n'y a pas de bazar, pas de flacons sur la baignoire ni dans la douche. Non, à l'intérieur du placard sont rangés des bocaux en verre marron assortis.

Dans le couloir, en ressortant, Cate hésite, car la porte de la chambre d'Hannah est entrouverte. Dehors on entend des rires, Lissa discute, le bout rouge de sa cigarette esquisse des dessins. Cate entre. Elle palpe le plaid en lin étendu sur le grand lit, puis se dirige vers la penderie, d'où elle sort l'une des chemises en soie toutes simples d'Hannah, et sent le poids souple du tissu entre ses doigts avant de la ranger. Elle se dirige vers la commode, ouvre le tiroir du haut, et s'arrête net, le souffle coupé : les soutiens-gorge et les culottes sont rangés par paires assorties. Elle touche l'un des soutiens-gorge – un modèle que seules les femmes à toute petite poitrine peuvent porter : deux minces triangles de dentelle ceints d'un zeste de soie éclatante. Un rouge. Un pétrole. Un d'un rose évanescent. Cate sent son cœur s'emballer. Elle ne savait pas qu'Hannah mettait des soutiens-gorge pareils : Hannah, d'apparence si spartiate, dont les contours ont toujours été si précis. Quelque chose dans la vision de ces sous-vêtements – quelque chose d'insolent, de secret, de puissant – lui fait l'effet d'un coup de poing dans le ventre.

Vite, furtive, elle retire son pull et son propre soutien-gorge (ample, quelconque), et parvient à agrafer celui d'Hannah au cran le plus large. Elle le tourne ensuite vers le devant, remonte les bretelles et se regarde fixement dans ces deux triangles de rien du tout, bordés de soie couleur pétrole. Alors elle comprend : elle a perdu. Plus encore que l'appartement, le canapé, les fiançailles, les couteaux sur les bandeaux métalliques, le broc juste là où il faut et la relation qui dure avec succès depuis dix ans, c'est la vue de ces soutiens-gorge qui lui dit que dans la course tacite et effrénée à laquelle Hannah et elle se sont livrées depuis l'enfance, elle a perdu.

Durant les jours qui suivent elle se sent glisser, comme si le bonheur était une danse dont elle aurait oublié les pas. Elle compte ses respirations. Elle compte ses atouts, essaie de rationaliser : pourquoi ce que font ses amies lui importe ? Pourquoi son bonheur devrait-il être indexé au leur ? Et pourtant c'est le cas. Bizarrement, c'est le cas : elle ne peut pas s'empêcher de procéder à l'inventaire de sa vie, l'absence, à trente-trois ans, du moindre marqueur qui constitue une véritable vie d'adulte. Elle commence à détester son boulot, prendre le métro tous les jours jusqu'à Canary Wharf, participer, la corde au cou, à des réunions avec des banquiers qui pensent qu'en vous consacrant une minute de leur temps ils changent le monde. Ce boulot avec lequel elle ne gagnera jamais assez pour s'acheter une maison, s'acheter de beaux habits.

Et Hannah – Hannah qui avait toujours dit qu'elle ferait quelque chose qui valait la peine et qui s'y est tenue –, qui a quitté son boulot de formatrice en management à l'âge de vingt-neuf ans pour devenir conseillère haut placée dans une énorme ONG mondiale où elle touche le double du salaire de Cate. Elle ne s'est pas vendue à la baisse. Elle s'est vendue à la hausse. Et manifestement elle avait une sacrée cote.

Cate, qui se rengorgeait de vivre simplement, se rend compte qu'elle désire des choses. Elle veut sa propre maison, une relation viable, un enfant, ou du moins la possibilité d'un enfant, de l'argent pour s'acheter des habits corrects, un tiroir à culottes qui ne soit pas un foutoir sans nom de vieilles chaussettes et de vieux slips Marks & Spencer. Au fond d'elle, dans l'obscurité, ses désirs prolifèrent, métastasent.

Au sein de la colocation, les deux autres chambres sont occupées par des gens qu'elle ne connaît pas vraiment. La maison, toujours miteuse, lui paraît minable : la couleur saumon de la cuisine, l'affreuse moquette bon marché. La cuisine n'est plus un point de rassemblement. Aussitôt son repas préparé, elle décampe manger dans sa chambre, à son bureau.

Cate essaie d'en parler à Lissa, d'arriver à tourner ça en dérision, mais Lissa est préoccupée, prise dans un mouvement ascensionnel. Pour elle il y a de l'espoir à l'horizon. La semaine dernière son agente l'a appelée pour lui annoncer une audition. Un long métrage. Un jeune réalisateur indépendant. Un premier rôle. Le réalisateur l'a repérée dans un court métrage qu'elle avait tourné bénévolement l'été dernier comme une faveur à un ami, et a appelé pour savoir si elle était disponible.

Lissa a lu le scénario, il est extraordinaire.

Quelque part, elle le sait, celui-là est pour elle.

Declan n'étant pas là, Lissa répète son dialogue avec Cate qui, assise sur le vieux canapé défoncé du salon, écoute, lui souffle son texte quand elle bute, ce qui arrive rarement. Elle est douée, songe Cate, elle le mérite. Sa carrière va enfin décoller et elle aussi va monter, partir.

La semaine qui précède l'audition, Lissa arrête de boire, veille à bien s'hydrater, dort autant qu'elle peut. Elle s'offre des cours de yoga et revient radieuse. Le jour de la rencontre arrive. Le réalisateur semble aussi excité qu'elle. Il lui confie qu'il l'a adorée dans le court métrage. Elle connaît déjà l'un des dialogues par cœur : elle le joue face caméra sans regarder son texte.

Waouh, s'exclame-t-il. C'était incroyable.

Elle récite un autre dialogue, tout aussi bien. Quand elle se lève pour partir, le réalisateur l'attire dans une étreinte. À bientôt, dit-il.

Un jour passe. Puis un autre. Encore un autre. Lissa consulte son portable en permanence. Elle vérifie qu'il est allumé. L'éteint, le rallume. Cate observe son visage se voiler et s'assombrir, l'allégresse virer au doute. Le mercredi, elle est muette, le jeudi, belliqueuse.

Il a été donné à quelqu'un d'autre, dit-elle.

Cate la regarde répondre à un appel de Declan, qui tourne quelque part en Écosse.

Je vais aller le voir, annonce Lissa. J'ai besoin d'une pause.

Lissa part le vendredi après-midi. Elle prend l'avion à City Airport et atterrit à Édimbourg, où Declan lui a envoyé une voiture pour venir la chercher. Assise sur la banquette arrière, elle regarde défiler la ville. Il fait gris, il pleut. Ils débouchent dans la campagne, s'y enfoncent jusqu'à arriver à un château entouré d'un vaste domaine. Derrière se trouve un grand loch. Le portable ne passe pas. Elle est soulagée.

Cate rentre du travail à dix-sept heures trente, attache son vélo, gravit les marches en pierre, pénètre dans la maison. Il n'y a personne. Elle sent la texture rêche et granuleuse de sa solitude.

Le fixe sonne. Chose rare. Il sonne, sonne, sonne et s'arrête. Puis il sonne à nouveau, c'est peut-être une urgence, alors Cate va répondre : une voix féminine, pressante, qui demande Lissa, à qui Cate réplique que Lissa n'est pas là. Où est-elle ? insiste la femme qui lui parle comme à de la merde. Je ne sais pas, répond honnêtement Cate. Quelque part en Écosse, je crois.

Son portable ne fonctionne pas, réplique la femme. Dites-lui, fait-elle, dites-lui qu'il faut qu'elle revienne à Londres. Il veut la voir. Une deuxième fois. Lundi matin. À la première heure. Dites-lui de rentrer le plus vite possible.

Cate raccroche. Elle ne sait franchement pas où se trouve Lissa. Elle pourrait se renseigner. Elle pourrait en faire une urgence. Appeler Sarah, la mère de Lissa, qui serait probablement au courant. Aller dans la chambre de Lissa pour fouiller le chaos de son bureau en quête d'un bout de papier qui pourrait, ou pas, comporter le nom d'un hôtel. Son journal intime. Son ordinateur. Cate connaît le mot de passe. Ça pourrait être là. Elle pourrait faire une ou toutes ces choses, elle n'en fait aucune.

Le dimanche soir, quand Lissa arrive à la maison, Cate dort. Il est plus de minuit. Elle ouvre à peine un œil, replonge.

Le lundi matin Cate se lève, se douche, s'habille et part travailler.

Quand Cate rentre à la maison cet après-midi-là, Lissa est assise à la table de la cuisine, une boule de mouchoirs humides à la main. Tu as eu un appel de mon agente ?

De qui ?

Mon agente. Elle a dit qu'elle avait appelé ici, vendredi. Qu'il voulait me voir pour l'audition. C'était ce matin, à la première heure. Elle se met à pleurer. Je dormais. Je l'ai ratée. C'est fichu.

Tu ne peux pas le contacter ? Lui demander de te revoir ?

Tu ne comprends pas ? siffle Lissa. Le rôle a été donné à quelqu'un d'autre. C'est fichu, putain.

Lissa passe la journée du lendemain au lit, les rideaux tirés. Cate frappe à sa porte, elle ne répond pas.

Pendant plusieurs semaines, elle ne lui adresse pas la parole.

Cate a la nausée tellement elle se sent coupable. Elle a fait quelque chose, ou omis de faire quelque chose : elle ne sait pas trop. Elle aurait dû faire plus.

Mais si Lissa avait dû décrocher ce rôle, elle l'aurait décroché, non ? C'était sa décision de partir dans un endroit au milieu de nulle part. C'était son destin, non : d'être perdante ?

2010

Cate

Dîner. Des amis pour dîner. Un dîner. Souper. Des amis pour souper. Une rencontre. Qu'importe comment Cate le formule, l'idée est insoutenable : elle n'est pas douée pour ce genre de choses. Mais Sam a l'air content de ce programme. Le dimanche, son jour de repos, il apporte ses couteaux et ses casseroles. Il donne une petite casserole pour le lait et une cuillère en bois à Tom, qui s'assied par terre et joue joyeusement avec ces deux ustensiles pendant que Sam feuillette des livres de recettes.

« J'ai envie de cuisiner un truc typique du Kent, explique-t-il. Tu as déjà mangé des bulots ? Je pourrais préparer un ceviche à base d'échalotes, de tomates et de citron vert. Et après un truc avec de la limande. Je pourrais acheter du poisson chez ce grossiste sur la côte. Celui qui fournit le restaurant. »

Cate le regarde dans la cuisine étroite, dans la lumière grise de cet après-midi d'hiver, les manches retroussées, et se rend compte qu'elle ne l'avait pas vu aussi heureux depuis des mois.

Le jour du dîner elle passe la matinée à faire le ménage. Elle déplace Tom avec elle de pièce en pièce, le posant par terre avec ses jouets pendant qu'elle récure toilettes et évier, aspire les sols. Elle a mis la radio en fond sonore.

Le Parlement a voté à une petite majorité l'augmentation des frais d'inscription à l'université qui se monteront à neuf mille livres par an. Énormes manifestations hier dans le centre de Londres.

Le ménage terminé, elle allume la télé et regarde un reportage sur des manifestants montés sur le toit du QG du parti conservateur. Des pancartes en flammes. Charles et Camilla, leurs visages horrifiés quand on brise une fenêtre de leur voiture. Un gros plan sur l'un des manifestants, un jeune homme, la bouche grande ouverte. Elle connaît cette expression. Ce cri de guerre. Elle le sent qui lui tombe dans les tripes.

Sam rentre après son service de l'après-midi, chargé d'un sac ventripotent rempli de poisson et de légumes, qu'il range dans le réfrigérateur avec quatre bouteilles de vin.

« J'ai pris un bon bourgogne, dit-il, c'était en promo chez Aldi. »

Elle l'entend chanter sous la douche. Il descend vêtu d'un T-shirt et d'un jean.

« Viens là, petit gars. »

Sam attache Tom dans sa chaise haute, lui donne une carotte en guise de jouet, puis noue un tablier, sort ses couteaux et se met à œuvrer sur un oignon. Elle s'attarde à l'observer, ses larges avant-bras, son adresse avec la lame, l'éclair du couteau. L'oignon émincé, Sam lève la tête.

« Qu'est-ce que tu regardes ?

— Juste… Je me rappelle la première fois que je t'ai vu faire ça. Le soir où on s'est rencontrés.

— Ouais. »

Il sourit, soutient son regard.

« Moi aussi je me rappelle cette soirée. »

Puis :

« Hé, ajoute-t-il au bout d'un moment. Je suis allé voir un local l'autre jour. C'est un vieil entrepôt. Victorien. L'arrière donne sur la Stour. C'était un silo. Je pense que ce serait abordable. »

Elle lit l'excitation sur son visage.

« Mais préparons d'abord un super repas et on verra ensuite ce que dit Mark. »

Alors qu'elle passe dans la pièce voisine, elle l'entend bavarder, expliquer à Tom ce qu'il fait – *donc tu prends ton oignon, et tu le fais suer dans l'huile* –, et les réponses inarticulées de Tom.

Elle rallume la télé, mais ce n'est que la même diffusion en boucle des images qu'elle a vues plus tôt, Charles et Camilla. Ce même manifestant, bouche ouverte. Elle éteint et envoie un SMS à Hannah : *C'est toujours bon pour ce soir ?* Une part d'elle, elle en a conscience, une grande part d'elle, aimerait qu'Hannah annule – aimerait que tout le monde annule – mais elle reçoit aussitôt une réponse : *J'ai hâte !*

Hannah

Elle décide de travailler chez elle, histoire de pouvoir boucler sa valise et tout préparer à temps.

« Il faut qu'on aille chercher la voiture de location, explique-t-elle à Nathan quand il part au travail. Mais si on part vers quinze heures, on pourra arriver à Whitstable un peu en avance pour passer un moment ensemble avant d'aller chez Cate. »

Le temps s'est légèrement radouci. Il ne fait plus aussi froid. Elle travaille toute la matinée, puis sort courir le long du canal, se douche, enfile ses plus beaux sous-vêtements, choisit une robe qu'il adore, ourlet au genou, soie noire souple – achetée à l'occasion de leur anniversaire de mariage l'an dernier. Elle se maquille avec soin. Elle a acheté une bonne bouteille de champagne, qu'elle emballe dans son sac, puis retourne sur Internet regarder les photos de l'hôtel, du restaurant, de la plage de Whitstable. C'est peut-être le début de quelque chose de nouveau. Peut-être qu'ils pourraient emménager dans le Kent. Se promener sous un ciel immense. Adopter un chien.

À dix-sept heures elle reçoit un SMS : *Je pars tout juste.* Autrement dit, ils vont être en retard. Histoire de se calmer, elle va dans leur chambre et commence à préparer un sac pour lui, mais ce faisant une angoisse l'étreint – comme si leur intimité était soudain contingente, confrontée à un vague péril. Elle aurait dû aller chercher la voiture elle-même – elle avait tout l'après-midi – mais le loueur est près de la route qui conduit à la N12, qui conduit à la N2, qui conduit à l'A2, qui conduit dans le Kent. Donc c'était logique, dans ce sens-là du moins. Elle termine le sac et va s'asseoir sur le canapé, de façon à être prête dès son arrivée.

À dix-huit heures quinze, quand la clef de Nathan

tourne dans la serrure, elle est toujours assise au même endroit.

« On est en retard, annonce-t-elle.

— Je suis désolé. Il y avait une réunion d'urgence. Mouvement de grève. Les frais d'inscription. »

Il a l'air fatigué, irritable.

« Tu as besoin de quelque chose ? demande-t-elle. Une douche ? Un verre ?

— Si on est en retard, partons tout de suite. »

À l'agence de location il y a des formulaires à remplir, des permis de conduire à photocopier, des frais supplémentaires à discuter. Quand ils arrivent à partir avec une horrible Ford Fiesta, il est dix-neuf heures, Nathan sort de Londres par la N2.

« Je crois qu'on est trop en retard pour passer à Whitstable d'abord », dit-elle.

Il hoche la tête. Elle observe son visage dans l'obscurité. Quelque chose qu'elle croyait connaître par cœur est devenu illisible, opaque.

« On va directement au dîner, du coup ?

— Comme tu veux.

— À moins qu'on annule ? Qu'on se contente d'aller à l'hôtel ?

— Mais Cate ne sera pas déçue ? C'était pas tout l'intérêt ?

— Si, j'imagine que si. »

Elle se tourne pour regarder défiler par la vitre la périphérie années 1930 de Londres.

« Je ne suis jamais allée à Canterbury, dit-elle. Je ne connais cette ville que par Chaucer. *Le Conte de la bourgeoise de Bath*. Au bac. »

Il change de file.

« Moi j'y suis allé une fois, répond-il, pour une conférence.

— Tu as aimé ? »

Elle grimace. C'est comme s'ils ne se connaissaient pas. Ou qu'ils suivaient un scénario mal écrit.

« Oui, dit-il. Pour ce que j'en ai vu. C'était joli. »

Ils retombent dans le silence. Le scénario s'arrête là. Elle sent la panique monter en elle.

« L'hôtel a l'air mignon. Il y a des vélos à disposition. Demain on pourrait pédaler jusqu'à Margate. Si la météo le permet. »

Elle s'empare de son portable pour consulter les prévisions, mais il n'y a qu'une barre de réception.

« Apparemment c'est une ville qui monte, Margate. Il y a le musée Turner. Qui ouvre l'an prochain. Turner Contemporary. Quelqu'un du boulot y est allé l'été dernier. Il a adoré. Il a tout vendu pour emménager là-bas. »

Son visage. Son visage barricadé.

« Ou alors, tu sais, on pourrait juste rester au lit. Dormir. Ils servent le petit déjeuner dans les chambres. »

Elle est quoi au juste, putain ? Guide touristique ? Ta gueule ta gueule *ta gueule.*

Elle allume la radio : aux infos on ne parle que de cette histoire de frais d'inscription. Elle se penche pour monter le son.

« On est obligé ? » Il se penche pour éteindre. « C'est déprimant. J'en ai assez entendu parler pour aujourd'hui. »

Ils suivent les instructions envoyées par Cate, seulement elles ne conduisent qu'à un vaste rond-point, dont ils font le tour deux fois pendant qu'Hannah essaie d'appeler pour demander leur chemin, mais le téléphone sonne, sonne encore, et personne ne décroche.

« Elle doit être occupée, commente Hannah. Avec ses invités.

— OK. Bon, en l'absence d'indications claires, on arrête la voiture, d'accord ? »

Il sort brutalement du rond-point et tourne à gauche après une série de feux. Il n'y a nulle part où se garer. Elle le regarde : les muscles de sa mâchoire se crispent.

« Là », s'exclame-t-il en désignant un panneau qui indique un parking.

Ils descendent dans les profondeurs d'un parking à plusieurs niveaux. Et s'il ferme pendant qu'ils sont chez Cate ? Comment iront-ils à Whitstable ? Ils prennent l'ascenseur sans échanger un mot. Il a l'air fatigué sous la lumière du plafonnier. Le portable d'Hannah vibre dans sa poche : elle le repêche. Enfin : Cate avec des indications.

« Elle a l'air contente », commente-t-elle en remettant le téléphone dans sa poche.

Il fait froid dans les rues de Canterbury, plus froid qu'à Londres. Elle ne s'est pas habillée assez chaudement. Elle a envie de demander à Nathan de la serrer contre lui, mais il est recroquevillé dans son manteau. A-t-elle déjà eu besoin de lui demander de la serrer contre lui, avant ?

Il se roule une cigarette, l'allume. Elle se mord la langue. Ils longent une supérette puis, dans un petit lotissement, trouvent le numéro onze.

Elle a envie de retourner à la voiture. De

repartir vers la sécurité, vers chez elle, qui lui semble si loin. Elle a envie de s'arrêter et de serrer son mari dans ses bras. De le secouer jusqu'à le débarrasser de ses impuretés, jusqu'à faire tomber ses secrets.

Nathan tend le bras pour appuyer sur la sonnette.

« Hannah !! »

Au moment où Cate ouvre la porte elle bascule en avant. Nathan la rattrape par le coude.

« Hannah ! Nate ! Entrez, entrez ! »

Cate, les joues cramoisies, parle fort en leur faisant parcourir un couloir étroit qui débouche sur un salon exigu, où des visages dans l'expectative se serrent autour d'une petite table ronde.

« Les amis ! lance Cate. Je vous présente Hannah ! Et Nate. Le meilleur couple du monde ! »

Cate

Tout se passe bien – étonnamment bien –, à ceci près qu'elle n'arrive pas à remettre la main sur son verre de vin. Elle l'avait il y a deux secondes – l'a-t-elle pris avec elle en allant à la salle de bains ? Ah, le voilà, de l'autre côté de la table. Elle tend le bras pour s'en saisir, Nathan la devance et le lui passe tranquillement. Mark est en train de parler, un truc au sujet de la voile.

« La côte est à deux pas. J'ai un ami qui a un bateau, il m'emmène pêcher en mer – tu devrais venir, Sam. L'été prochain. On prend du bon vin, on cuisine sur le pont. Il a du fric. Si tu cuisines comme ça, j'imagine qu'il ne serait pas contre te prendre comme cuistot. »

Et Sam hoche la tête, l'air satisfait. Et le repas – ils mangent tous leur plat, c'est délicieux, vraiment délicieux, tout le monde le dit –, et puis Dea, qui écoute attentivement ce que raconte Hannah. Et Cate, intérieurement, remercie chaleureusement Dea – à l'origine de cette idée –, Dea qui est arrivée avec du sirop, du sirop de sureau sombre comme du vin, préparé avec les baies de son jardin, et que Cate a rangé dans la cuisine pour Hannah. Mais ce soir Hannah boit de l'alcool – et Cate rit tout bas parce que c'est si bon de voir Hannah ici chez elle, en train de boire du vin.

Et puis elle est magnifique – elle a manifestement fait un effort – dans cette robe, la façon dont ses cheveux encadrent son visage, son visage empourpré par l'air frais et l'alcool. Et elle est tellement touchée qu'Hannah tienne suffisamment à elle pour venir, pour faire le trajet, qu'elle sent soudain les larmes monter. Elle se lève, la rejoint en contournant la table, colle sa joue contre la sienne.

« Merci, dit-elle.

— Pourquoi ?

— D'être venue. Tu es splendide, Han. »

Hannah éclate de rire.

« Merci. Toi aussi. »

Et lorsqu'elle retourne à sa place, elle surprend la conversation entre Nathan et Dea :

« Ils ont occupé le Sénat. Cinquante dans la Salle de Guerre. Notre présidente d'université a signé une lettre en faveur de l'augmentation des frais. »

Nathan hoche la tête.

« C'est vraiment la merde. »

Cate pose une main sur l'épaule de Dea :

« Je les ai vus, intervient-elle, ce matin : ils recommençaient à distribuer des prospectus à côté de la cathédrale. Je cherchais cette fille, là. Celle avec les cheveux roses, tu te souviens ? »

Dea sourit.

« Je me souviens. Elle est à l'intérieur. Elle est au Sénat. »

Zoe se penche en avant.

« On dirait un peu l'esprit de 68, non ? Comme si ces jeunes s'étaient radicalisés du jour au lendemain.

— Je suis d'accord, répond Nathan. Mais on dit toujours ça, non ? On ressort toujours les *soixante-huitards*[1] du placard.

— Eh bien, reprend Zoe. Si ma fille était suffisamment grande, je voudrais qu'elle soit là-bas.

— Ouais, dit Nathan. J'imagine que moi aussi. »

Cate jette un regard autour de la table, à ses invités, et elle se sent heureuse – brusquement et parfaitement heureuse. Il n'y a pas d'avenir à redouter, pas de passé à regretter, juste ça, juste une série de moments, en enfilade, pareils à des sphères lumineuses sur un fil : chaleur, nourriture, confort. À l'étage, Tom dort. Dieu merci. Remarquant alors que les bouteilles sont vides, elle retourne dans la cuisine en prendre une autre dans le réfrigérateur – elle est dure à ouvrir – et voilà Sam, qui arrive derrière elle.

1. En français dans le texte.

« Donne, dit-il. Laisse-moi faire. »

Elle se retourne et il est là, son mari – elle se penche pour l'embrasser, pas un baiser chaste, alors il rit, l'attire plus près, et avec la langue elle suit le contour de sa barbe rêche.

« Oh là ! Tu dois être bourrée. »

Elle s'esclaffe. Elle avait oublié ça, le pétillement de cette proximité, cet homme, ce nounours d'homme. Dea avait raison. Cette soirée était ce qu'il lui fallait.

Elle aide Sam à apporter les plats et le vin. La configuration s'est légèrement modifiée : Dea et Tamsin discutent ensemble, Hannah, qui ne parle à personne, observe Nathan et Zoe qui, tête baissée, regardent des photos sur le portable de Zoe.

« Elle est avec une baby-sitter, explique Zoe. Je suis assez inquiète mais ça a l'air de bien se passer.

— Elle est adorable », répond Nathan.

Cate regarde Hannah les regarder et ressent soudain une pulsion protectrice envers son amie.

« Hé, s'exclame-t-elle en poussant Zoe du coude. Hé, vous deux. »

Nathan et Zoe lèvent la tête en sursaut. Maintenant qu'elle les a interrompus elle ne sait plus quoi dire. Elle frappe dans ses mains au moment où Sam pose le poisson sur la table.

Hannah

Cate est saoule. Elle titube en tendant les assiettes ; Hannah les lui prend des mains.

« Tiens, bois un peu d'eau, lui conseille-t-elle en tendant son verre.

— Ça va, réplique Cate. Vraiment, ça va. »

Hannah boit l'eau. Après deux verres de vin, elle a la tête qui tourne. Elle sent déjà la migraine pointer aux tempes. Elle a du mal à se concentrer sur la conversation qui tourbillonne autour d'elle : elle n'arrête pas de penser à la voiture, au fait qu'elle va être bloquée dans le parking et qu'ils ne pourront pas la sortir. Il faut qu'elle appelle l'hôtel : prévenir qu'ils seront en retard, demander si ça ne pose pas problème, s'ils ont besoin d'une clef spéciale. Elle n'arrive pas à se rappeler combien de temps il faut pour aller à Whitstable. Vingt minutes ? Plus ? Il est vingt-deux heures et ils entament tout juste le plat de résistance : à ce rythme-là, ils ne partiront pas avant une heure du matin.

La conversation s'échauffe à présent : Dea, la nouvelle amie de Cate, et ce type, là, Mark, avec la grosse montre de plongée, celui qui raffole du son de sa propre voix. Elle l'a déjà vu au mariage : c'était le témoin de Sam, non ?

« C'était nécessaire, dit Mark, si on ne voulait pas que les marchés nous tournent le dos. Tu veux qu'on fasse comme en Grèce ? Tu n'as pas vu la lettre qui a été laissée au ministère des Finances ? Y a plus d'argent dans les caisses. Crétins. Débiles mentaux.

— Bien sûr, réplique Dea, et avec l'austérité, c'est les pauvres qui vont trinquer en beauté. Pourquoi on ne taxerait pas les banques ?

— Elles se délocaliseraient, c'est tout.

— Alors c'est elles qui décident ? intervient Zoe,

penchée en avant. C'est elles qui gouvernent maintenant ? »

Mark se tourne vers Zoe :

« T'es mignonne, mais je ne suis pas sûr que tu saches bien de quoi tu parles.

— Et pourquoi donc ?

— Déjà, t'es américaine.

— Déjà ? Et c'est quoi l'argument d'après ? »

Dans la pièce, la température a baissé de plusieurs degrés. Hannah se lève et s'approche vite de Sam. Elle se penche vers lui, le remercie pour le repas et lui demande s'il a un fixe.

« Bien sûr, répond-il, dans la chambre, première à gauche. »

Elle enlève ses chaussures d'un coup de pied et monte à l'étage. Dans la chambre obscure elle s'assied sur le lit. Elle respire vite. L'étau se resserre dans son crâne. Quelque chose la perturbe. Nathan : sa façon de se comporter avec cette Zoe. Leurs têtes penchées sur son téléphone, l'exclamation sourde de Nathan à la vue de son enfant.

Il y a un bruit à côté d'elle, elle bondit. Au début elle ne sait pas ce que c'est, puis elle comprend : c'est Tom, il est là, il dort dans le grand lit. Elle le voit distinctement à présent, éclairé par la faible lueur du palier, un bras rejeté sur le côté. Elle s'allonge à côté de lui. Il remue sans se réveiller. Son souffle est sucré. Si régulier. Il est si profondément endormi.

Elle se love à côté de lui et glisse un doigt dans son poing, caressant sous son pouce les petites bosses de ses articulations, ses cellules pétillant d'un désir qui menace de la fendre en deux.

Et elle comprend quelque chose, allongée là : une évidence fulgurante, organique. Elle a perdu son mari – ou son mari est perdu pour elle. Quelque chose de fondamental, le fleuve profond qui les nourrissait, s'est asséché.

Pour l'instant – ce court instant, avec cette petite main dans la sienne – cette certitude ne fait pas mal, mais elle sait que la douleur l'attend au tournant, de l'autre côté. Elle sait qu'elle viendra.

Pour le moment, c'est calme, là-haut, alors qu'en bas il y a de la musique, le son est plus fort et la voix de Cate encore un ton au-dessus, pour exhorter tout le monde à danser.

Cate

« J'adorais danser avant ! hurle-t-elle. Dea, Zoe, venez ! »

Elle les force à se lever. Il faut que quelqu'un change l'énergie ici – sauve cette soirée qui risque de leur échapper, de déraper.

« Où est le reste du vin ? »

Il y a une bouteille à côté de Mark, à moitié pleine. Elle se dirige vers lui, soulève la bouteille et en verse le contenu dans le verre le plus proche.

« Tu es sûre que tu as besoin d'en boire encore ? demande-t-il.

— Comment ? fait Cate en se retournant vers lui. Qu'est-ce que tu viens de dire ? »

Quelque chose chez lui, dans sa façon de se tenir debout : une violence ancienne, qui frémit juste sous la surface. Comme à un signal tacite, Tamsin s'approche de son mari. Derrière elle, Cate sent la présence de Dea et Zoe. Nathan observe, assis à sa droite. Sam à sa gauche. Hannah, où est Hannah? Cate porte le verre à ses lèvres. Le vin n'est plus frais. Il a un goût poisseux, trop sucré.

« Je pense que ta femme en a bu assez, non? » fait Mark à l'adresse de Sam.

Cate s'étrangle :

« Oh mon Dieu, je rêve ou quoi? *T'es mignonne, mais je pense que tu as assez bu.* »

Elle rit à gorge déployée maintenant.

« Attends, mais non, je ne rêve pas! s'exclame-t-elle en secouant la tête. T'es un bouffon.

— Pardon?

— T'es un putain de bouffon. Regarde-toi avec ta montre à la con. Tu ne fais pas de plongée, si? Attends un peu : et si on vérifiait qu'elle marche bien? »

Elle s'approche, lui saisit la main, la retourne, déclipse le bracelet et laisse tomber la montre dans son verre de vin.

« Oups », fait-elle quand le vin lui éclabousse le poignet.

La fureur sur le visage de Mark. Tamsin choquée, livide.

« Vous alors. Vous vous rendez compte à quel point vous êtes ridicules? Vous alors, répète-t-elle, en agitant son verre en direction de Tamsin et Mark. C'est vous le problème, vous êtes au courant?

— Cate, s'interpose Sam. Mark a raison, tu as assez bu. Tu allaites, bon sang.

— Oh. Oh, *j'allaite*, hein?

— Tu es fatiguée.

— Ha ! »

Elle repose violemment son verre sur la table.

« Alors ça c'est le *pompon.* Évidemment que je suis fatiguée. Ça fait presque un an que je n'ai pas dormi une nuit complète. Tu vois. Je suis désolée de ne pas être organisée, Sam. Je suis désolée de ne pas avoir une putain d'*organisation* fonctionnelle. C'est une forme de torture, tu sais. Le manque de sommeil. Tu le savais ? On brise des soldats avec cette technique. Enfin quoi, t'es peut-être pas hyper intelligent, mais tu peux au moins piger ça.

— Ce n'est ni le lieu ni le moment pour ce genre de conversation.

— Ouais, c'est ça, vas-y. Fais-moi taire. Boucle-moi. Je ne devrais même pas être là. Je ne devrais même pas être dans ce putain de couple. Dans cette putain de ville. »

Elle les regarde tous à tour de rôle, leur façon de la dévisager, bouche bée.

Elle regarde Mark se diriger vers Tamsin, comme pour la protéger, son bras autour d'elle, la façon dont elle s'abrite dans la carrure de son mari. Et soudain elle comprend, lors d'un éclair de lucidité qui déchire l'alcool, qu'elle déteste cet homme. Qu'elle déteste tout ce qu'il est et tout ce qu'il représente. Elle remonte sa manche.

« Tu veux que je te montre ce que je porte sur le *mien*, de poignet ? demande-t-elle à Mark. C'est une araignée. Pour me rappeler de continuer à me battre. De ne pas capituler. De ne pas oublier de combattre les hommes comme toi. »

Hannah

Depuis le lit où elle est allongée, elle entend Cate crier. La porte claquer. Des voix inquiètes. Elle sait qu'elle devrait aller voir, car qu'importe ce qui s'est passé, ça a l'air grave, mais une immense fatigue pèse sur chacune de ses cellules, comme si elle avait marché, marché une éternité, chargée d'un fardeau écrasant, et que son corps était épuisé. Elle a juste envie de rester lovée là à côté de cet enfant, de sentir sa chaleur, et peut-être dormir un moment avec lui. Des bruits de pas se font entendre dans l'escalier, la porte s'entrouvre.

« Hannah ? »

C'est la voix de Nathan.

« Oui ? »

Elle n'a pas envie de ce rai de lumière, de cette lumière qui s'aiguise, envahit la pièce, charriant avec elle l'avenir froid, dur, implacable. Elle a envie d'attirer Nathan dans cette chambre, de refermer la porte derrière eux. Qu'ils s'allongent ensemble dans l'obscurité avec ce bébé sur ce lit.

« C'est Cate. Elle est partie. Elle est complètement saoule. À mon avis on va devoir aller la chercher. »

Hannah se redresse et parvient à se lever, le suit lentement en bas des escaliers, puis débouche en clignant des yeux dans le salon, où les convives sont dispersés en petits groupes.

« Je vais aller la chercher, déclare-t-elle.

— Laisse-la redescendre un peu, conseille

l'homme prénommé Mark. Elle est bourrée. Un peu d'air ne lui fera pas de mal. »

Hannah prend son manteau.

« Tu veux que je t'accompagne ? demande Nathan.

— Non, reste là. »

Dehors, la température est glaciale, et elle n'a aucune idée d'où aller. Elle appelle Cate d'un filet de voix aigu. Elle refait le chemin jusqu'à la route, ses talons claquant sur le sol dur, arrive sur un parking de supermarché désert. Elle se sent vulnérable ici, avec ces talons, cette robe.

« Cate ? » lance-t-elle.

Il y a de la circulation, même à cette heure de la nuit. Soudain elle est prise d'un terrible pressentiment et elle se met à courir.

« Cate ? lance-t-elle. Cate ? »

Et c'est alors qu'elle la voit. Appuyée sur le parapet d'un petit pont en dos d'âne, Cate contemple la rivière.

« Cate ? »

Hannah la rejoint, essoufflée.

Cate lève la tête, le regard dur, brillant.

« Je m'en vais », déclare-t-elle.

Sous le pont l'eau glaciale coule, noire.

« Cate, la raisonne Hannah en lui prenant le bras. Tu es saoule. Tu verras les choses autrement demain matin. Je te le promets.

— Ne me réduis pas au silence, OK ? Tu sais ce que tu es, Hannah ? Tu es exactement comme les autres. *C'est pas grave que tu te sentes hyper mal. C'est pas grave qu'on t'ait ouverte sans t'expliquer pourquoi. Tu as un bébé en bonne santé. Prends des cachets, putain, et ferme-la.* Vous ne voulez pas entendre la vérité. »

Hannah sent désormais monter en elle une rage froide.

« Quelle vérité ? Quelle vérité, Cate ? Vas-y. Dis-moi. »

Cate secoue la tête d'un air de défi.

« Alors je vais te dire la mienne, de vérité, d'accord ? poursuit Hannah à toute vitesse, d'une voix claire. Mon mari me quitte. Parce qu'on n'arrive pas à avoir d'enfant. J'ai perdu un bébé. J'ai fait une fausse couche. Ça t'est déjà arrivé, à toi ? »

Les yeux de Cate dans l'obscurité, les pupilles dilatées.

« Tu veux connaître la vérité là-dessus, Cate ? Je vais te la dire. »

Elle empoigne la main de Cate, lui remonte sa manche.

« C'était à peu près grand comme ça. À peu près sept semaines de vie. Une poche pour contenir un bébé. C'est assez monstrueux, en fait. C'est pas le genre de truc qu'on est censé voir. C'est censé rester à l'intérieur de ton corps : grandir, grandir, grandir encore jusqu'à ne plus pouvoir. Tu connais cette sensation, pas vrai ? Un bébé, qui grandit à l'intérieur de ton corps ? »

Leurs respirations entrelacent leurs volutes dans l'air glacial.

« Tu ne me l'avais pas dit.

— Je ne l'ai dit à personne.

— *Pourquoi ?*

— Parce que tu étais enceinte à l'époque. Parce

que je ne voulais pas te perturber. Parce que j'avais honte. »

Il y a un relâchement. Cate laisse tomber sa main, ses épaules s'affaissent.

« Je suis désolée. Tu aurais dû me le dire, ajoute-t-elle d'une voix enrouée.

— Non, rétorque Hannah. C'est toi qui aurais dû me poser la question. »

Quand ils arrivent à l'hôtel, il est tard. La chambre est plus petite que ce qu'elle imaginait.

« Où est la salle de bains ? demande Nathan.

— C'était trop tard pour réserver une chambre avec salle de bains, répond-elle d'un air las. Je crois que c'est au bout du couloir. »

Elle a froid. Elle a pris froid dehors sur ce pont.

Il acquiesce, se dirige vers son sac.

« Tu peux me dire où tu as mis ma brosse à dents, du coup ?

— Elle est là. »

Elle sort sa trousse de toilette, lui tend sa brosse à dents.

Une fois qu'il est parti, elle s'assied dans le fauteuil. Elle voit son reflet dans le miroir en bois flotté. Cette robe noire débile. Son maquillage, tout barbouillé à présent. Tout ça cassé. Tout ça terminé. Cette situation est complètement absurde.

Le matin, deux plateaux sont déposés devant leur porte. Elle les apporte à l'intérieur et les pose sur la table. Nathan s'assied dans le lit, enfile son jean.

« Je sors », annonce-t-il.

À son retour, il sent la cigarette.

Elle appelle le restaurant pour annuler leur réservation à déjeuner.

Il n'y aura pas de déjeuner. Il n'y aura ni huîtres, ni pain maison, ni agneau façon Aylesbury. Il n'y aura pas d'enfants. Elle tue les choses avant même qu'elles soient nées. Il ne la touche pas. En un sens, elle lui en est reconnaissante. C'est comme si à l'intérieur elle s'était cassée en morceaux minuscules, que seule sa peau mince maintenait le tout ensemble, et qu'un simple contact pourrait la faire voler en éclats – sans qu'elle puisse jamais retrouver les morceaux pour reconstituer son puzzle.

Ils marchent en silence le long de la plage. Ils contemplent les rouleaux de la mer, puis remontent dans la voiture. Ils reprennent l'A2 en direction de Londres. Elle fait semblant de dormir. Ils rendent la voiture de location. Ils prennent le bus pour rentrer à Hackney.

Ils gravissent les trois volées de marches qui mènent à leur appartement. Nathan prépare un sac.

Lissa

C'est le dernier jeudi soir, la pièce file à toute vitesse. Elle ne s'est jamais sentie aussi libre sur scène : son texte monte en elle comme s'il lui appartenait.

Du sang de sirène coule dans vos veines, lui dit Vania, *soyez donc sirène ! Une seule fois dans votre vie, laissez-vous aller sans contrainte.*

Alors qu'elle quitte le plateau après sa dernière sortie, elle se rend compte qu'elle n'a pas prêté attention au public, entièrement concentrée qu'elle était sur les autres acteurs, hors de sa peau. Pendant une heure trente, elle n'a pas pensé à Nathan. Au rappel, Johnny se tourne vers elle, la salue d'un petit hochement de tête. Puis en coulisses, dans un geste de courtoisie vieillotte, il lui prend la main.

« Splendide, la complimente-t-il.

— Toi aussi. »

Il penche la tête.

« Trinquons à cette représentation, déclare-t-il. Toi et moi. »

Il tient toujours sa main dans la sienne.

Elle se hâte de rejoindre sa loge, consciente d'être heureuse, que quelque chose a été accompli ce soir, qu'une question qu'elle se posait jeune femme a trouvé sa réponse. Qu'elle en est capable, que ça en vaut la peine. Qu'elle n'a pas fait preuve de naïveté, de bêtise ni d'ignorance.

Alors qu'elle déboutonne son costume, son portable vibre et elle voit un message de Nathan.

Je suis là.

Elle regarde fixement ce SMS, puis son propre reflet dans le miroir. Elle y voit sa silhouette : la tenue d'Éléna pour le dernier acte, un long manteau sombre, les boutons attachés jusqu'au cou, les cheveux remontés. Elle voit la façon dont ses lèvres sont gonflées, la fente de ses yeux, sa poitrine qui se soulève et redescend au rythme de sa respiration.

Elle ne répond pas au message : elle sait qu'il attendra.

Elle finit de déboutonner son costume puis le fait glisser, le suspend au portant, se dirige vers le lavabo et s'asperge le cou. Elle enfile son jean et son haut. Son maquillage, elle le laisse tel quel : légèrement baveux autour des yeux. Quand elle retire les épingles de ses cheveux, ses mèches tombent en vagues dans son dos.

Du sang de sirène coule dans vos veines.

Elle s'empare de son sac et se rend au bar. Nathan est seul à une table dans un coin. Elle s'approche lentement. Il se lève avant qu'elle puisse prononcer un mot. Son expression est un mélange de nervosité et d'admiration.

Il porte une chemise bleue aux manches retroussées. Elle remarque ce détail. Elle remarque ses avant-bras. La façon dont sa main se porte à sa poitrine quand il parle, renvoyant à son cœur. La façon dont le col de sa chemise est ouvert.

Elle incline la tête : ce soir c'est une reine, elle accepte son hommage. Alors qu'elle s'assied devant lui, elle ressent son propre corps, les endroits où la peau touche les vêtements, la dureté de ses tétons, le picotement de son crâne. Il y a une bouteille de vin débouchée sur la table, il la soulève, lui sert un verre généreux, elle le remercie d'un signe de tête. Derrière la courbe de son épaule elle voit Johnny seul au bar, deux verres devant lui. Il regarde dans sa direction, elle voit ses yeux glisser sur elle et Nathan, puis revenir sur elle, l'éraflant d'une question. Elle n'y répond pas : non, elle se détourne vers son vin, épais et rouge, on dirait du sang.

Elle voit le pouls battre au cou de Nathan. Sa bouche, un peu tachée par le vin. L'envergure de ses mains sur la table devant elle.

Elle boit son vin, il boit le sien, ils discutent mais elle ne sait pas trop, au juste, de quoi. Quand son verre est vide il lui demande si elle en veut un autre. À un moment donné la bouteille est terminée. Elle lève la tête et constate que Johnny a quitté le bar sans dire au revoir. Elle enregistre cette information, de loin.

« On pourrait rentrer, propose-t-elle en se tournant vers Nathan. On pourrait rentrer chez moi. »

Et comme tout le reste ce soir, c'est étonnamment facile à dire.

En chemin il est prolixe, mais à mesure que le métro approche de leur arrêt, les mots s'amenuisent et il tombe dans le silence. Elle le surprend en train de se regarder dans la vitre. Ils marchent vite, sans parler, à travers le parc. Dans son salon, elle s'affaire, allume les lumières, tandis que Nathan reste planté au milieu de la pièce.

« Tu veux un autre verre ? demande-t-elle.

— OK. »

Il parle d'une voix grave, un peu cassée.

Elle va dans la cuisine, sans allumer. Il y a une bouteille de whisky au fond de son placard, elle la sort, sert un doigt dans deux verres.

Il y a un bruit dans son dos : Nathan, qui l'a suivie, se tient derrière elle. Il lui dégage les cheveux de la nuque et les tient dans son poing. Il se penche sur elle, elle sent sa bouche au croisement des épaules et du cou. Puis il l'appuie délicatement contre le mur.

« S'il te plaît, dit-il, ne parle pas. »

Elle ne parle pas. Non, elle se retourne vers lui et lui offre sa bouche.

Le lendemain matin, une fois qu'il est parti travailler, allongée dans son lit, elle pense à lui. Elle le sent encore : son poids sur elle, l'expression de son visage quand elle était au-dessus de lui, la sensation de l'avoir en elle. À ce souvenir, le désir lui soulève à nouveau le cœur, et quand elle se touche elle est inondée, gonflée, glissante de sexe.

Elle sort prendre un café et s'assied dans la lumière falote du soleil, serrant sa tasse à deux mains. Elle sait qu'il n'est pas prudent d'être ici, avec ces sensations, à quelques rues seulement de l'appartement d'Hannah. Elle sait qu'elle a encore son odeur sur elle, elle sait qu'elle en est imbibée. Les hommes la dévisagent. Elle est une batterie qui vient d'être rechargée. C'est une simple question d'électricité : la moralité n'entre pas en jeu. Ses sensations sont empreintes d'une dangereuse et chatoyante exultation.

Hannah

Elle se met à dormir dans la petite chambre. Ici, les bruits sont différents de ceux auxquels elle était habituée – elle entend le vent dans les arbres, les bruits du canal : les vélos qui jouent les crécelles sur les pavés descellés, les glapissements entrecoupés des renards, les cris et les rires d'ados bourrés. Allongée sans dormir, elle contemple les jeux de lumière sur le plafond, et quand elle dort, c'est d'un sommeil léger où ses rêves sont remplis d'étranges choses méconnaissables.

Le matin, pendant quelques instants, elle est désorientée, allongée là toute seule dans ce lit, et soudain elle se souvient : Nathan est parti, son mari est parti et, pour la première fois depuis plus de treize ans, elle ne sait pas où il est.

Dehors, compressée par la ville hivernale, elle se sent frêle. Elle oublie de faire les courses, mange peu, de petites bouchées de nourriture qu'elle trouve dans ses placards : cracker beurré, quartier de pomme. Il n'y a pas de plaisir à cuisiner pour soi. Elle maigrit. Elle le sait mais elle s'en fiche : rien ne l'oblige à prendre soin d'elle-même, pas d'avenir à préserver, pas de limites à ne pas franchir.

Elle reçoit un SMS de son frère. *Elle est arrivée ! Rosie Eleanor Grey.* La photo d'un ballotin d'humanité ridé serré dans les bras de son frère. Sa nièce.

Elle répond. *Félicitations !! J'ai hâte de la rencontrer.*

Tu viens toujours à Noël ? demande son frère.

Oui ! Trop hâte ! ment-elle.

Le lendemain matin elle écrit à son travail pour dire qu'elle est malade : un virus, elle a besoin de repos. La météo a de nouveau changé, il fait un froid cinglant. Elle allume la radio sans vraiment l'écouter. Elle se déplace lentement dans cet espace qui, malgré tous les repères de sa vie d'avant – les mêmes pièces, le même mobilier, les mêmes livres sur les mêmes étagères –, lui est totalement étranger. Elle est arrivée à une destination, mais c'est un endroit inconnu. Elle a conscience d'avoir mal, mais cette douleur est tellement vaste qu'elle la dépasse. Il n'y a pas de réconfort dehors, dans le ciel, l'herbe, les animaux et les arbres. Elle n'est pas comme eux. Elle ne peut pas se multiplier : elle est une aberration, en marge de la nature, alors elle sait qu'il vaut mieux être là-haut, seule.

Parfois il y a des enfants dans le parc en dessous. À cette distance, ce sont de petits paquets d'énergie, tressautants, joyeux, indomptés. Ils font de la trottinette dans les allées. Ils restent dans le sillage de leurs parents, s'arrêtent pour ramasser des cailloux, les regarder. Elle observe les enfants regarder ces cailloux et leurs parents qui, la plupart du temps, reviennent vite vers eux, les attrapent par le poignet et les relèvent de force. Si elle avait un enfant, songe-t-elle, elle ne presserait pas, ne tirerait pas, elle se baisserait au sol et, accroupie à ses côtés, elle regarderait les cailloux.

Dehors le monde continue à tourner, Noël se dessine avec son inéluctabilité tapageuse. Elle avait dit qu'elle irait chez Jim et Hayley, mais aujourd'hui elle aimerait refuser l'invitation chez son frère. Seulement elle a donné sa parole, et il y a des cadeaux à acheter : pour ses parents, Jim, Hayley, Rosie. Après le travail, elle marche en direction de Covent Garden, slalomant entre les touristes, les chanteurs de chants de Noël, tous emmitouflés contre le froid, mais elle n'achète pas de cadeaux. Non, elle erre dans des magasins de prêt-à-porter, où elle essaie des vêtements que d'habitude elle ne mettrait jamais : une robe longue imprimée d'un motif de vignes grimpantes, des boucles d'oreilles qui lui effleurent les épaules, des bottes à talons hauts couleur sang. Son reflet la surprend : sa frange qui lui tombe comme ça dans les yeux. Voilà des mois qu'elle ne l'a pas fait couper. Peut-être, songe-t-elle, va-t-elle se laisser pousser les cheveux. Peut-être qu'elle va se raser à blanc.

Par un après-midi glacial, sur Long Acre, son regard est attiré par une enfant dans une poussette : une petite fille. La fillette sourit jusqu'aux oreilles, glousse, frappe dans ses mains. La poussette s'arrête et Hannah lève la tête. La femme qui pousse l'enfant la dévisage, la tête penchée sur le côté.

« Je suis désolée, s'excuse Hannah.

— Pourquoi donc ? » réplique la femme.

Il y a chez elle quelque chose du corbeau, quelque chose de déstabilisant dans son regard.

Hannah enfonce les mains dans ses poches.

« Je voulais juste... »

La fillette babille, absorbée par son reflet dans la vitrine du magasin à côté d'elle. Elle a des joues comme les enfants dans les livres d'images. De grandes mains fortes creusées de fossettes.

« Vous avez besoin de guérir ? demande la femme.

— Pardon ? »

Hannah reporte brusquement les yeux sur la femme.

« Vous avez besoin de guérir ? répète la femme. Je peux peut-être vous aider ? »

La femme plonge la main à l'arrière de la poussette et extrait d'une petite liasse une feuille de papier imprimée.

« Tenez, dit-elle en tendant le prospectus.

Prenez-le », insiste-t-elle d'un ton étonnamment brusque.

Hannah obéit, tend la main, s'en saisit, le plie en deux.

La femme hoche la tête puis, comme si elle détenait le pouvoir absolu dans ce jeu de regards, porte les yeux droit devant elle et continue son chemin.

À l'entrée du métro, Hannah se rend compte qu'elle est essoufflée, comme si elle avait couru. Elle tire le papier de sa poche, voit un prospectus d'apparence banale : un truc conçu sur un PC à la maison. Il vante les pouvoirs guérisseurs de Lindsay McCormack. Il y a une photo du visage cireux de Lindsay dans un gros plan troublant, et une adresse, quelque part en limite extrême de West London. Elle le fourre tout au fond de son sac. Plus tard, cependant, de retour chez elle, elle le ressort et le contemple à la lumière de la lampe dans la petite chambre : photos floues de silhouettes féminines et d'arbres, un texte en couleur difficile à lire. Le témoignage d'un homme qui souffrait de douleurs chroniques et qui se sent désormais beaucoup mieux. Le tout mal agencé, absolument rien d'un tant soit peu attrayant.

Et pourtant.

Elle décroche son téléphone, appelle sur la ligne fixe. On répond vite.

« Allô ?

— Oh, allô. Je vous ai vue. Aujourd'hui. À Covent Garden. Vous m'avez donné votre prospectus.

— Oui ? »

La femme semble épuisée, on entend les pleurs d'un enfant en fond sonore.

« Oui, je me rappelle.

— Je me demandais si vous aviez de la place.

— De la place ?

— Pour me voir, je veux dire.

— Ah. Oui. Demain matin, ça vous irait ? »

Elle dit à son travail qu'elle a un rendez-vous chez le dentiste – un plombage en urgence – puis, juste après l'heure de pointe, elle prend le métro en direction de l'ouest jusqu'au terminus.

L'adresse est au fin fond d'un lotissement labyrinthique, une maison mitoyenne disgracieuse avec un carré boueux en guise de jardin. Un tricycle rouille sur les marches, décoré de franges violettes détrempées. Hannah appuie sur la sonnette et scrute l'intérieur par la vitre dépolie. Au début, il n'y a pas un bruit, pas un mouvement, alors elle se dit qu'elle s'est peut-être trompée de numéro – puis la femme arrive à la porte. Elle est enveloppée dans un gilet couleur porridge, les cheveux rassemblés en un chignon négligé.

« Entrez. »

Elle conduit Hannah dans un couloir sombre qui débouche sur une petite pièce avec une table et deux couvertures.

« Installez-vous », l'invite la femme en tapotant la table.

La pièce est glaciale à tous les sens du terme.

« Ça vous embête, dit Hannah depuis le seuil, si je vais aux toilettes ? »

Un soupçon d'agacement traverse le visage de la femme.

« Première à droite. »

Hannah s'enferme aux toilettes et se regarde dans la glace. Malgré ses joues rouges, ses lèvres sont pâles, formant une ligne serrée. Que fait-elle ici ? Elle a l'étrange et dérangeante sensation d'avoir été convoquée, ou d'avoir convoqué cette femme du plus profond de son subconscient : que cette femme détient une sorte de pouvoir surnaturel, que si elle retourne dans cette pièce froide, elle risque de ne jamais revenir, de ne jamais quitter cet endroit sans joie. Elle urine, tire la chasse puis se lave les mains avec le petit bout de savon dur. Dans le couloir, elle hésite : il est encore temps de s'enfuir.

Mais la femme est là. Elle tend les mains pour lui prendre son manteau, qu'elle accroche à l'arrière de la porte.

« Allez, installez-vous », répète-t-elle en désignant la table.

Hannah se déleste de ses chaussures et s'exécute. C'est froid. Devrait-elle lui dire à quel point il fait froid ici ? La femme est emmitouflée dans son gilet, mais Hannah ne porte que la robe qu'elle met au travail. Elle tire la couverture sur ses genoux. Le tissu grésille et s'accroche à ses collants.

« Alors, commence la femme, la tête penchée d'un côté. Qu'est-ce qui vous amène ici ? »

Hannah a les lèvres sèches. Elle se passe la langue dessus.

« C'était bizarre. Que vous m'abordiez... et... et... ça ne me ressemble pas, mais alors pas du tout, mais je me suis sentie obligée d'appeler. »

La femme hoche la tête.

« Je l'ai senti, dit-elle.

— Senti quoi ? demande Hannah.

— Votre besoin.

— Besoin de quoi ? »

La femme réfléchit, remue sur son siège.

« D'un enfant.

— Ah », dit Hannah avant de retomber dans le silence.

L'excitation, la peur lui picotent la peau.

« Racontez-moi, dit la femme.

— Je… on a essayé. Longtemps. Pendant trois ans, et rien. Ensuite on a commencé la FIV. Je suis tombée enceinte. Et j'ai perdu le bébé. Après on a réessayé. La FIV. Et maintenant mon mari m'a quittée. »

La femme hoche la tête, comme si rien de tout ça ne la surprenait.

« Parfois, reprend Hannah, j'ai l'impression d'être maudite. Je ne comprends pas pourquoi je devrais être maudite. »

Elle bafouille à présent, elle dit n'importe quoi.

« J'essaie d'être gentille. »

La femme la dévisage. Hannah garde le silence un instant, puis :

« Il fait froid », dit-elle.

La femme se lève et monte d'un cran le thermostat du radiateur.

« J'éteins le chauffage la journée.

— Vous ne chauffez pas ? Quand vous avez des clients ? Des patients ?

— En général ils aiment bien les couvertures.

— Oh.

— Vous en voulez une autre ? »

Elle regarde la couverture brillante et désagréable sur ses genoux.

« Non. Merci. »

La femme retrousse ses manches. Elle prend les chevilles d'Hannah entre ses mains. Ses paumes ne sont pas chaudes.

« Très bien, dit-elle. Je vais travailler sur vous.

— Travailler sur moi ?

— Allongez-vous et détendez-vous. »

Les yeux de la femme commencent à se révulser. Elle hoche la tête, comme si le contact des pieds d'Hannah, de ses chevilles, venait confirmer ses soupçons. Les yeux de la femme sont fermés à présent, elle semble écouter.

« Hummmm. Hummmm. »

La femme émet un fredonnement grave.

« Hummmm. Hummm. Hummm. »

Hannah regarde par la fenêtre le morne jardinet.

« Est-ce que je suis maudite ? demande-t-elle à la femme. Vous pouvez me dire si je suis maudite ? »

Mais elle ne sait pas trop si elle a parlé ou non, si elle a prononcé ces mots ou si elle les a simplement pensés.

Lissa

Pour la dernière, les acteurs sortent tous ensemble, achètent du saumon, de l'aneth, du fromage frais, des crackers et de la vodka et, un par un, une fois leur dernière scène terminée, se rendent dans la loge des hommes pour boire des shots – *Nostrovia !* Quand le moment du rappel arrive ils sont tous pompettes, et quand le dernier salut a été fait, ils s'entassent dans la loge, tous encore dans leurs costumes, et obligent Johnny et Helen – les derniers à être restés sur scène – à boire trois shots chacun pour rattraper leur retard.

Klara vient les serrer dans ses bras l'un après l'autre. L'équipe technique boit de la bière et du cidre tandis que les acteurs restent à la vodka, en chantant en boucle leur chanson russe – jusqu'à ce que même les machinistes se joignent à eux. Quelqu'un met de la dance music, et la loge se transforme en débit de boissons clandestin où le bruit se mue en vacarme.

Lissa consulte son portable. Elle n'a reçu qu'un seul message de Nathan depuis jeudi.

Pas de regrets.

Au début elle l'a lu comme une question, mais se rendant compte qu'il s'agissait d'une affirmation, elle a répondu : *Aucun.*

La musique a changé – Greg a pris le contrôle de la chaîne et passe de vieilles chansons dansantes des années 1930 –, deux par deux, les acteurs se font tournoyer sur la piste.

« Lissa. »

Johnny est devant elle, main tendue.

« M'accorderais-tu cette danse ? »

Elle lui prend la main, il l'aide à se lever. Elle est saoule, songe-t-elle, alors elle s'appuie sur lui pour garder l'équilibre tandis qu'il la fait tourner dans la pièce. Elle ferme un instant les yeux, savoure sa proximité, sa chaleur, son odeur de tabac et de savon.

« Je suis désolée, dit-elle dans sa poitrine.

— Pourquoi ?

— L'autre soir. Je t'ai posé un lapin au bar.

— Pas grave. »

La voix de Johnny roule contre son oreille.

« C'est ton copain ? »

Elle fait un geste entre un haussement d'épaules et une secousse de la tête.

« C'est compliqué.

— Ça l'est toujours, non ? »

Ils se figent et il recule un instant, la contemple à bout de bras. Il lui glisse une mèche derrière l'oreille.

« Ç'a été un plaisir, puce. Tiens. »

Il sort un bout de papier, griffonne dessus un numéro.

« Juste histoire que tu l'aies, précise-t-il en le lui tendant. Prends soin de toi, d'accord ?

— Je vais essayer.

— Ça ne me regarde pas, ajoute-t-il doucement. Je sais. »

Il lui soulève alors la main avec ce même geste courtois, pose ses lèvres sur ses phalanges, puis tourne les talons. Elle le regarde passer son sac en cuir noir sur son épaule avant de s'éclipser sans s'encombrer d'au revoir.

De l'autre côté de la pièce, Michael et Helen s'embrassent, les mains dans les cheveux. Lissa consulte à nouveau son portable. Le sable a presque fini de s'écouler – bientôt la magie n'opérera plus et la pièce sera véritablement terminée. Bientôt la nuit touchera à sa fin et il ne restera plus que l'appartement et le centre d'appels, elle ne sera plus une reine.

Du sang de sirène.

Elle sort discrètement de la loge, parcourt le couloir plongé dans l'obscurité. Au bout de quelques pas, elle s'arrête pour appeler Nathan. Il décroche à la deuxième sonnerie.

« Liss ? »

Là où il est, c'est calme.

« J'ai envie de toi, dit-elle. Tu peux venir ici ? Maintenant ? »

Il y a un silence, puis :

« Tu es où ?

— Au théâtre.

— Tu vas y rester combien de temps ?

— Une heure. Peut-être plus.

— J'arrive. »

Elle raccroche le téléphone, le tient délicatement dans sa paume. Entend sa respiration dans le couloir. C'est comme si elle avait fait un pas hors de sa peau, dans un lieu en apesanteur, où seule existe la logique du désir. Elle ne ressent aucune culpabilité, juste de l'intérêt. Elle se demande si ce serait aussi facile de tuer.

À vingt-trois heures trente, son portable vibre dans sa poche, elle s'éclipse discrètement, traverse le bar où le personnel est en train de nettoyer, rejoint Nathan qui attend dehors dans la rue, recroquevillé dans son manteau d'hiver, fumant une cigarette dont la fumée forme un panache dans l'air glacial. Il a commencé à neiger, les flocons dégringolent du ciel. Le sol est déjà recouvert d'une couche de plusieurs centimètres.

Elle s'avance, lui prend sa cigarette des lèvres, la porte à sa bouche. La fumée lui pénètre d'un coup dans le sang, se mélangeant avec l'alcool, bravant le froid, la faisant chanceler.

« Tu es toujours elle », constate-t-il.

Elle se regarde : son manteau en velours, ses bottines. Elle avait oublié qu'elle portait son costume.

« Oui », répond-elle, et elle voit à quel point ça le réjouit – à quel point ça l'excite. « Oui, je suis toujours elle. »

Il lui saisit le poignet et l'attire à lui. Sa bouche a un goût de fumée. Elle le sent contre elle, déjà dur.

« Où est-ce qu'on peut aller ? demande-t-il.

— Ici. Tu peux venir ici. »

Elle lui fait traverser le bar jusqu'au couloir obscur qui mène à la loge des femmes, vide, les lumières éteintes. Bientôt les actrices seront de retour et retireront leurs costumes, sortiront dans la nuit, mais pour le moment elles sont occupées : elle entend la fête se poursuivre, les hommes danser le kazachok, elle entend le boum, boum de leurs talons sur le sol.

Elle s'assied sur la table et soulève ses longs et lourds jupons, sent l'air frais sur ses cuisses. Nathan se penche vers elle, pose sa bouche sur sa chair. Il y a le choc froid de sa joue, la chaleur de sa bouche, sa langue. Quand il se met debout devant elle, elle s'ouvre pour lui, et il lui écarte les jambes.

Entre filles

2008

Hannah se marie. Elle ne veut pas d'enterrement de vie de jeune fille. Non, elle veut partir en vacances avec Lissa et Cate. Le mariage étant en mai, elle se dit que la Grèce serait l'endroit idéal fin avril. Elle cale les dates avec les autres et passe des heures à chercher un endroit où séjourner – finissant par réserver une villa avec piscine sur l'une des îles, près de la plage, pour une semaine. C'est cher, mais pas exorbitant. Elle a récemment obtenu une promotion au travail – comme elle sait qu'aucune de ses amies ne gagne beaucoup, elle ne leur demande aucune participation aux frais. Et ça l'électrise, d'offrir ça à ses amies, ses meilleures amies, ses témoins, Lissa et Cate.

À l'aéroport, elles s'amusent. Elles essaient différents parfums et lunettes de soleil. Elles boivent du champagne au bar à champagne. Elles rigolent devant le film d'horreur criard du capitalisme avancé, mais en réalité elles en profitent. Elles sont tellement occupées à en profiter qu'elles sont à deux doigts de rater leur avion.

La villa est magnifique. Elles ont chacune leur chambre, leur propre salle de bains. Les serviettes sont moelleuses, les draps de qualité supérieure. Hannah prend plaisir à regarder ses amies courir partout sur le sol carrelé en poussant des cris perçants, comme des petites filles, ouvrant les placards, trouvant des chocolats, du vin et des fruits. Elles sont toutes incroyablement touchées que les propriétaires leur aient laissé une bouteille de vin bon marché. Elles la boivent au goulot, enfilent leur maillot et sautent dans la piscine.

Elles font la grasse matinée. Prennent des petits déjeuners à rallonge à base de yaourt, de miel, de noix, de pain grillé et de café fort. Elles placent leurs chaises face au soleil. Il fait vingt-deux degrés à dix heures du matin. À midi, il en fait vingt-cinq. Il y a des fleurs des champs partout. Elles s'accordent à dire que c'est la meilleure période de l'année pour aller en Grèce.

Les après-midi, elles vont à la plage, une petite marche sur un sentier caillouteux qui embaume le thym. Elles prennent des livres, louent des transats et nagent dans la mer bleue.

Elles se passent mutuellement de la crème sur le dos, en poussant des exclamations bienveillantes sur la douceur de leur peau. Elles déjeunent dans des paillotes assemblées avec trois bouts de bois flotté, qui servent l'inévitable mais délicieuse salade grecque émaillée d'origan. Elles boivent du retsina sec servi dans de petites carafes en verre embuées de condensation sous l'effet de la chaleur.

Le soir, elles vont au restaurant. Elles en essaient plusieurs puis arrêtent leur choix sur un qu'elles aiment bien et s'y rendent chaque jour : un petit resto mignon avec vue sur le port. À l'occasion de ces sorties, elles s'habillent avec soin, même si les restaurants ne sont que des tavernes de village : elles mettent des robes, se maquillent, ornent leurs oreilles de boucles.

Durant ces vacances, elles se font paisibles. Elles vont se coucher tôt. S'imbibent de soleil. Se rappellent l'aisance de leur cohabitation. Cette escapade leur réussit.

Mais alors que la semaine touche à sa fin, des aspérités apparaissent dans ce bonheur. Lissa pense au centre d'appels et se rend compte qu'elle a oublié de réserver des plages de service pour la semaine de son retour. Résultat, elle n'aura pas de quoi payer son loyer. Résultat, elle devra encore demander à Declan. Or Declan commence à se lasser de ces requêtes, elle le sait. Tout comme il commence à se lasser d'elle.

Le dernier jour, Lissa se contemple dans le miroir baigné de soleil matinal. Elle sait qu'elle est belle, elle l'a toujours su, mais à présent qu'elle a la trentaine, cette beauté qui était jadis une chose abondante, une chose qu'elle gâchait avec les cigarettes, l'alcool, les nuits à rallonge, le café et aucun exercice physique à proprement parler, lui apparaît comme une ressource non renouvelable, une ressource dont elle doit se préoccuper, prendre plus grand soin. Or ce soin, semblerait-il, coûte de l'argent, de l'argent qu'elle n'a pas. Plus d'une fois, dernièrement, elle s'est retrouvée devant la caisse de la parapharmacie chez Boots, Selfridges ou Liberty's avec une crème pour le visage hors de prix à la main. Plus d'une fois elle a envisagé de glisser cette crème pour le visage hors de prix dans son sac.

La semaine dernière, son agente l'a plantée.

Ce genre d'opportunités, Lissa, l'a-t-elle sermonnée au téléphone, ça se trouve pas sous le sabot d'un cheval pour les gens de ton âge. Je suis désolée. Ce n'est juste plus possible de te représenter.

Dans la glace, la bouche de Lissa est contractée en

une mince ligne. Elle est en colère. En colère contre Cate. Elle ne peut pas s'empêcher de la tenir pour responsable de ce qui s'est passé. Et aussi en colère – même si elle sait que c'est injuste – contre Hannah et sa générosité, cette villa, ces vacances. Elle aimerait que ce soit elle qui puisse être généreuse, qui puisse faire plaisir à ses amies. Mais Hannah est gentille. Hannah est dévouée. Hannah travaille dur, elle est donc récompensée à sa juste valeur. Alors que Lissa est fauchée. C'est peut-être sa beauté qui est en cause. Sa beauté, ce don qu'elle n'a pas demandé. Peut-être que ça l'a pervertie, rendue paresseuse. Trop exigeante envers la vie.

La semaine dernière, avant de venir ici, elle a acheté une robe chez Liberty's avec sa carte de crédit, une robe portefeuille en crêpe de Chine. Avec un imprimé de fleurs japonaises. Elle l'a apportée mais elle sait qu'elle ne la mettra pas. La robe reste au fond de sa valise. C'est la tenue de quelqu'un qui a réussi des choses qu'elle n'a pas réussies. Qui mène une vie qui, commence-t-elle à croire, ne lui est pas destinée.

Le dernier jour des vacances, Lissa insiste pour qu'elles aillent boire des cocktails. Elle a repéré un petit bar planqué dans une ruelle. Elles y vont et boivent des kirs royaux et d'autres cocktails à base de champagne dans la salle sombre. Elles en prennent trois chacune mais elles ne se sentent pas saoules, juste joyeuses, tandis qu'elles se dirigent via les petites rues vers le port et leur restaurant. C'est leur restaurant désormais. Elles commandent du vin qu'elles boivent vite, puis en recommandent. Elles mangent du pain trempé dans l'huile d'olive et le sel, boivent encore du vin. Elles commencent à se sentir saoules.

Alors, dit Lissa en allumant une cigarette. C'est quoi la suite ? Elle s'adresse à Hannah.

Comment ça ?

Eh bah, après votre mariage. Vous allez avoir des enfants ?

J'imagine, répond Hannah. Oui.

Nathan en veut ?

Oui. Je crois que oui.

Tu crois que oui ?

Oui, répond Hannah. Il en veut.

D'accord. Lissa hoche la tête.

Quoi ? fait Hannah.

Rien, dit Lissa.

Quoi ? Pourquoi tu fais cette tête ?

C'est juste que, c'est un sacré truc, non ? D'avoir des gamins. Tu crois pas que tu devrais y réfléchir un peu plus que ça ?

Il se trouve que j'y ai réfléchi. J'y ai beaucoup réfléchi. Et je veux des enfants. Et toi ? Tu veux des gamins ?

Non.

Non ? Juste non ?

Ouais.

Tu ne penses pas que tu devrais considérer la question un peu plus ? Et si tu le regrettais ?

Bien sûr, rétorque Lissa en rejetant la fumée de sa cigarette dans l'air du soir. Je vais la considérer, la question : je ne veux pas d'enfants parce que je pense qu'il faut vraiment, vraiment en vouloir pour en avoir. Et si tu aspires à autre chose dans ta vie, alors peut-être qu'il vaut mieux s'y consacrer entièrement. Je l'ai assez constaté avec ma mère.

Qu'est-ce que tu veux dire ? demande Hannah.

J'étais en travers de son chemin. Pour tout : son art,

*sa vie. Son putain d'*activisme. *Elle n'aurait jamais dû m'avoir. Tout le monde s'en serait porté beaucoup mieux.*

Oh, je t'en prie, s'agace Hannah. Ne sois pas ridicule. Ta mère est formidable.

Ah oui ? fait Lissa. Bien sûr. Bien sûr qu'elle l'est, Hannah, tu en sais quelque chose. Puisque tu la connais si bien.

Hannah dévisage son amie. Elle a rarement vu ce côté-là chez elle. Ce caillé d'ivrogne. Cette amertume.

Arrête, Lissa, intervient Cate. Fiche-lui la paix.

Oh ? Que je lui fiche la paix ? Lissa se tourne vers Cate, les dents sanguinolentes de vin. Et moi alors ? Et si tu me fichais la paix à moi, Cate ? Cate la boussole morale. Qui nous indique à toutes le droit chemin. Tu te prends pour une sainte ou quoi, putain ? À qui la faute si j'ai pas décroché ce rôle ?

Pas à moi, réplique Cate.

Va te faire foutre, crache Lissa.

Hannah regarde Cate vaciller en arrière comme sous l'effet d'une gifle.

Puis : Je vais te dire pourquoi tu ne veux pas d'enfants, Lissa, lance Cate, en replongeant dans la mêlée. Parce que tu es fondamentalement égoïste. Parce que tu ne voudras jamais faire passer quelqu'un d'autre avant toi.

Elles ne s'étaient jamais disputées avant, Cate et Lissa. Pas comme ça. C'est grisant. Avec le vin, les cigarettes, la douce soirée printanière, c'est comme une drogue. Elles en redemandent. Elles pourraient s'imaginer se bagarrer dans la rue. S'arracher les cheveux. Se déchirer des bouts de peau avec les dents.

Hannah les observe. Il y a quelque chose d'érotique,

songe-t-elle, dans leur dispute. Elle se sent étrangement dépossédée.

Les gens les regardent. Ces trois Anglaises avec leurs habits excentriques, leurs voix haut perchées et leurs bouteilles de vin vides. Quelle grossièreté. Quelle intempérance.

2010

Cate

Depuis le dîner, Sam refuse de croiser son regard. Le matin il dort, se réveille juste avant de quitter la maison pour travailler, puis reste dehors de plus en plus tard après ses services. Malgré tout, souvent elle veille encore, même quand il rentre à une, deux, trois heures du matin. Elle ne va pas le voir.

Elle a appelé Hannah mais Hannah n'a pas décroché. Elle lui a envoyé des messages : *On peut parler ? Appelle-moi quand tu te sentiras prête. Han, il faut qu'on parle, appelle-moi. S'il te plaît.* Hannah n'a pas répondu.

Elle se rappelle le visage de son amie sur le pont. La manière froide et saccadée dont elle s'exprimait. Sa douleur en lame de couteau.

Elle a envie de dire pardon, mais elle a envie de dire, aussi, que ce n'est pas juste. Qu'Hannah ne lui ait rien confié – ne lui ait pas laissé la chance de se comporter comme il fallait.

La seule personne à lui avoir fait signe c'est Dea.

Réunion d'urgence du Mum Club ? Quand tu veux. Tu n'as qu'un mot à dire.

Elle ne lui a pas répondu.

Les journées sont courtes, amères, elle reste à l'intérieur, le chauffage allumé à fond. Tom est grincheux, il lui renvoie son propre malaise, et sa patience avec lui s'étiole. Elle lui crie souvent dessus, souvent il pleure. Alors elle crie encore plus. Quand il lui arrive de sortir, les trottoirs sont glacés, traîtres. Des chanteurs de cantiques de Noël poussent leurs voix aiguës vers les flèches du centre-ville. On vend des sapins dans les garages de Wincheap – ligotés dans du plastique. Les étudiants occupent toujours le Sénat. Les branches humides et noires des arbres.

Le week-end, Sam se lève tôt et prépare Tom lui-même. Ils viennent la voir alors qu'elle est au lit, Tom habillé n'importe comment avec un pull mal ajusté qui lui couvre tout juste le ventre.

« On sort, annonce Sam.

— Où ça ?

— Chez Mark et Tamsin. Maman sera là.

— OK. J'imagine que je ne suis pas la bienvenue, alors.

— Non, j'imagine que non. »

Une fois qu'ils sont partis elle sort son ordinateur. Consulte ses mails. Reprends ses recherches sur Lucy Skein. Rien.

Elle laisse les rideaux tirés et se renfonce dans son lit.

Le bruit de la porte d'entrée la réveille en fin d'après-midi. Elle enfile un pantalon de survêtement et un sweat, descend l'escalier, voit Tom endormi dans sa poussette dans le couloir, trouve Sam dans la cuisine, assis à la table, un petit sac à fermeture éclair devant lui.

« Tu t'en vas ?

— Ne prends pas tes rêves pour des réalités. C'est de la part de Tamsin. Pour Tom. Ils ne vont plus à Jack. »

Cate ouvre le sac. Une pile de vêtements, pliés avec soin. L'odeur de propre est agressive.

« C'est gentil de sa part.

— Bah ouais. Elle est très gentille. Mais libre à toi de les rendre. Enfin quoi, faudrait pas que ma famille s'immisce trop. Contamine l'atmosphère.

— Sam… »

Il lève une main.

« Attends », l'interrompt-il.

Il s'en va, monte à l'étage. Elle entend ses pas au-dessus de sa tête. Il redescend avec le sac de la pharmacie à la main.

« C'est quoi, ça ?

— Ce sont des cachets, répond-elle platement. Des antidépresseurs.

— Et tu les prends ?

— Non.

— Tu ne penses pas que tu pourrais en avoir besoin ?

— Non. Si. Je ne sais pas. »

Elle secoue la tête.

« Je suis désolée, dit-elle.

— De quoi ? De t'être mariée avec moi ? D'avoir dit que je n'étais pas hyper intelligent ? »

Il a les traits décomposés.

« J'ai juste… je crois que je suis un peu perdue.

— À propos de quoi ?

— Moi. Toi. Tout. »

Elle regarde le sol.

« Il y a quelqu'un…

— Quelqu'un d'autre ?

— Pas comme ça.

— Comme quoi alors ? Comme quoi ? »

Il frappe du poing sur la table.

« Allez, Cate. Autant me le dire, au point où on en est. »

Derrière elle, dans le couloir, Tom remue, pleurniche, puis s'apaise à nouveau.

« Quelqu'un que j'ai connu, explique-t-elle. Il y a longtemps. Je pense à elle ces derniers temps. Beaucoup. C'est tout. »

Sam hoche la tête.

« OK. Une femme ?

— Oui.

— Alors quoi, t'es gay maintenant ?

— Non. Enfin… Je l'étais. Je ne l'étais pas. C'était juste elle. Juste Lucy. Juste, je l'aimais. »

Il la regarde longuement.

« OK, dit-il. C'était quand, ça ?

— Il y a onze ans.

— Et elle est où maintenant ?

— Je ne sais pas.

— Mais tu as envie de savoir.

— Je ne sais pas. »

Il la regarde longuement, puis hoche la tête, comme si quelque chose venait de se décider. Il se lève, sort une cannette de Red Bull du frigidaire.

« Je suis en retard pour le boulot. À ce soir. »

Le lendemain après-midi, quand Sam rentre à la maison, elle est en train de crier sur leur fils. Tom hurle, la moitié de son repas sur sa chaise haute, le reste par terre.

« J'appelle maman, lance-t-il en allant prendre Tom dans ses bras. Elle pourra s'en occuper demain. »

Le lendemain, Alice arrive avec Terry, Cate leur confie Tom. C'est une journée froide et limpide, le soleil est bas dans le ciel. Ils échangent peu de mots. Elle croit discerner du soulagement sur le visage de son fils. Après leur départ, elle ferme la porte et pleure. Une fois que les pleurs ont cessé elle monte à la salle de bains, sort le sac de médicaments, s'assied par terre avec les cachets entre les jambes. Dans sa poche son portable sonne. Dea. Il sonne, sonne, puis s'arrête. La vibration d'un message retentit dans le silence de la maison. Elle s'empare de son téléphone, écoute.

J'ai un feu de joie à surveiller. Tu fais quoi là tout de suite ?

Cate lève la tête vers la fenêtre, voit le soleil pâle, rappelle.

Le jardin ouvrier est étonnamment proche, juste de l'autre côté de la rivière. Il y a deux ou trois silhouettes éparpillées là, penchées sur la terre froide, mais elle repère aussitôt Dea, seule sur une parcelle un peu plus bas. Un petit feu est allumé, un tas de fougères et de feuilles à côté.

« Waouh, s'exclame Dea à l'approche de Cate. T'as vraiment une sale tête. »

Dea est vêtue d'une salopette en toile délavée, d'une parka, un bonnet sur la tête, un grand mug entre les mains.

« Merci.

— C'est toujours les conséquences de l'autre soir ? »

Cate hausse les épaules. Quelques vieilles chaises pliantes sont installées autour du feu. Au fond de la parcelle se dresse un cabanon à l'air branlant avec des soucis en pot devant la porte.

« C'est joli.

— Ouais, bah, je respecte ma part du marché, dit Dea en baissant les yeux sur sa tenue. Propriétaire lesbienne d'un jardin ouvrier. Salopette. Je coche tout un tas de cases. »

Cate esquisse un fantôme de sourire.

« Où est Nora ?

— Avec Zoe. Sa famille est déjà là pour Noël. Ils sont super, mais ils sont bruyants. Et la maison est petite. Où est Tom ?

— Avec Alice.

— Eh bien, reprend Dea en levant son mug, c'était un super dîner. Merci.

— Arrête.

— Non, vraiment, ça faisait un moment que je n'avais pas vécu quelque chose d'aussi palpitant. J'ai particulièrement aimé ta réplique sur les soldats poussés à bout. »

Dea lève son mug.

« Et ce Mark, là. C'était jubilatoire de te voir lui en mettre plein la tête.

— Contente que tu te sois amusée.

— Tu veux un thé ?

— Avec plaisir.

— Balance quelques ronciers dans le feu, lance Dea alors qu'elle se dirige vers le cabanon. Ils sont extrêmement jouissifs à brûler. »

Cate scrute le tas, puis s'empare d'une brassée épineuse qu'elle jette dans les flammes, regardant les brindilles vriller et se déformer dans la chaleur. Dea revient avec un mug de thé.

« Citronnelle, annonce-t-elle en le lui tendant.

— Merci.

— Le repas était délicieux, cela dit. Il a du talent, ton mari. Tu avais raison.

— On peut arrêter d'en parler, maintenant ?

— Pas de problème. »

Cate sirote son thé vert, délicatement parfumé, les yeux rivés sur les flammes. Il y a l'odeur sucrée de la fumée du feu de bois. Le cri des mouettes haut dans le ciel pâle.

« Je suis allée au Sénat aujourd'hui, raconte Dea. Pour voir si tout allait bien pour les étudiants. Ils ont coupé le chauffage là-bas. Les autorités universitaires. »

Elle secoue la tête.

« C'est barbare. Je leur ai apporté des couvertures. Ils en voudraient plus.

— Ils devraient sortir, réplique Cate d'un ton maussade.

— Oh ? Et pourquoi ?

— Qu'est-ce qu'ils vont changer ? Est-ce qu'il y a déjà des gens qui sont arrivés à changer quoi que ce soit ? »

Dea la considère.

« Tu sais bien comment c'est, poursuit Cate avec un haussement d'épaules. Les jeunes deviennent des vieux. Ils feront des compromis. On est tous pareils. On arrête de se battre. On capitule. On devient partie intégrante du problème.

— D'accord.

— La loi a été votée. Les Tories ont gagné. Si les étudiants ont froid, ils devraient rentrer chez eux. Aller voir leurs parents. Fêter Noël. Se réchauffer. Tu ne penses pas ?

— Non. Je ne suis pas sûre, non. Et je ne suis pas sûre que tu le penses non plus. »

Dea se dirige vers le tas de branchages, jette une brassée de ronciers dans le feu en dévisageant Cate à travers les flammes.

« Tu as fait des compromis, toi ? demande-t-elle. C'est ça, qui se passe ? »

Comme Cate ne répond pas, Dea s'accroupit pour s'occuper du feu avec un bâton, modifiant la disposition, ratissant les braises rougeoyantes.

« Je voulais te dire, reprend-elle au bout d'un moment. Il y a un poste qui se libère. À la fac. C'est juste un remplacement de congé maternité, mais j'ai pensé à toi.

— Quel genre de poste ?

— Travail social – dans tout le Kent. Aller dans les lycées pour aider les gamins à accéder aux études supérieures. On a quelques-unes des zones les plus pauvres de la Grande-Bretagne à notre porte : Sheppey, Medway. Je suis sûre que c'est fait pour toi. Ça pourrait être un boulot assez créatif, si tu y réfléchis un peu.

— OK. Donc les gamins pauvres peuvent aller à la fac et se retrouver endettés à hauteur de plusieurs milliers quand ils ont terminé ?

— Tu préférerais quoi ? Qu'ils n'y aillent pas du tout ? »

Cate garde le silence.

« Bref, les entretiens se feront juste après le Nouvel An : il faut quelqu'un qui commencera au printemps. »

Cate se retourne vers le feu.

« T'es qui ? Ma conseillère carrière ?

— Non, rétorque Dea en jetant un bâton dans les flammes. Juste une amie. »

Hannah

Dans la voiture pour aller chez Jim et Hayley, elle s'assied à l'arrière, derrière sa mère, la tête appuyée contre la vitre alors que la périphérie de la ville cède place aux villages, puis les villages à la lande, aux murs en pierres sèches, le tout couvert d'un épais manteau de neige. De temps à autre, son père freine pour éviter une grouse ou un mouton sur la route.

Son père chante joyeusement faux avec la radio, en frappant le volant en rythme, tandis que sa mère pouffe à coups de « allons allons » et secoue la tête. Ils sont excités d'aller rendre visite à leur fils, à leur petite-fille : enfin grands-parents.

Elle s'asseyait toujours de ce côté-là, pendant les vacances familiales : Jim à sa droite, cette vue exacte de l'arrière du crâne de son père. Souvent ils se chamaillaient. Une fois, se rappelle-t-elle, alors qu'ils se rendaient dans un camping au pays de Galles, son père, exaspéré, a fini par arrêter la voiture et leur a demandé de descendre sur le bas-côté. Puis il les a plantés là, muets, horrifiés, et il s'est écoulé cinq bonnes minutes avant qu'il ne fasse demi-tour. Maintenant son petit frère est papa. Bientôt, ce sera lui qui conduira sur la route des vacances familiales.

Ils se garent devant une maisonnette en pierre en limite de village ; elle a des murs épais et de petites fenêtres. Alors qu'ils descendent de voiture, Jim vient à leur rencontre dans l'allée. Il est plus gros que dans le souvenir d'Hannah – il a pris du poids –, ça lui va bien. Il se débrouille pour être partout à la fois : il ouvre la portière à sa mère tout en menant une conversation avec son père au sujet de la circulation en période de Noël et de la météo tout en serrant Hannah dans ses bras.

« Comment ça va, frangine ? »

Ses voyelles. Elle oublie toujours à quel point il est du Nord. Elle aimerait se réfugier là, dans ses bras, dans ses voyelles, un moment.

« Ça va, répond-elle dans son épaule. Ça va bien. »

Il les conduit à l'intérieur, dépose leurs bagages dans une entrée exiguë, un sapin de Noël dans un coin.

« Les chambres sont toutes à l'étage. Maman et toi vous êtes dans la première à droite, explique-t-il à son père, et toi tu es tout au bout, Han. Mais Hayley fait la sieste là-haut avec le bébé. »

Il frappe dans ses mains.

« Bon, alors. Qui veut boire un verre avant qu'elles se réveillent ? »

Il les sert tous, gin-tonic pour leur mère, un verre de vin pour Hannah, de la bière pour leur père, et elle voit comme il est fier, son frère, fier qu'ils soient ainsi témoins : propriétaire, père, hôte.

Plus tard, quand ils ont visité la maison, ils s'installent dans le salon, où de petits bols de cacahuètes et de gâteaux apéritifs attendent sur les tables et où une photo du mariage de Jim et Hayley est accrochée au-dessus de la cheminée. Hannah et ses parents, assis du bout des fesses sur le canapé, sont légèrement guindés, légèrement en sourdine : le public attend l'entrée en scène de l'actrice principale. On entend le grincement des escaliers et la voilà, Hayley, debout sur le seuil, gonflée de sommeil, les joues crème, un petit colis d'humanité dans les bras. Pendant un moment, personne ne bouge, le tableau est trop parfait : la Madone au doux visage avec son enfant. Puis :

« Oh. »

La mère d'Hannah se lève. Hannah la regarde enlever le bébé des bras d'Hayley, le visage béat, métamorphosé.

« Rosie, souffle-t-elle. Mon adorable petite Rosie ! »

Hannah se lève, se dirige vers le groupe, et voit les traits de James sur le minuscule visage d'une vieille femme qui les scrute depuis plusieurs couches de couvertures.

« Oh. »

Du bout du doigt elle touche la joue du bébé.

« Elle est vraiment adorable, Jim. Elle te ressemble comme deux gouttes d'eau. »

Bientôt le bébé se met à pleurer, Jim se lève.

« Assieds-toi, ma chérie, je vais lui donner le biberon. »

Il revient de la cuisine avec un minuscule biberon pour sa minuscule fille. Hannah le regarde la prendre, le soin avec lequel il la soulève, l'amour et la concentration sur son visage pendant que Rosie tète. Tous sont silencieux, regardant, écoutant les bruits de succion.

« J'ai jamais fait ça à mon époque, commente le père d'Hannah.

— Tu ne sais pas ce que tu as raté, réplique Jim en levant la tête, le sourire jusqu'aux oreilles. L'ocytocine. C'est incroyable.

— L'ocy quoi ? »

Leur père rayonne.

Elle se couche en même temps que ses parents, à vingt-deux heures. Le matin de Noël elle se lève tôt, se poste à la fenêtre et contemple les champs enneigés. L'élévation de la lande en arrière-plan. Le bébé est adorable. La maison est adorable. Jim et Hayley sont adorables. C'est épuisant, à quel point ils sont tous adorables. Elle ressent leur compassion, leur sollicitude inquiète : les mouvements délicats, presque contrits, d'Hayley avec sa fille. Leurs yeux sur elle quand elle câline le bébé. Leur façon de retenir leur souffle collectivement, dans l'espoir que Rosie ne pleure pas dans les bras de sa tante. Personne ne lui a posé de questions au sujet de Nathan. Ont-ils décidé entre eux de ne pas en parler ?

Cette maison, avec ses murs épais en pierre, ses linteaux bas, sa vue sur les champs, la lande, le ciel métallique et ses parents qui dorment dans la chambre voisine, tout ça l'oppresse. Elle n'a pas envie d'être là. Elle s'imagine sortir, traverser le jardin, gravir la lande pailletée de neige. L'air serait pur, limpide, décapant. Elle a envie d'être décapée.

Seulement elle aurait besoin de chaussures de marche et d'un imperméable – elle n'a pas apporté les bonnes affaires.

Elle se demande combien de temps il lui faudrait pour s'échapper – si elle pourrait rentrer en train à Londres le lendemain de Noël. Elle consulte les horaires, mais les trains sont rares et coûteux, et elle a déjà un billet pour le vingt-sept. Encore deux jours, donc, encore deux jours à tenir.

Elle pense aux livres qu'elle lisait enfant : toutes ces tantes célibataires, les dessins illustrant les lunettes, les poils au menton, la bonne humeur, la gaieté. Toujours dans des fauteuils. Toujours dans un coin. À une époque elle était au centre des choses. Aujourd'hui elle rase les murs.

Elle a conscience qu'il y a deux Hannah qui s'opposent en elle : la Hannah polie, la gentille Hannah, tata Hannah ! contente d'être invitée, qui sourit tranquillement, remballe sa douleur. Et la vilaine Hannah, venimeuse, capable de folie : celle qui a envie de se lever, de renverser la table, de s'emparer du bébé et de s'enfuir avec, de réclamer ce qui aurait dû lui appartenir. De hurler : *Ça aurait dû être moi.*

Ça aurait dû être moi !

Putain, ça aurait dû être moi.

Sur la porte est accrochée une couronne fabriquée à la main : de l'osier tressé piqué de gui et de houx cueillis dans les buissons du jardin. Lissa soulève le heurtoir puis le laisse retomber. Sarah ouvre en tablier et prend le visage de Lissa entre ses deux mains : elles sentent la térébenthine et les épices.

« Joyeux Noël, ma chérie.

— À toi aussi. »

Lissa a apporté des cadeaux : un mug moucheté d'un vernis brun, pareil à des taches de rousseur, deux beaux pinceaux neufs et un vase pour les ranger. Sarah roucoule, sourit, elle est contente. Lissa ouvre le cadeau de sa mère : une écharpe, tricotée à la main avec une belle laine verte.

« Elle est magnifique, maman », s'exclame-t-elle. Et elle l'est.

Sarah a cuisiné : des plats de saison, mais pas traditionnels, domaine où elle excelle, où elle s'investit avec un but presque moral. Quand Lissa était petite, elle se sentait brimée par l'inexistence du sapin de Noël – *une invention victorienne* –, l'absence de chocolat, de tous ces *bibelots absurdes et guirlandes* dont les maisons de ses amis étaient remplies. Mais à présent Sarah s'est fait rattraper par l'époque, le moindre recoin de la maison contient quelque chose de beau : des feuilles ramassées lors de promenades dans le parc Heath, un chemin de table constitué de raphia et de ficelle. Des petites sphères en verre sont suspendues au-dessus de la table. Des bougies sont prêtes à être allumées.

Lissa est assise dans le fauteuil bas, Ruby

s'approche à pas feutrés, elle la prend sur ses genoux. Elles boivent du vin chaud épicé au clou de girofle, à la cannelle et à l'anis étoilé.

« Alors, dis-moi, d'autres auditions ? demande Sarah depuis la cuisine.

— Une. Pour le théâtre de Salisbury.

— Oh, ma chérie, c'est génial. Ça a marché ?

— Non. »

Son agent l'a appelée, contrite. *Tu ne correspondais pas tout à fait à ce qu'ils recherchaient.*

En vérité, elle a compris que ce rôle n'était pas fait pour elle dès la lecture du scénario : une blonde débraillée dans une comédie d'Alan Ayckbourn.

« Je m'en fiche, ajoute-t-elle en caressant le chat. Après *Oncle Vania* c'est dur d'imaginer jouer quelque chose comme ça. »

Sarah apporte la soupe, d'un vibrant jaune orangé – il y a des graines de cumin grillées et du yaourt à mettre par-dessus.

« Courges du jardin », annonce Sarah.

Elles mangent dans un silence complice, jusqu'à ce que Sarah repose sa cuillère.

« Je voulais te dire, ma chérie. Tu étais vraiment formidable dans *Oncle Vania*. Meilleure que tout ce que j'avais vu avant. Tu as une qualité particulière. Un éclat. C'est rare. »

Sa mère semble étonnée, comme si cela lui traversait l'esprit pour la première fois.

« Vraiment ? s'enquiert Lissa en levant la tête. Pourquoi tu dis ça ?

— Comment ça ?

— Pourquoi maintenant ? »

Sarah plisse le front.

« Parce que ça m'a traversé l'esprit. Parce que c'est vrai.

— Oh.

— Chérie, j'essaie d'être gentille.

— Tu essaies ?

— Bon Dieu, Lissa. »

Sarah repose sa cuillère.

« Arrête.

— Arrête quoi ?

— De transformer les compliments en leur contraire.

— Je trouve juste ça bizarre que tu décides de me complimenter sur mon choix de carrière maintenant.

— Comment ça ? Qu'est-ce qu'il y a de différent maintenant ? »

Lissa regarde l'horloge : elle est là depuis une heure. Il n'y a personne d'autre : pas de frère, pas de sœur, pas de père, pas d'enfant. Seulement sa mère et elle, grinçant ensemble pareilles à un essieu mal graissé.

« Je vois quelqu'un, murmure-t-elle en raclant sa soupe.

— Oh ?

— Oui. Quelqu'un d'adorable.

— Oh, ma chérie. Oh. Mais c'est *merveilleux*. »

Sarah se penche en avant.

« Qui est-ce ?

— C'est un… ami.

— Je le connais ?

— Je ne pense pas. »

Elle regrette déjà d'avoir parlé. Elle est déjà

dans une zone dangereuse. Elle ne voulait pas dire ça – elle est stupide.

« C'est quelqu'un que j'ai rencontré… sur Internet.

— Oh. Bah, tout le monde se rencontre là-dessus maintenant, non ? Le Web. »

Sarah agite la main. On croirait qu'elle parle de la salle des fêtes du village.

« En un sens, ç'aurait été encore plus bizarre si ça n'avait pas été le cas. Alors bon. »

Sarah a une expression de prédateur, un air affamé.

« Tu ne peux pas me donner un détail ? Il a un boulot ? Un nom ?

— Il s'appelle – Daniel.

— Et qu'est-ce qu'il fait ?

— C'est un universitaire. »

Sarah joint les mains dans un applaudissement involontaire.

« Ma foi. Ma foi. Il faut que tu me le présentes, dit-elle en empoignant la main de Lissa. Amène-le vite ici à dîner.

— Oui », répond Lissa comme sa mère se lève pour débarrasser les assiettes.

Dehors, la nuit est tombée, Sarah revient avec un pudding, allume les bougies sur la table. Elles projettent le reflet de la pièce sur la surface sombre et luisante de la fenêtre, et Lissa, assise là dans son costume d'emprunt, brille.

Il vient chez elle le lendemain de Noël. Il fait beau, la neige a commencé à fondre. Ils se déshabillent rapidement, sans parler. Elle s'installe sur lui et l'oblige à rester immobile, les yeux rivés sur lui, en bougeant très lentement. Au moment de jouir, elle pousse un cri. Et au moment où il jouit, elle se penche, saisit sa lèvre entre les siennes et la suce, le sentant vibrer avant de s'immobiliser.

« Melissa, lui dit-il un peu plus tard, en suivant d'une main la courbe de sa hanche, de Melissae. Les gardiennes du miel. »

Elle se penche, l'embrasse, et c'est vrai : avec lui son noyau est en fusion, sucré.

Le soir venu elle se rend compte qu'elle meurt de faim, il reste dans l'appartement pendant qu'elle sort acheter à manger chez l'épicier turc : des nouilles, des légumes, de la bière.

Elle cuisine pour lui – elle a faim : de nourriture, de sexe, de vie, et cette faim est belle, voluptueuse. Ils mangent des nouilles, boivent la bière fraîche, et elle le regarde manger, en se délectant de voir cet homme déguster le repas qu'elle a préparé pour lui, en écoutant le bourdonnement grave et sonore de sa voix. Elle lui saisit le poignet, le soulève, l'embrasse.

« Tu es heureuse ? demande-t-il.

— Tu veux dire maintenant ? Ou en général ?

— Les deux. Maintenant.

— Maintenant, oui.

— Et en général ? »

Elle hausse les épaules.

« L'est-on jamais ? Tu l'es, toi ? »

Il la dévisage.

« Comment ça se fait que tu n'aies pas d'amant ? demande-t-il.

— J'en ai un, répond-elle en observant la complexité de ses émotions sur son visage.

— Je veux dire… tu sais ce que je veux dire.

— Je ne sais pas. »

Elle repousse son assiette. Dehors il fait déjà noir.

« C'est plus difficile qu'il n'y paraît, de trouver un homme bien. Il y en a plein qui sont tellement décevants.

— C'est triste.

— C'est vrai.

— J'ai toujours détesté Declan, déclare-t-il.

— Ouais, soupire-t-elle. C'était un connard. Tu avais raison.

— J'ai boycotté ses films par principe. »

Elle s'esclaffe.

« Je suis fidèle », dit-il.

Et sa façon de prononcer ces mots donne à Lissa des crampes d'estomac.

« Merci », répond-elle, même si elle sait que c'est faux. Car s'il l'était, il ne serait pas là tout court.

« Tu n'as jamais voulu d'enfants ? » murmure-t-il.

Elle contemple le plafond.

« Pas avec lui. »

Elle soutient son regard et c'est alors qu'elle le sent – débridé, il emplit la pièce sans plus laisser aucune place. S'ils devaient retourner au lit maintenant, elle le sait, s'ils ne se protégeaient pas, elle sait dans son corps qu'elle concevrait : que c'est comme ça que sont faits les enfants, de ce désir, ce désir détrempé.

« Tu pourrais passer la nuit ici, dit-elle. Personne ne le saurait. »

Elle regarde son visage, voit la lutte qui s'y livre.

« C'est pire, répond-il.

— Comment ça ?

— Pour Hannah. Si je reste. Ça me paraît pire… quelque part.

— Vraiment ? Pire que nous qui baisons ? »

Il cille.

« Hannah ne sait pas, murmure-t-elle. Hannah n'a pas besoin de savoir. »

Il baisse les yeux sur ses mains, puis les reporte sur elle.

« C'est vrai. »

Il se penche vers elle, un baiser maladroit qui atterrit sur le côté de sa bouche.

« J'adorerais. »

Dehors, il fait froid. Dedans, la pièce rougeoie, dorée. Le temps est ailleurs. Elle pourrait vivre ici, songe-t-elle, et – à cet instant – elle pourrait aimer cet homme.

Hannah

Elle est contente d'arriver chez elle, de retrouver son appartement – contente de ces jours d'entre-deux – entre Noël et le Nouvel An. Le pendule a cessé d'osciller, le temps faseye, stagne, et la voilà sous le vent, à l'abri de l'année. Et pourtant elle est agitée. Quelque chose monte en elle, une démangeaison, un besoin.

Elle prend l'habitude d'acheter du vin. Elle boit presque tous les soirs, un verre, puis un autre. C'est la période des soldes, elle retourne dans les boutiques de prêt-à-porter de Covent Garden, où elle s'achète les bottes couleur sang et la robe couverte de vigne grimpante.

À la Saint-Sylvestre, elle s'habille pour elle avec la robe et les bottes rouges, met de la musique et danse en effectuant des cercles lents dans la pièce. Elle boit du vin rouge, un verre, puis un autre, et ses yeux tombent alors sur une blague à tabac que Nathan a laissée. Une cigarette. Quel mal y a-t-il à ça ? Elle sort les feuilles – des feuilles noir réglisse – et s'en roule une. Elle l'allume à la gazinière, puis sort sur la terrasse, où l'air est mordant et d'où l'on voit une poignée d'étoiles très haut dans le noir du ciel. Elle porte la cigarette à ses lèvres, et aussitôt le goût du papier sucré lui fait penser à Lissa.

Soudain, brusquement, la certitude arrive – frappe son corps avant son esprit. Elle lui hérisse le sang, lance son cœur au galop, humecte ses paumes.

Lissa

Nathan et Lissa. Elle s'agrippe au garde-corps, puis jette la cigarette dans le parc en dessous. Elle rentre, s'empare de son téléphone et appelle Nathan.

« Lissa, dit-elle quand il décroche.

— Quoi ?

— Qu'est-ce qu'il s'est passé ?

— Comment ça ?

— Entre Lissa et toi ? »

Il hésite une seconde de trop. Elle écarte le téléphone de son oreille. Sent son ventre lui remonter dans la bouche. Entend la voix de Nathan, parler dans l'air vide et glacial.

À la Saint-Sylvestre, elle reçoit une invitation à dîner de la part de Dea, qu'elle accepte, puisque Sam sera au travail.

On ira d'abord au Sénat si ça te dit de venir? écrit Dea. *Il reste encore cinq étudiants qui résistent à l'intérieur. Je crois qu'ils se gèlent. Une veillée est organisée en leur honneur au coucher du soleil. Apporte une bougie et un truc à manger pour eux.*

Chargée de tartelettes de Noël et de vin, Cate grimpe la colline avec Tom jusqu'à l'université, où Dea, Zoe et quelques autres sont regroupés autour du bâtiment du Sénat, des bougies à la main. Elles parlent à voix basse et font passer des colis de nourriture via les agents de sécurité. Ensuite elles redescendent la colline pour aller manger chez Dea et Zoe.

« J'ai téléchargé le formulaire de candidature, annonce Cate à Dea au moment de débarrasser.

— C'est vrai ? Ravie de l'entendre. Tu vas le remplir ?

— Oui. J'imagine que oui. »

À vingt et une heures elle attache Tom dans son siège auto et le ramène à la maison. Elle sait que Sam doit terminer son travail à vingt-trois heures. Elle se met à son ordinateur, imprime le formulaire et commence à le remplir. Le temps passe vite, mais il est maintenant vingt-trois heures trente, elle est fatiguée, Sam n'est pas rentré, alors elle allume la télévision et s'enroule dans une couverture avec une tasse de thé.

Quand son portable sonne, elle somnole : elle se réveille en sursaut et voit apparaître le nom d'Hannah sur l'écran.

« Han ? »

Elle se colle vite le téléphone à l'oreille.

« Hey ! Bonne année ! »

Il lui faut un moment avant de pouvoir discerner des mots, car au début il n'y a que des larmes, des larmes qui semblent couler depuis longtemps déjà : de gros sanglots coagulés, épuisés.

« Hannah ? murmure-t-elle en attendant que son amie retrouve sa voix.

— Lissa, finit par articuler Hannah.

— Quoi, Lissa ?

— Lissa et Nathan.

— Quoi ?

— Ensemble.

— Non, dit Cate en se redressant sur le canapé, parfaitement réveillée à présent. Non, Han, c'est impossible.

— Ne me dis pas ce qui est possible ou non, siffle Hannah. Je sais que c'est vrai. »

À la télévision, les gens chantent en chœur « Auld Lang Syne », ce n'est qu'un au revoir. Il y a des joueurs de cornemuse écossais en bonnets à poil, le visage grave. Elle coupe le son. La pièce est sombre, excepté la lumière de l'écran. Elle ne parle pas. Un goût étrange lui emplit la bouche.

« Hannah. Est-ce que je peux faire quoi que ce soit ? Tu veux venir ici ? Je peux venir chez toi ? Tu es à l'appartement ? Je peux prendre la voiture – je mets Tom dans son siège et je pars illico.

— Non. Non.

— Est-ce qu'il y a quelqu'un pas loin qui peut venir te tenir compagnie ? »

Elle a failli dire *Lissa* – Lissa qui habite à quelques minutes seulement –, s'est arrêtée à temps.

« Non, répond Hannah. Tu es là ? Tu vas rester là ? Je vais peut-être – je vais peut-être rappeler.

— Bien sûr, Han. Je suis là. »

L'appel terminé, Cate, abasourdie, dévisage l'écran de télévision où les gens dansent en se donnant la main. Plusieurs émotions contradictoires aussi puissantes les unes que les autres s'agitent en elle : choc, incrédulité et un étrange sentiment d'inéluctabilité, qui n'a absolument aucun sens.

Quand Sam rentre à la maison deux heures plus tard, elle est toujours assise au même endroit. Elle est restée éveillée, mais Hannah n'a pas rappelé. Elle le regarde rentrer, retirer sa veste, la suspendre au crochet d'un geste soigneusement délibéré. Il sort deux bières des poches de son manteau.

« J'ai eu ça, ils les distribuaient au boulot : t'en veux une ?

— D'accord. »

Il les ouvre avec son briquet et lui en passe une avant de s'affaler sur le canapé à côté d'elle. Il a l'air fatigué, songe-t-elle, fatigué et saoul.

« Je viens d'avoir Hannah au téléphone.

— Oh ? »

Les yeux de Sam ne parviennent pas à faire la mise au point.

« Nathan l'a trompée.

— Quoi ? »

Il la dévisage, bouche bée, sa bière en suspens.

« Avec qui ?

— Lissa. »

Il se penche en avant.

« Tu plaisantes ?

— Non. Du moins, Hannah en est convaincue.

— Putain de Dieu. »

Il retire sa casquette, se passe la main dans les cheveux. L'espace d'un instant, il semble horrifié, puis il se met à rire. Elle le regarde fixement, consternée, puis l'hilarité la gagne à son tour. Ils se plaquent une main sur la bouche comme si on risquait de les entendre, secoués par une étrange euphorie déplacée, jusqu'à ce que, sans crier gare, ils s'arrêtent. Cate sent la culpabilité lui laper le corps.

« Merde, s'exclame Sam en secouant la tête. Pauvre Hannah. Merde. »

Cate repose sa bière.

« Sam, dit-elle.

— Quoi ?

— Je suis désolée. Je suis désolée pour Mark.

— Ouais, bah. Il le méritait sûrement. Il a toujours été comme ça. Même au lycée.

— Ils me pardonneront ?

— Ce n'est pas pour eux que tu dois t'inquiéter. C'est pour moi. »

Elle s'approche de lui.

« Tu me pardonneras ? demande-t-elle.

— Ça dépend. »

Elle glisse les mains entre ses paumes.

« Je peux t'embrasser ? »

Il ne répond pas. Elle tend ses lèvres vers les siennes. Il la laisse faire sans esquisser un geste. Puis il détourne la tête.

« Il faut que je te dise quelque chose, commence-t-il. Je t'ai demandée en mariage parce que j'étais tombé amoureux de toi. Et je pensais que tu partageais mes sentiments. Je ne suis pas là pour être ton lot de consolation, Cate. Je veux être un choix. Pas une résignation. »

Sur ce il se dégage délicatement, se lève et la laisse assise par terre.

Lissa

Le matin du Nouvel An elle s'attarde au lit. Elle ne porte qu'un T-shirt et une culotte. Il vient la voir – inutile de s'habiller.

Il frappe, elle se lève comme un ressort, mais dès qu'elle ouvre la porte elle voit qu'il y a un problème.

« Elle sait », annonce-t-il.

Elle se plaque une main sur la bouche.

« Entre. »

Elle perçoit son hésitation.

« Entre », insiste-t-elle en le prenant par le poignet.

Il franchit le seuil, pénètre dans la cuisine, où il reste planté, sans enlever son manteau. Elle allume la lumière, l'horrible plafonnier électrique vieillot, sous lequel le visage de Nathan apparaît livide.

« Je n'ai rien dit, fait-elle.

— Non. Je ne te soupçonnais pas. »

Ils retombent dans le silence, un silence douloureux, inerte. Elle a envie de le combler, par du désir, de la violence. Elle traverse la pièce, lui prend la main. Il regarde ses doigts, puis son visage.

« Je suis désolé, dit-il.

— Pourquoi ? »

Elle lui pose une main sur les yeux, tendrement, comme pour les protéger du soleil. Elle les sent se fermer – les paupières tremblotent sous sa paume. Elle tend le bras derrière elle, éteint la lumière. Elle écarte doucement la main, fait courir le bout de ses doigts le long de sa joue, de son cou. Il garde les yeux fermés tandis qu'elle s'agenouille devant lui et commence à lui défaire sa ceinture.

« Qu'est-ce que tu fais ? »

Quand elle le prend dans sa bouche, il bande déjà, et elle le garde là un instant. Puis elle remue les lèvres et il la relève, la fait pivoter, lui descend sa culotte et s'introduit en elle, brutalement, elle retient un cri de douleur. Il se retire. Cache son sexe, se détourne.

« Désolé, dit-il. Je suis désolé. »

Elle fait volte-face. Il a toujours son manteau. Étrange scène que celle-là, lui dans son manteau, se cachant le sexe – pour un peu elle en rigolerait.

« Ça va », répond-elle en remontant sa culotte.

Mais non, ça ne va pas. Pas vraiment. Pas du tout.

« Ça va », réitère-t-elle.

Il remonte son jean, boucle sa ceinture.

« Je m'en vais, annonce-t-il. Je vais partir deux ou trois semaines. J'ai besoin d'air.

— Tu as besoin d'air », répète-t-elle.

Sa propre voix lui paraît étrange. Elle a envie de pleurer, mais elle sait qu'elle n'a pas le droit. Elle sent les larmes fondre sur elle, comme une vague, une vague qui va l'aplatir. Elle sent qu'après il ne restera plus rien, rien pour exprimer cette situation, la sensation qu'elle procurait. Elle sent que personne ne s'intéressera à sa version des faits.

« Je ne te contacterai pas », déclare-t-elle.

Il hoche la tête.

« Je pense que ce serait mieux. »

Il tend le bras et sa main se pose brièvement, délicatement, sur sa manche. Il la touche comme il toucherait un enfant.

Elle est furieuse désormais. Elle voit qu'il a envie que ce soit simple. Il a envie que l'eau vienne engloutir cette situation, que les bulles remontent à la surface puis éclatent, que l'étendue lisse ne dévoile aucun indice de ce qui se trouvait en dessous.

« Ça n'en valait pas la peine, lâche-t-elle.

— Quoi ?

— Le sexe. »

Elle voit le choc sur son visage. Il recule. Son expression a changé. Il a l'air d'implorer à présent. Voilà qu'elle a blessé son ego. Il attend quelque chose d'elle : elle voit que, malgré tout, il aimerait qu'elle lui dise que c'était bon. Qu'il était bon. Comme c'est pathétique, ce besoin. Comme ils sont désespérés tous les deux.

« Lissa, dit-il en tendant les mains dans un geste de supplique.

— Ça ne valait pas la peine, répète-t-elle. Rien de tout ça. »

Et ce disant elle le désigne, lui, puis elle, et le brusque côté sordide et douloureux de cette situation.

Elle rêve de violence, du visage de Lissa lacéré de mille minuscules coupures. De tenir la tête tranchée de Nathan, avec son sang qui lui détrempe les genoux. Parfois c'est elle que la violence poursuit et elle s'enfuit à travers un vaste paysage. La violence gagne du terrain, il n'y a nulle part où se cacher : une présence sombre, ses doigts crochus lui frôlent la nuque.

La nuit, insomniaque, Hannah marche sur les toits jusqu'à la maison de Lissa, où elle repose dans son lit coupable. Comment dort-elle ? Dort-elle ?

Enfin, elle finit elle-même par s'endormir, et quand elle se réveille, quand le monde s'assemble dans la lumière de l'aurore, elle comprend qu'il s'agit d'un monde nouveau – l'ancien a volé en éclats – et que ce monde nouveau fonctionne selon des mécanismes différents, des lois différentes. Elle les imagine ensemble, son mari et son amie : leurs mains, leurs lèvres, leur chair nue, les parties où leur chair s'est rencontrée. Les endroits secrets et chéris du corps de Nathan dont elle était venue à s'arroger la propriété. Comment la touchait-il ? Était-ce animal, rien de plus ? Ou était-ce, est-ce, plus ?

Elle ne le saura peut-être jamais. Et ce fait – prendre conscience de la subjectivité de son mari, de ses expériences auxquelles elle n'aura jamais accès – lui semble plus violent, bizarrement, que la trahison elle-même. Ce qu'elle ressent quand elle y pense outrepasse la douleur, c'est proche du délire – les couleurs semblent plus vives, résonnent plus fort. Maintes et maintes fois elle s'empare de son téléphone, ou se met devant son ordinateur – pour le maudire lui, l'accuser elle – mais chaque fois elle se détourne, repose le téléphone : car quels mots pourraient bien englober cette situation ?

Elle évite le parc, ne déambule plus au marché. Elle fait les trajets entre l'arrêt de bus et chez elle à pied, c'est tout. Elle veille à réduire au maximum le risque de croiser Lissa dans la rue. Malgré tout, elle croit la voir souvent : une haute silhouette blonde hante la périphérie de son champ de vision.

L'hiver marque un tournant, devient printemps. La température ne monte pas. Elle a ses congés annuels à poser. Deux semaines. Elle ne sait pas trop où aller.

Elle clique sur des photos de cottages, de plages écossaises de sable blanc, de lacs qui paraissent suffisamment profonds pour engloutir une ville entière. D'endroits où elle ne connaît personne, où les gens sont rares. Elle a faim de quelque chose qu'elle n'arrive pas vraiment à nommer : une nourriture élémentaire, quelque chose de sauvage. Elle a envie de goûter l'eau salée. D'être décapée. De sentir le vent et les éléments sur sa peau.

Un jour, en rentrant chez elle en métro après le travail, elle voit une affiche publicitaire pour les Orcades. La mer, de vastes cieux, la vie sauvage. Elle rentre chez elle et en l'espace de quelques minutes, elle a réservé vols, hôtel et voiture. Elle partira en mars.

La nuit elle rêve de courir à toute allure dans un paysage sans fin. Elle se réveille haletante, la chambre a changé, la silhouette des branches d'arbre se projette crûment sur le mur.

Épithalame

2008

C'est samedi, samedi c'est le jour du marché. C'est la fin du printemps, ou le début de l'été. C'est la mi-mai, les églantiers sont en fleur dans le jardin broussailleux devant la maison.

Elles se douchent à tour de rôle, Lissa et Cate, puis s'habillent sans bruit dans leur chambre. Le temps est frais et couvert, mais les prévisions pour les heures à venir sont optimistes.

Tout en s'habillant, Lissa pense à Nathan. Son ami. Elle l'a connu la première. Et elle a toujours soupçonné que toutes ces années auparavant, quand ils se sont revus après la fac, eût-elle été plus disponible, il aurait peut-être voulu sortir avec elle. Serait-il à elle à présent ? Bizarrement, aujourd'hui, c'est un comble, elle a envie qu'il la remarque, qu'il remarque sa beauté. Sans vouloir l'admettre, elle veut éclipser Hannah, elle veut qu'on la voie. Alors elle coupe les étiquettes de la robe en soie achetée chez Liberty's qu'elle ne peut décidément pas se permettre, et l'enfile. Elle souligne ses yeux avec du khôl vert. Elle porte des talons qui l'élèvent à plus d'un mètre quatre-vingts.

Là-bas dans son appartement matinal, Hannah s'habille. Sa mère et son père sont avec elle. Nathan a dormi ailleurs, chez son frère. Sa mère frappe à la porte pour entrer.

Oh, Hannah, s'exclame-t-elle, quand elle voit sa fille dans sa robe. Oh, Han.

Ils patientent dans la plus grande salle de la mairie, au bureau d'état civil. Tous s'accordent à dire que pour le mariage d'un couple comme Hannah et Nathan, c'est l'endroit idéal : sa nature utilitaire même lui confère une sorte de magie.

Le futur marié attend à l'avant de la pièce. Lissa l'observe, son visage, son costume bleu, demandant à son frère pour la troisième fois de vérifier qu'il a bien les alliances dans sa poche, et comme elle l'observe il lève la tête, croise son regard, sourit.

La musique retentit, ils se lèvent, Hannah apparaît au bras de son père. Elle porte une robe verte toute simple, ses yeux brillent, et en la voyant, Lissa est châtiée : comment a-t-elle pu croire une seule seconde qu'elle l'éclipserait ? Cette femme qu'elle aime. Là, marchant lentement vers Nathan dans sa robe-toge, Hannah est mythique, archétypale. Et Nathan, là devant, n'a d'yeux pour personne d'autre, fiévreux, lumineux, il attend sa promise.

Alors qu'Hannah et son père passent à côté d'elle, Cate pense à son propre père, et essaie de se rappeler la dernière fois qu'elle l'a touché : cela remonte à des années maintenant. Comme elle voudrait qu'il soit là, en cet instant, il n'y a rien qu'elle voudrait plus que son père qui la tienne comme ça – elle voudrait qu'il la regarde comme ça, transfiguré de fierté et d'amour. Peut-être est-ce l'unique raison d'être des mariages.

Et Cate pense à Lucy, se demande où elle est – et s'il

lui arrive de penser à elle. Si elle est morte ou vivante, et s'il lui arrivera d'aimer quelqu'un d'autre aussi fort, et elle pense au temps qui passe et au fait qu'elles vieillissent toutes, et elle pleure, là debout, en pensant à Lucy, à Hannah, à Nathan, à sa mère et à quel point elle lui manque, à son père et à l'amour et au temps, et à quel point tout cela est tellement beau et tellement impossible, en réalité.

Et Hannah regarde Nathan et pense à l'amour qu'elle lui porte. Combien elle est heureuse. Et quand la femme au visage grave en charge de la cérémonie se tourne vers elle pour lui demander si elle veut prendre cet homme pour époux – Oui, répond-elle, oui. Je le veux.

Par la suite, quand le vin a été bu, le gâteau mangé et les discours prononcés, Hannah va chercher ses amies. Elle prend Lissa par la main et se faufile au milieu de la foule du pub pour trouver Cate, la prend par l'autre main, et les conduit dehors, dans le soleil de mai, leur fait franchir le portail, les fait pénétrer dans le parc, dans London Fields. À l'entrée, le cerisier est lourd de fleurs.

Les prévisions ne sont pas démenties : c'est une journée magnifique. Elles marchent sur la pelouse, et tandis qu'elles marchent, dans cette lumière dorée éméchée, le monde semble rempli d'amour, de possibilités. Hannah tire ses amies à elle, appuie son front contre le leur. Je vous aime, dit-elle. Et, la tête penchée vers la sienne, Cate et Lissa murmurent à leur tour leur amour, car c'est là l'effet du mariage : il se déverse par-delà le couple, engendrant l'amour, engendrant la vie, nous faisant croire, ne serait-ce que le temps d'un après-midi, à une fin heureuse, ou du moins, à tout le moins, à l'espérance que l'histoire se poursuive comme il se doit.

2011

Lissa

« Vous pouvez aller vous changer derrière le paravent, explique le professeur. Ou aller aux toilettes. »

Il est jeune, plus jeune qu'elle en tout cas, petit et maigre, vêtu d'un pull en laine à rayures et d'un jean. Des lunettes manifestement coûteuses. De doux yeux gris.

Lissa hoche la tête. Elle connaît la chanson. Elle ne se donne pas la peine de lui dire qu'elle a déjà fait ça des centaines de fois. On ne veut pas vous entendre parler.

Elle prend son sac et parcourt le couloir pour aller aux toilettes des femmes. Il y a de hautes étagères de part et d'autre, une odeur de peinture, d'argile, de térébenthine. Elle s'enferme dans l'une des cabines et retire manteau, T-shirt, soutien-gorge, jean et culotte. Elle plie ses vêtements, les range dans son sac, puis enfile son kimono et garde ses chaussettes, car le sol est glacial. Elle fait rapidement pipi. La dernière chose qu'elle veut c'est bien d'avoir envie d'aller aux toilettes avant la première pause. Qui ne sera pas avant quarante-cinq minutes.

Elle parcourt le couloir en sens inverse et pousse la lourde porte de l'atelier. Les étudiants sont déjà là, occupés à préparer leur chevalet. De hautes fenêtres laissent passer un voile clair de lumière. Elle se dirige vers une estrade au milieu de la pièce.

« OK, Lisa, dit le professeur.

— Lissa, corrige Lissa.

— D'accord, Lissa. Bon – quand vous êtes prête, prenez la pose que vous voulez. On va faire de courts croquis de dix minutes, et plus tard dans la matinée, on passera aux poses plus longues. »

Elle a déjà froid aux orteils, mais il y a deux ou trois radiateurs, qui sont allumés. Elle se déleste de son kimono et s'assied.

Le professeur la regarde un moment, puis :

« En fait… et si on commençait debout ? »

Elle se lève, trouve une pose, un pied devant l'autre, les bras derrière le dos.

« Bien, dit le professeur à ses étudiants. Fusain ou crayon. Dix minutes. C'est parti. »

On entend le griffonnement du fusain et du crayon sur le papier.

Et voilà, songe Lissa, elle est de retour.

Elle a réussi à faire durer l'argent mis de côté grâce à *Oncle Vania* en vivant de soupe instantanée et de porridge, en sortant rarement, en passant ses journées à regarder de vieux films sur son ordinateur, en alimentant sa mélancolie, et la voilà aujourd'hui réduite à deux cents livres sur son compte en banque.

Elle se dit toujours qu'elle se débrouillera, qu'elle n'y retournera pas. Elle se trompe toujours.

Elle a attendu longtemps, se préparant à la fureur d'Hannah, mais comme les semaines passaient sans qu'elle reçoive aucune nouvelle, elle lui a écrit un simple message : *Je suis désolée. Je suis là si jamais tu as envie de parler.* Au mieux, c'était faible, au pire, lâche.

Aucune nouvelle de Nathan. Pas depuis le premier de l'an. Pas depuis la scène dans son appartement. Elle lui a écrit une lettre, l'a brûlée. Lui en a écrit une autre, puis l'a brûlée aussi.

À la pause elle va aux toilettes, et à son retour, elle jette un œil à quelques croquis d'étudiants. Ses hanches. L'élévation de ses seins. La coupe courte de ses cheveux.

Au début du printemps, elle s'est traînée chez le coiffeur et lui a enjoint de lui couper les cheveux. Il l'a approchée avec méfiance : deux centimètres ? a-t-il demandé. Plus, a-t-elle répondu. Il en a coupé quatre. Plus, a-t-elle dit. Alors il a capitulé, tranché, tondu, et tous deux regardaient les mèches tomber sans bruit par terre. Quand elle s'est vue dans le miroir, elle a pleuré, car elle ne se reconnaissait plus, et il lui a jeté un regard horrifié. Je suis désolé. Je croyais que c'était ce que vous vouliez. Ça l'est, a-t-elle répondu. Ça l'était.

« OK, Lissa. »

Le professeur s'avance vers elle.

« Alors, maintenant on va passer à une pause plus longue.

— Je sais.

— Donc, faites en sorte que ce soit quelque

chose de simple – quelque chose que vous puissiez tenir quarante-cinq minutes. »

Elle s'assied sur l'estrade, toujours vêtue de son kimono, et trouve une pose, un genou levé, l'autre jambe pliée à côté d'elle. Elle enserre son genou dans ses bras afin de pouvoir s'appuyer dessus. Son répertoire de poses longues est restreint. Il existe des gens capables de poser des heures entières dans les positions les plus abracadabrantes : des danseurs, en général, des acrobates. Elle n'est pas de ceux-là.

Au bout de quelques minutes les étudiants sont à pied d'œuvre. Ils peignent désormais – il y a le bruit du pinceau sur la toile, les pas du professeur qui se déplace discrètement de chevalet en chevalet. Parfois il ne dit rien, parfois il se penche – *Bien*, murmure-t-il, ou *Tu vois ça – la ligne ici ?* Il fait glisser sa main sur le papier, la soulève, la déplace en l'air.

Elle se regarde : ses chevilles, les poils courts qu'elle a oublié de raser ce matin. La chaleur de la salle n'est pas homogène : une partie du bas de son mollet devient marbrée, rouge. Elle sent son odeur corporelle.

Elle est consciente d'avoir perdu beaucoup, tellement qu'elle ne parvient pas tout à fait à en appréhender l'étendue : elle a perdu Nathan, elle a perdu Hannah. Elle a perdu Cate, qui refuse de répondre à ses appels.

Mais elle a perdu bien plus encore, comme si la perte était un trou noir qui aspire tous les avenirs potentiels, toutes les choses qu'on aurait pu être, tous les succès, les amours, les enfants, le respect de soi qu'on avait peut-être, tout au fond.

« On cherche à capturer quelque chose, explique le professeur. Une essence. Notre tâche n'est pas d'interpréter. On cherche à *transmettre.* »

Sa fesse gauche commence déjà à s'engourdir. Des fourmis lui picotent le pied. Elle bouge légèrement, entend l'enseignant qui s'agace.

« Lissa. Essayez de rester immobile s'il vous plaît. »

Quelqu'un tousse, elle lève les yeux, son regard croise celui d'une jeune femme. Elle doit avoir une vingtaine d'années. D'une beauté précise. On dirait une petite poupée sérieuse.

Elle imagine le corps de cette jeune femme sous ses vêtements, lisse comme de l'albâtre. Que pense-t-elle quand elle la regarde ?

Est-ce qu'elle pense à la raison pour laquelle elle fait encore ce boulot, à son âge ?

Regarde-t-elle la courbe de son ventre ? Se demande-t-elle si elle a eu des enfants ?

Elle observe à nouveau la jeune femme, qui se concentre à présent sur ses cuisses, en effectuant de plus grands traits avec son pinceau. Son visage de poupée, impassible.

Je ne suis qu'une collection de lignes, songe Lissa. Il n'y a rien de réel à l'intérieur. Pareille à ces corps que sa mère a dessinés, il y a bien des années, sur les trottoirs de Tufnell Park. Comme si c'était une prophétie – cette vacuité. Il ne reste plus que les contours. Soudain, elle est prise de vertiges, elle bouge de nouveau. Un grognement s'élève de l'autre côté de la pièce.

« Excusez-moi, dit-elle. Je ne me sens pas bien. »

Elle se lève, s'enveloppe dans son peignoir, sort dans le couloir et pose la joue contre la surface dure et fraîche du mur.

Hannah

Aéroport de Gatwick, tôt le matin, elle est une huître, fraîchement ouverte. Le vaste monde pèse sur elle : les femmes en talons et manteau, les gens qui marchent vite parce qu'ils ont un meilleur endroit où aller. Elle se sent à la fois invisible et bien trop voyante dans sa veste imperméable et ses chaussures de marche.

Trente-six ans. Elle est presque d'âge moyen. Est-ce pire si les hommes la regardent, ou pas ? De la pulpe du pouce elle tripote le vide laissé par son alliance, un petit sillon, un anneau de peau calleuse, puis une absence. Le cal a presque disparu à présent, bien que son pouce continue d'y revenir, comme une langue revient au trou laissé par une dent.

À Aberdeen, elle doit attendre une heure son vol de correspondance. L'aéroport est rempli d'hommes. D'hommes qui ressemblent à des soldats de deuxième classe, mais en moins sportifs : beaucoup sont énormes, rougeauds, avec un début de calvitie, fourrageant au bar dans leurs petits déjeuners et leurs pintes. Elle les évite, parcourt les présentoirs chez Smiths, envisage l'achat d'un magazine, mais comme ils lui paraissent tous vaguement ridicules, elle passe au rayon livres. Voilà des mois qu'elle n'a rien lu. Ce qui constituait avant une activité inoffensive est devenu un champ de mines : elle ne veut rien sur l'amour, rien sur les enfants, rien sur l'infidélité. Elle s'empare de guides touristiques qu'elle repose aussitôt. Elle n'a pas besoin de guide touristique. Elle est capable de naviguer à l'instinct. Elle est capable de spontanéité. Elle finit par acheter *Emma* et une bouteille d'eau. Elle l'a déjà lu. Elle est presque sûre qu'il n'y a pas de bébés dans ce roman.

L'avion pour les Orcades est minuscule. La pluie dentelle les hublots. Elle fourre son sac sous son siège. Les gens se saluent comme de vieilles connaissances. Alors même que la porte s'apprête à se refermer, l'un des hommes du bar monte à bord, essoufflé, comme s'il avait couru. Il dit bonjour à une femme âgée dans l'aile opposée à celle d'Hannah avant de s'asseoir quelques rangs devant. Il a les cheveux courts, impeccables. Il se déplace avec la précision exagérée de quelqu'un qui sait qu'on est encore le matin, et qu'il est saoul. Le premier aperçu de l'archipel se dessine à travers une percée dans les nuages : la mer tumultueuse puis le brun-gris et une terre sans relief. Au moment où l'avion vire sur l'aile, elle voit de la pluie, des routes presque désertes.

Il n'est pas encore midi – trop tôt pour aller s'enregistrer à l'hôtel –, alors elle récupère sa voiture de location et décide de conduire jusqu'à la pointe de l'île. Le ciel s'est un peu éclairci. Elle sait que les sites sont majoritairement concentrés à une quarantaine de minutes : des caveaux, des pierres levées. Autant aller les voir tant qu'il ne pleut pas.

Elle traverse la ville : une imposante cathédrale en briques rouges, des maisons en pierre, un gigantesque supermarché Tesco sur la voie de sortie vers le nord. Le paysage, détrempé, n'est guère prometteur. Dans la voiture, la station sélectionnée est Radio 2 : du bavardage inepte, des chansons ringardes. Elle essaie de mettre autre chose mais n'obtient que des parasites, alors elle éteint. Ce n'était pas ce à quoi elle s'attendait, quand elle a réservé ces vacances, dans le silence de son appartement. Elle s'attendait à un décor escarpé, magnifique, d'une échelle à même de faire paraître minuscule son paysage intérieur, mais c'est à peine si on voit une colline ou un arbre, rien que des touffes d'herbe et des bungalows couverts de crépi granité. Tout cela est, pour être honnête, assez lugubre.

Elle se gare devant une série de trois gigantesques pierres levées et descend de voiture. Un gros mouton au large faciès broute l'herbe au milieu. Cet animal est particulièrement laid. Les pierres aussi. On dirait une œuvre municipale d'architecture brutaliste : une sculpture qu'un conseil régional trop zélé aurait pu considérer comme une bonne idée dans les années 1970. Elle en fait consciencieusement le tour. Se tient au milieu. Le mouton la scrute d'un œil soupçonneux. Elle attend de ressentir quelque chose mais ne ressent rien si ce n'est un léger embarras.

À la pointe nord de l'île se trouve un village néolithique. Ses recherches Internet lui ont appris qu'il avait cinq mille ans. Tandis qu'elle sort de la voiture, les nuages pelotent dans le ciel. Elle sent l'odeur de la mer. Le sentier d'accès est planté de pierres, qui chacune marque un événement : le premier homme sur la lune, la Révolution française, la chute de Rome, et ce jusqu'à remonter à la date de construction du village, contemporaine des pyramides d'Égypte. Le magasin de souvenirs est bourré de chapeaux de Vikings – fabriqués avec du plastique rigide et deux nattes de cheveux synthétiques qui pendent de part et d'autre –, bourré de pulls jacquard bariolés et de macareux en peluche.

Derrière le comptoir de la boutique, un homme charmant vend un billet à Hannah, et lui explique qu'elle doit regarder un petit film avant de commencer la visite, ce qu'elle fait docilement, assise derrière un vieux couple en K-Way assortis. Elle est ensuite dirigée vers une petite exposition, dont elle lit avec zèle le moindre cartel, apprenant ainsi de quoi se nourrissaient les villageois (poisson, chevreuils, baies), les céramiques qu'ils fabriquaient, les adorables balles bizarroïdes qu'ils sculptaient, et elle n'est pas dénuée d'intérêt, cette exposition, pour un écolier, ou un historien. Ou quelqu'un qui n'a rien de mieux à faire. À l'extérieur du musée se trouve la reconstitution d'une maison : Hannah se baisse pour entrer, voit deux lits, un buffet en pierre, un foyer délimité par des dalles.

Quand elle ressort afin d'explorer le village proprement dit, il recommence à pleuvoir. Elle effectue le tour des habitations, scrute l'intérieur, et elles sont impressionnantes, émouvantes même, et oui, il est facile de s'imaginer ces gens vaquer à leurs occupations, habiter leur maison, avec le lit pour les enfants, celui pour les adultes et le buffet en pierre, comme tout droit sortis d'un épisode de *La Famille Pierrafeu*, sculpter leurs bijoux, manger leur truite, leur chevreuil, leurs baies, s'aimer, se battre, baiser autour du foyer. Elle se détourne pour contempler la mer, une vaste baie en pente douce désormais violemment fouettée par la pluie. Une nouvelle vague de colère et de douleur la submerge. Que fait-elle là ? Qu'est-ce qu'elle avait dans le crâne, quand elle a décidé d'arpenter les lisières pour contempler des âtres, des maisons, des endroits où des familles ont vécu et se sont aimées, et où elle ne ressent que de façon plus aiguë encore ce qu'elle n'a pas, et n'aura jamais ?

Elle aspirait à un paysage sauvage, qui n'existe que pour lui-même : la nature sans public. Tout doit-il être créé à échelle humaine ? Elle ne veut pas le domestique. Le domestique c'est ce à quoi elle était venue échapper ici.

Le Tesco a la taille d'un gigantesque hangar d'avions et elle est contente qu'il existe.

Elle se promène dans les rayons, laissant le bruit blanc du supermarché la submerger.

Elle achète une bouteille de rioja, des biscuits au fromage, des chips.

L'hôtel est supposé être l'un des meilleurs des Orcades. Il est fatigué, n'a pas été redécoré depuis des années. Il y a des tourbillons de couleur nauséeux sur la moquette, une odeur de friture et de café brûlé s'échappe du restaurant. Sa chambre est assez agréable, malgré les photos criardes de fleurs violettes sur les murs. Le lit gigantesque est inconfortable : deux lits collés ensemble. Les oreillers sont indescriptibles. Elle dévisse le bouchon du rioja et verse un tiers de la bouteille dans son verre à dent.

Vers dix-huit heures elle a faim et a presque terminé la bouteille. Le room service ne répondant pas, elle descend au restaurant.

« Je peux commander à manger ici ?

— Oui, oui », répond la jeune femme derrière le bar.

Elle a un petit visage en forme de cœur, du maquillage, une jolie bouche.

« Vous pouvez me monter mon repas dans ma chambre ?

— Je suis toute seule à travailler, là. Ça vous embête d'attendre ? Vous pourriez le monter vous-même ? »

Hannah jette un regard circulaire au restaurant quasiment vide. Elle est seule à l'exception d'un couple de quinquagénaires qui semblent être en voyage d'affaires, la tête penchée sur un écran d'ordinateur.

« OK.

— La maison vous offre un verre, ajoute la jeune femme avec un clin d'œil, vu que c'est moi la responsable.

— OK », répète Hannah.

Elle consulte le menu.

« Je vais prendre un fish and chips, annonce-t-elle.

— Parfait.

— Et un verre de vin. Quels vins servez-vous au verre ?

— Juste le merlot.

— Alors un verre de ça.

— Parfait, répète la jeune femme en prenant un verre ballon qu'elle remplit presque à ras bord. Tenez. »

Parfait ?

Elle l'emporte jusqu'à un siège près de la fenêtre. Un vase de fleurs en plastique se dresse sur la table devant elle. Dehors, le port est balayé par la pluie. Des rayons de soleil couchant percent la bruine, puis disparaissent à nouveau, laissant une lumière métallique dans leur sillage.

« Demain ce sera mieux. Niveau météo. »

Elle se retourne et voit un homme à côté d'elle. Il lui faut quelques secondes avant de se rappeler l'avoir vu à l'aéroport, dans l'avion. Elle acquiesce. On dirait qu'il a dégrisé, alors qu'elle a pris le chemin de l'ébriété. Il s'assied à la table voisine, dans la diagonale opposée d'Hannah, ce qui l'agace vaguement. Désormais, soit il faudra qu'elle fasse la conversation, soit qu'elle l'ignore. Elle farfouille dans son sac, trouve le livre de poche qu'elle a acheté à l'aéroport, le glisse sur la table. Elle boit une gorgée de vin, ouvre le livre. *Emma Woodhouse, belle, intelligente et riche…*

La jeune femme arrive, pose une pinte devant l'homme.

« Et voilà pour vous.

— Merci. »

Le murmure du couple dans le coin – quelque

chose à propos d'une réunion. De chiffres. Le monde du travail. L'homme soulève sa pinte, boit.

« Il est bien ? »

Elle lève les yeux. L'homme est solidement charpenté, mais pas en surpoids, du même âge qu'elle, ou un peu plus vieux. Il a la peau rougeaude, comme s'il venait de prendre une douche. Sur sa nuque, ses cheveux sont humides.

« Votre livre, précise-t-il avec un geste. Il est bien ? »

Elle le lui présente ouvert.

« J'en suis à la première page.

— Ah.

— Mais je l'ai déjà lu.

— D'accord.

— Ils tirent tous des leçons de ce qui leur arrive. Et vivent heureux jusqu'à la fin de leur vie.

— Ah. D'accord, oui. »

Elle reporte son attention sur la page, mais les mots dansent à présent.

« Alors vous êtes là en vacances ?

— Je suppose.

— Vous supposez ? »

Il désigne la chaise en face d'elle.

« Ça vous embête si je me joins à vous ?

— J'attends juste mon plat. Je vais bientôt partir.

— Alors je n'aurai pas le temps de vous ennuyer. »

Il s'empare de sa bière et occupe la chaise en face d'elle, tournant le dos à la femme derrière le bar.

« Santé. »

L'homme brandit sa pinte et boit. Il a des doigts épais, la peau crevassée et rouge. Il porte une alliance. Son téléphone est posé à côté de lui sur la table. Elle voit la photo d'une femme et d'un enfant sur l'écran.

« Alors c'est quoi ? Si ce ne sont pas des vacances ? Vous êtes là pour le boulot ?

— Non, répond-elle. Pas le boulot.

— Mystère.

— Quelque chose comme ça.

— Je viens d'ici, déclare-t-il, comme en réponse à une question qu'elle n'a pas posée. J'ai grandi ici. Je travaille sur les plateformes pétrolières. Au large d'Aberdeen. Deux semaines là-bas, trois semaines de repos. Quand je ne suis pas sur les plateformes, je vis sur l'île de Papa Westray. Je m'occupe d'une ferme. »

Elle s'imagine une maisonnette. Avec vue sur des parcs d'éoliennes et la mer. Une femme et un enfant. La femme sur ce téléphone. Qui se débrouille seule quand il n'est pas là.

« Et vous ? demande-t-il. Vous êtes d'où ?

— Londres. Manchester. Londres.

— Ça fait beaucoup d'endroits.

— Manchester. »

Il hoche la tête.

« Il y a des gars de Manchester sur la plateforme.

— Ah oui ?

— Ils n'ont pas le même accent que vous.

— Ça fait des années que j'habite à Londres. »

Il se penche vers elle.

« C'est comment, alors ? s'enquiert-il. Londres ? »

Il y a quelque chose chez lui, son énergie, quelque chose de débridé. Une faim dans ses yeux.

Elle s'adosse.

« Oh, répond-elle. Vous voyez, quoi.

— Les villes et moi ça fait deux.

— Oui. »

Un silence s'installe. Il retourne son téléphone sur la table, si bien qu'on voit maintenant la coque noire, la photo de la femme et de l'enfant a disparu.

« Alors vous avez visité quoi, aujourd'hui ? »

Elle hausse les épaules.

« Les sites principaux. Hormis la sépulture. Maeshowe. Je suppose que j'irai demain.

— Et vous avez aimé les sites principaux ?

— Pas vraiment. Je pensais que les Orcades étaient... différentes. Je m'attendais à quelque chose de plus sauvage. Tout cela est un peu... poli.

— Poli ! »

Il rejette la tête en arrière et part d'un grand rire. À la table voisine, les dîneurs lèvent les yeux, puis replongent le nez dans leur nourriture.

« Vous devriez aller au sud », conseille-t-il.

L'espace d'un instant elle croit qu'il parle du Sud : le Sud caniculaire. Soleil, mer et chaleur sur la peau.

« Descendez à Ronaldsay, explique-t-il, allez voir les tombeaux là-bas. The Tomb of the Eagles, le tombeau des aigles. Sur les falaises là-bas. C'est sauvage. C'est un bon site à voir avant de partir. »

Elle regarde sa propre main, tripote sa bague, mais sa bague n'est pas là. L'homme regarde l'annulaire d'Hannah, puis reporte les yeux sur son visage.

Elle a conscience, à cet instant, qu'une invitation vient d'être proposée. Conscience d'un jeu d'émotions conflictuelles, de la réponse bondissante du désir.

Est-ce ainsi que ça s'est passé ? Entre Lissa et Nathan ? Cela a-t-il été exprimé ou tu ? Ont-ils pensé à elle, avant de franchir la ligne ?

« C'est votre femme ? demande-t-elle.

— Où ça ? »

Il a l'air surpris.

« Là. »

Elle tend le bras, s'empare du téléphone, le retourne et appuie sur le bouton latéral. Elle est là, une jeune femme plissant les yeux dans la lumière, un enfant d'environ quatre ans devant elle.

L'homme regarde son téléphone, puis de nouveau Hannah.

« Oui, c'est elle, répond-il.

— Alors qu'est-ce que vous fabriquez ? »

Soudain furieuse, elle siffle ses mots.

« À me parler ? »

Il lui prend le portable des mains, regarde brièvement la photo.

« Elle est morte, dit-il. Elle est morte il y a un an.

— Oh. »

C'est comme s'il lui avait asséné un coup de pied dans le ventre.

« Mon Dieu.

— C'est pas grave, dit-il. Ce n'est pas votre faute. »

Il détourne la tête vers le port balayé par la pluie, puis regarde de nouveau Hannah.

« Enfin bref, dit-il. Je ne suis pas venu ici pour parler de ma femme. »

Elle ne répond rien. Puis, sans qu'un mot de plus ne soit échangé, un accord est passé.

Ils montent dans l'ascenseur. Elle le regarde appuyer sur le bouton du deuxième étage. Ses doigts épais. Ses larges paumes. Il la précède dans le couloir et elle suit, à un demi-pas derrière. Il ouvre la porte, puis s'efface pour la laisser entrer, et l'espace d'un instant, elle ressent la lame aiguisée de la peur – il pourrait être n'importe qui – mais cette peur se dissout vite. Il s'apprête à glisser la clef dans l'interrupteur, elle l'arrête d'une main sur le poignet.

« Non, dit-elle. Restons dans le noir. »

Au tombeau des aigles, le bureau d'accueil des visiteurs est tenu par une femme à la voix douce. Elle parle du tombeau, explique qu'il a été trouvé sur la propriété de son père, à moins de deux kilomètres de l'endroit où elle et sa famille vivent aujourd'hui. Elle parle des restes humains qui ont été découverts ici – pas des squelettes, juste un méli-mélo d'ossements, des os par milliers. Elle parle des serres d'aigles dénichées parmi eux. Expose la théorie selon laquelle les corps n'étaient pas enterrés, afin qu'ils fussent mangés par les oiseaux. Comme les sépultures à ciel ouvert du Tibet. Explique que seuls les os propres ont été sauvegardés.

« Excarnation, précise la femme de sa voix douce.

— Excarnation », répète Hannah.

Un nouveau mot. Elle le goûte.

Une fois la courte visite terminée, la femme claque une langue réprobatrice devant la veste et les chaussures d'Hannah, et l'équipe d'une vraie tenue imperméable. Quand elle est prête, Hannah s'esclaffe.

Elles se postent à la fenêtre où la femme désigne le chemin pour atteindre un tumulus tapi au loin.

« Revenez en longeant les falaises, conseille-t-elle. C'est le meilleur chemin. Comme ça vous apercevrez peut-être des phoques. »

Le sentier boueux est constellé de flaques : Hannah passe au milieu, pas à côté. À quand remonte la dernière fois qu'elle a porté des bottes en caoutchouc ? Une bribe de chanson lui vient en tête, elle chante tout haut. Un chien sort d'un bond de l'un des bâtiments de la ferme, se faufile par la clôture devant elle, revient sur ses pas en trottinant afin de s'assurer qu'elle arrive à le suivre, puis repart en courant, pourchassant les hirondelles qui trissent en piqué, ivres de vent. Des primevères jalonnent le sentier, elle les cueille, puis, ne sachant trop quoi en faire, les fourre dans la poche de son manteau.

La sépulture ne ressemble pas à grand-chose si ce n'est à un tas de rochers, presque indiscernables de ceux empilés autour. L'entrée est recouverte par une planche en bois à roulettes. Avec un tremblement de peur, elle écarte la planche et se met à quatre pattes pour parcourir le tunnel qui débouche dans une petite salle creusée. Il ne fait pas sombre – des lucarnes étroites ont été façonnées dans le plafond –, pas froid non plus, ni même sinistre : ce n'est que du rocher, de la terre et un profond silence insonorisé. Dehors, à l'autre bout du tunnel, elle voit le vent dans l'herbe, les embruns blancs sur la mer.

Elle reste assise là un moment, sans trop savoir quoi faire. Il y a un grattement dans le tunnel et le chien apparaît : il s'approche d'elle, haletant. Elle le serre contre elle, sent son cœur, la chaleur de son flanc.

« Salut, dit-elle. Salut, toi. »

Devant elle, accolé à la salle dans laquelle elle est assise, se trouve un espace plus exigu, plus sombre. De sa position, il est impossible de distinguer jusqu'où il s'enfonce. Par terre il y a une lampe de poche, elle s'en empare, l'allume, dirige le faisceau vers la salle qui, si elle est petite, permet malgré tout à une personne de s'y tenir allongée.

Elle rampe sous le linteau de pierre et s'allonge sur le ventre, la joue sur le sol froid. C'est étrangement réconfortant : allongée comme ça, elle sent son cœur battre dans son ventre, sa poitrine, le flux de son sang. Le martèlement lointain de la mer sur les rochers. Le doux bruit du chien, qui respire tout près.

Elle pense aux os restés empilés là pendant si longtemps, par centaines de milliers.

Bientôt, sa chair ne sera plus.

Elle pense à la nuit précédente. Le choc du corps de cet homme : sa différence, sa forme. Son odeur. Les endroits où elle a posé sa bouche. Elle aussi était différente. Son corps différent. Leur façon de bouger ensemble. Les bruits bestiaux bizarres qu'ils faisaient. Après, allongée dans l'obscurité avec cet étranger familier, elle a pensé à Nathan. Elle prend conscience qu'elle a oublié de le considérer comme une entité séparée. Oublié de ressentir son étrangeté. D'accueillir l'animal en lui. Et avec cette pensée vient autre chose : une sorte de chagrin, pour sa propre nature animale, et ses désirs sauvages.

Elle se met sur le dos, éteint la lampe torche, et il n'y a que l'obscurité : le bruit sourd, intime, de sa respiration.

Au bout d'un long moment elle retourne en rampant à la chambre principale, puis s'extirpe dans la luminosité du jour. Le chien la suit, ils longent les rochers pour retourner à la voiture. Les nuages se sont dissipés, le vent est retombé, le temps est clair.

Elle roule jusqu'à l'autre bout de l'île, longe une bande de sable blanc, la mer calme à côté, et un désir si puissant et si soudain s'empare d'elle qu'elle arrête la voiture. Elle descend la dune, marche sur le sable jusqu'à ne plus voir la route, retire ses vêtements et court dans la mer. Elle laisse échapper un cri – de froid, de joie, d'euphorie – au moment où l'eau la soulève et lui gifle la peau.

•

Cate

Le printemps est en avance, la ville verdit. Cate sort son vélo du garde-meuble, le nettoie, le graisse, puis gravit la colline pour aller travailler en regardant les arbres qui bourgeonnent puis déploient leurs feuilles, les bougies des marronniers d'Inde qui jalonnent le bas-côté de la grande route.

Au début, ça la met hors d'haleine, cette côte : elle doit s'arrêter plusieurs fois pour pousser son vélo afin de parvenir au sommet de la colline. Mais très vite, elle retrouve la forme, sent ses muscles réagir, l'air affluer dans ses poumons.

Pédaler est délectable, mais c'est quand elle conduit qu'elle le constate le plus : sur les routes secondaires, entre Canterbury et la côte, le radieux coup de balai printanier de la terre.

Dea avait raison : ce boulot lui convient – deux jours par semaine au bureau, un jour à faire la tournée des lycées. Sam travaille un jour de moins, si bien qu'à eux trois ils arrivent à se partager la garde, Alice, Sam et elle. Elle aime les adolescents qu'elle rencontre : leur attitude, leur insolence. Ils ne donnent rien gratuitement. Elle travaille sur un projet pour amener les élèves d'un lycée de Sheppey à venir visiter le campus, et avec le département de création littéraire pour publier une anthologie des productions des adolescents.

Tom est à deux doigts de marcher maintenant. Il aime se tracter pour se mettre debout, parcourt le salon en collants, ravi de cette toute nouvelle mobilité. Cate l'observe, fascinée. C'est extraordinaire, songe-t-elle, cet empressement à se tenir debout, à marcher ; extraordinaire d'observer l'animal humain qui se développe sous ses yeux. Tout ce qui lui passe sous la main, il le met à la bouche : crayons, élastiques, miettes de nourriture par terre. Enfoncer des crayons dans des trous devient sa passion. Elle achète des cache-prises. Il devient impératif de sortir de la maison.

Par un dimanche ensoleillé de mars, une semaine avant son anniversaire, il fait ses premiers pas dans le salon : un, deux, trois, puis il s'assied sur les fesses. Elle applaudit et hèle Sam qui dort à l'étage, il accourt en se frottant les yeux, ébloui. Ils amadouent, ils cajolent et Tom parvient à faire deux ou trois autres pas. Sam sort son portable et arrive à saisir l'instant, qu'il envoie aussitôt à Alice. Cate l'envoie à son père.

Souvent, le week-end, elle attache Tom dans la poussette et se rend aux jardins ouvriers, où Nora et lui marchent, châteaux branlants, naturalistes amateurs qui étudient les pierres et mangent la terre, pendant que Dea et elle bêchent les plates-bandes en vue de la nouvelle saison de semences. Elle aime ce travail, elle aime les suées qu'il lui donne, elle aime l'odeur sucrée de la terre.

Elle part en promenade. Parfois avec Dea ; parfois, s'il fait beau, quand elle est seule et que Tom fait la sieste dans la poussette, elle se contente de s'asseoir sur un banc au soleil. À son réveil, il y a souvent un court laps de temps durant lequel il reprend conscience, contemple le monde depuis son siège sans la chercher, ni elle ni personne. Elle s'assied derrière lui et le laisse profiter de cet instant, une minute où elle n'est pas aussitôt là à planer au-dessus de lui. Elle se rend compte qu'il commence très tôt, ce processus de lâcher-prise – de ne pas s'immiscer entre son enfant et le soleil.

Ils sont hésitants l'un avec l'autre, Sam et elle, mais ils sont moins mal à l'aise, plus proches. Cependant ils se laissent beaucoup d'espace, comme si le petit feu qui a été attisé risquait d'être étouffé par manque d'air. Tom dort dans son propre lit à présent, et parfois, dans le silence de la nuit, c'est facile de se tourner vers Sam, de se lover contre lui, de se réveiller avec le bras en travers de sa poitrine.

Chaque jour elle envoie un SMS à Hannah, juste une ligne pour s'assurer que tout va bien. Un matin au début du mois d'avril, elle gravit la colline à vélo pour aller à l'université, arrive dans son bureau et ouvre ses mails. Elle le voit aussitôt. Un message d'Hesther – objet *Lucy Skein.*

Cate se met à trembler. Elle jette un œil dans la pièce, personne ne la regarde – le soleil entre en oblique par la fenêtre. C'est toujours la même matinée qu'avant.

Elle ouvre le mail.

Hesther est désolée d'avoir mis si longtemps à répondre : elle était en déplacement – pour le travail. Elle est ravie d'avoir des nouvelles de Cate après tout ce temps. Les yeux de Cate parcourent avidement les mots, jusqu'aux deux dernières lignes.

Je n'avais pas vu Lucy depuis des années, et puis l'an dernier, par le plus grand des hasards, je suis tombée sur elle quand j'étais à Seattle pour le boulot. Elle avait l'air d'aller vraiment bien. Apparemment elle a changé de nom. J'ai ses coordonnées si tu veux.

Et en dessous, une adresse mail. Un nom.

Cate le tape immédiatement dans son moteur de recherche. Et la voilà devant elle. Dr Lucy Sloan. Département de développement international. Université de l'Oregon.

Son visage. La façon dont sa lèvre se retrousse quand elle sourit.

Une relique d'une autre vie.

Lissa

Il faut que tu amènes Daniel, dit Sarah à Lissa au téléphone et, dans l'objet du mail qui contenait l'invitation à l'exposition, elle a écrit en caractères gras – *Amène Daniel ! Trop hâte de le rencontrer.*

Pour finir, en désespoir de cause, Lissa envoie un SMS à Johnny : *J'ai une invitation pour deux à un vernissage. Tu voudrais pas m'accompagner, par hasard ?*

J'en serais ravi, répond-il, presque sur-le-champ.

Ils se retrouvent dans le métro. Il est habillé en noir, comme d'habitude, avec son sac en cuir noir, mais sa chemise a l'air neuve, et il porte une veste élégante. Il est rasé de près, il a bonne mine. Elle s'étonne de constater à quel point elle est heureuse de le voir, heureuse qu'il lui soulève la main de sa manière douce et raffinée.

« Salut, ma puce », dit-il.

Elle avait oublié ce doux roulement de Liverpool dans sa voix.

« Tu es très beau, le complimente-t-elle. Très chic.

— Je travaille. J'ai eu un rôle dans la série *Doctors.*

— Ah ah.

— Et, ajoute-t-il presque sur un ton d'excuse, il semblerait que j'aie décroché une saison dans la Royal Shakespeare Company.

— Nooon ? C'est génial !

— Ne nous affolons pas, tempère-t-il en levant une main. Ce sont pour la plupart des petits rôles, à part quand je joue Enobarbus dans *Antoine et Cléopâtre.* La pièce est transposée à Liverpool dans les années 1960. Ne me demande pas pourquoi. À tous les coups ça va être un carnage, mais enfin bon.

— Johnny, mais c'est un vrai job ! »

Elle se rend compte qu'elle est inconditionnellement heureuse pour lui.

« Tu ferais une super Cléopâtre.

— Dans une autre vie.

— Et toi ? Des auditions ?

— Pas vraiment. En fait, j'envisage d'arrêter.

— Tais-toi, mon enfant.

— Non, vraiment.

— Allons, allons, la sermonne-t-il en la prenant par le bras. Suffit.

— Tu commences quand ?

— En mai. Apparemment ils sont tous très civilisés, les gars de Stratford. Cours de diction collectif chaque matin – ce genre de choses. Et puis ça équivaut à un an de remboursement de prêt.

— Eh bien. C'est mérité.

— Alors, elle est de qui cette exposition ?

— Oh. C'est juste ma mère.

— Mince alors ! s'exclame-t-il avec un clin d'œil. J'ai intérêt à bien me tenir dans ce cas. »

La galerie grouille de monde, bondée de visages que Lissa n'a pas vus depuis des années. Sa mère est entourée de gens. Il s'est écoulé à peu près un mois depuis leur dernière rencontre, Sarah a perdu du poids, mais elle est superbe : majestueuse dans une longue robe rouge. C'est elle qui devrait jouer Cléopâtre, songe Lissa, pas moi.

Les tableaux sont peu nombreux : pas plus de sept. Dans chacun la zone peinte n'occupe qu'un tiers de la toile, le reste ayant été laissé vierge. Ils sont accrochés sans cadre, ce qui donne l'impression que l'image est en suspens dans l'espace. À mesure que les yeux s'habituent à la toile, des objets apparaissent. L'une d'elles représente une jeune fille en robe de coton, à demi tournée, le visage de profil : elle se penche pour regarder quelque chose au sol, mais le sol n'est pas là, il a disparu dans le vide sous ses pieds. Le visage a beau être flou, Lissa sait que c'est elle.

Dans la plus grande des toiles, qui occupe presque tout un mur, une ligne floue esquisse une silhouette, ou une créature, qui marche à l'horizon en se désagrégeant jusqu'au néant : ce pourrait être les marais salants de Bolivie, ce pourrait être la surface de la lune. Les traits caractéristiques ont beau être rares, Lissa sait que cette silhouette est celle de Sarah – sa mère de dos – qui s'éloigne.

Les toiles ne sont pas données – entre deux et cinq mille livres – pourtant il y a déjà trois points rouges sur les bristols collés au mur.

« Elle va tout vendre à ce rythme-là. »

Lissa se retourne : Laurie est à côté d'elle. La femme d'âge mûr passe son bras sous celui de Lissa.

« Je crois qu'elle savait, quand elle les a commencés, non ?

— Qu'elle savait quoi ?

— La gravité de sa maladie. »

Laurie désigne les tableaux.

« C'est comme si tout le superflu était tombé. »

Lissa ressent alors un effondrement – le sol, son ventre. Elle regarde ses mains, que Laurie serre.

« Et toi, Liss ? dit Laurie. Comment vas-tu ? Comment tu vis tout ça ?

— Bien, s'entend murmurer Lissa. Je m'en sors bien. »

Le temps que la propriétaire de la galerie monte sur une caisse afin de dominer la foule pour parler, la salle est comble. Lissa a fait le tour du pâté de maisons, décidé de partir – décidé de revenir. Elle a fumé quatre cigarettes, bu quatre verres de vin. Elle a perdu Johnny, l'a retrouvé, de nouveau perdu. À l'écart du cercle étroit que forme la foule autour de Sarah et de la propriétaire de la galerie, Lissa écoute en silence le bref discours de sa mère, mais elle l'entend à peine par-dessus le martèlement violent de sa colère, et quand la foule se disperse, elle force le passage et prend Sarah par le bras.

« Pourquoi tu ne m'en as pas parlé ?

— Parlé de quoi ?

— Laurie m'a dit. Elle croyait que j'étais au courant.

— Oh, dit Sarah. Ça.

— *Ça ?*

— Je ne voulais pas t'inquiéter.

— Tu ne voulais pas m'*inquiéter* ? C'est grave ?

— Assez. »

Sarah s'essuie le front d'un revers de main.

« J'ai un cancer au stade quatre. »

Il fait chaud – chaud partout, dedans, dehors.

« Et tu le sais depuis combien de temps ?

— Depuis Noël.

— *Noël ?*

— J'ai refusé la chimio.

— Évidemment. Et tu n'as pas pensé que je pourrais avoir mon mot à dire ?

— C'est mon corps, Lissa. Ma vie. »

Sa mère a l'air lasse, acculée, et Lissa sent les gens derrière elle – elle sait qu'on les observe.

Le visage de Sarah change.

« Daniel est là ? demande-t-elle doucement. Tu as amené Daniel ?

— Non, répond Lissa d'une voix qui monte dans les aigus. Non, il n'est pas là. Tu sais pourquoi ? Parce qu'il n'existe pas. Ou plutôt si – mais c'est Nathan. Le Nathan d'Hannah. J'ai couché avec le Nathan d'Hannah, je t'ai dit qu'il était quelqu'un d'autre et maintenant il ne me parle plus. Et Hannah non plus. Parce que ma vie est un foutoir. Parce que tu ne m'as jamais appris comment aimer. »

Sarah chancelle comme sous un coup. Lissa poursuit sa charge, empoigne sa mère.

« Tu es tellement égoïste. Tellement égoïste, putain. Tu le sais, ça ? Tu l'as toujours été et tu le seras toujours. »

Sarah esquisse un pas de côté, une parade élégante.

« Grand Dieu, réplique-t-elle. Et tu dis que c'est *moi* qui suis égoïste ? Oh là là, Lissa, je sais que tu aimerais monter plus souvent sur scène, mais pour une fois, est-ce que tu pourrais m'épargner le drame, s'il te plaît ?

— Hé. »

Une main ferme s'est posée sur son bras.

« Hé, ma puce. »

Lissa se retourne et voit Johnny à côté d'elle. Elle voit Sarah entourée, Laurie entre elles.

« Il est temps de rentrer, Liss, dit Johnny en l'attirant contre lui. Viens. »

Hannah

C'est, apparemment, le printemps le plus chaud depuis des années. Sur son trajet pour se rendre à l'arrêt de bus, les cerisiers sont en pleine floraison. Au coin de la rue, le Georgian Cafe a sorti tables et chaises.

Elle se lève à l'aube et traverse le parc jusqu'à la piscine en plein air. Il n'y a pas grand monde à cette heure de la journée. Juste les nageurs acharnés dans leurs lignes. Elle entre dans l'un des petits vestiaires, enfile son maillot. Prend son bonnet et ses lunettes. Il fait frisquet mais l'eau est tiède. Elle nage, de grandes longueurs de cinquante mètres. Elle prend plaisir à ses mouvements. Elle observe la lumière qui ondule et se réfracte sur l'eau. Elle se rappelle les Orcades, l'horizon, la lumière. À mesure qu'elle nage, ses pensées changent. Elles se font moins chaotiques. Dans l'eau il n'y a ni passé ni futur. Le temps qu'elle sorte de la piscine son corps picote et elle a l'esprit clair.

Elle se met à aller partout à pied. Elle va au travail

à pied. L'après-midi, elle revient à pied en longeant le canal, savourant la lumière – le ciel changeant. Elle s'assied dehors sur sa terrasse, sent la chaleur sur sa peau. Tous les dimanches elle s'achète des fleurs au marché. Un dimanche matin, des plantes lui attirent l'œil : elle les achète, puis les rempote dans des bacs en terre cuite, qu'elle dispose sur le rebord de la fenêtre de la petite chambre, où il y a du soleil et où elles auront de la lumière. Les soirées s'allongent : il fait encore jour, désormais, à sept heures du soir.

La chaleur augmente tout au long du mois d'avril ; à la fin du mois, il fait aussi chaud qu'en juillet. Chaque matin, avant d'aller travailler, elle se lève tôt et va nager à la piscine – des distances de plus en plus longues chaque jour. Au travail tout va bien, mais elle se sait prête à changer. Elle envisage de postuler à un autre emploi – troquer Farringdon contre Lisbonne peut-être, ou New York. Tous ces postes auxquels elle n'a pas candidaté, toutes ces opportunités qu'elle n'a pas saisies, à l'époque où elle attendait, faisait du sur-place. Elle n'a pas d'attaches – elle peut faire n'importe quoi, aller où bon lui plaira.

Après le travail, dans l'immobilité de son appartement, Hannah, debout à l'évier, se sert de l'eau, boit, puis se rend dans la petite chambre, se déshabille et s'allonge nue dans le soleil du soir. Les yeux clos, elle laisse la lumière danser en violet, rouge et vert sur ses paupières. Elle se sent pleine, mais de quoi exactement elle n'arrive pas à le déterminer.

Un soir, alors qu'elle est allongée ainsi, son téléphone vibre avec l'arrivée d'un message.

Elle s'en empare, voit le nom : Nathan.

J'ai besoin d'aller chercher des affaires. T'es d'accord ?

Elle contemple le message pendant de longues secondes. Elle ne répond pas. Trente minutes plus tard le téléphone vibre de nouveau.

Ça va si je passe un peu plus tard aujourd'hui ?

Elle repose le téléphone, le reprend.

Quelle heure ?

Bientôt ? Je ne suis pas loin.

Son cœur bat plus vite.

OK. Viens. Je serai sortie.

Elle se lève, enfile une culotte et une vieille robe d'été noire, une qu'elle a portée si souvent qu'elle épouse sa silhouette. Elle laisse son portable, au cas où elle serait tentée de changer d'avis et de l'appeler, puis prend ses clefs et marche en direction du canal. Il fait encore chaud. Dans Broadway Market les bars sont pleins, elle s'en éloigne, longe le canal en direction de Victoria Park. Elle prend son temps, fait un tour dans l'herbe au couchant, slalome entre les ombres grandissantes des arbres, puis retourne chez elle dans l'obscurité qui s'épaissit.

Dès qu'elle tourne la clef dans la serrure, elle sait qu'il est encore là : une différence dans la qualité du silence, une légère perturbation de l'air. Elle ne le voit pas tout de suite, tandis qu'elle retire ses sandales d'un coup de pied, restant pieds nus sur le seuil. Un bruit discret provient de la petite chambre. Elle foule les lattes du parquet jusqu'au bout du couloir, où elle pousse la porte. Debout à la fenêtre, il contemple l'arbre.

Il se tourne vers elle.

« Je n'ai pas réussi à partir. »

Il a la voix rauque. Il y a un petit sac à ses pieds.

Elle devrait être en colère, songe-t-elle, mais la colère est loin.

« Tu as changé des choses ici, dit-il. Tu as peint.

— Oui.

— C'est joli. »

Il désigne les plantes sur le rebord de la fenêtre, l'imprimé sur le mur.

« C'est marrant qu'on n'y ait jamais touché, non ? À cette pièce. Pendant tout ce temps.

— Sans doute. »

Dehors on entend le bruit d'une foulée de course, le claquement percutant de baskets sur le trottoir, d'enfants qui jouent dans la rue.

« Ç'a été, toi ? demande Nathan.

— Ça va », répond-elle.

Elle s'appuie contre le mur derrière elle, puis se laisse doucement glisser au sol. Elle remonte ses genoux contre sa poitrine, les entoure de ses bras.

Elle sent son souffle entrer et sortir, saccadé. Sur la moquette un rectangle de soleil couchant les sépare.

« Mal, pendant longtemps. Mieux maintenant. »

Nathan hoche la tête.

« Et toi ? demande-t-elle.

— Han », murmure-t-il.

Il avance d'un pas prudent, mais d'une main levée, elle l'arrête.

« Non, dit-elle. N'approche pas plus. »

Alors il reste là, sans amarres, au milieu de la pièce.

Il y a beaucoup de choses qu'elle a envie de dire :

Comment as-tu pu me faire ça ?

Comment as-tu pu avoir le culot de te pointer ici ?

Mais en définitive, voilà ce qu'elle dit :

« C'était comment ?

— C'était comment quoi ?

— Avec Lissa.

— Han. »

Le visage de Nathan se crispe.

« Arrête. »

Elle appuie sa tête contre le mur et le regarde. La tristesse sur son visage. Comment se fait-il, après tout ça, qu'elle se sente aussi forte, mais que lui, planté là, comme ça, semble être à deux doigts de s'effondrer ?

« Raconte-moi, insiste-t-elle. Je veux savoir. »

Elle a été au feu, pendant tout ce temps – voilà comment –, elle a été trempée par le feu.

Il se détourne. Pose une main sur son sac, le soulève, le repose, enlève sa main.

« C'était… J'avais l'impression d'être en danger, répond-il. Et de mal agir.

— Et c'était bon ?

— Oui. D'une certaine façon.

— Elle a joui ?

— Quoi ? »

Il a l'air misérable.

« Tu m'as très bien entendue. Elle a joui ?

— Je t'en prie. Ne fais pas ça.

— C'est mon droit. Non ?

— Je ne sais pas.

— Elle a joui ?

— Oui.

— Elle était bruyante ? Quel bruit elle fait quand elle jouit ?

— Elle n'était pas bruyante. Non. »

C'est comme si elle forait une matière dure profondément satisfaisante.

« Comment elle baise ? Elle t'a excité ? »

Elle fait glisser de ses épaules les bretelles de sa robe : lentement le tissu tombe sur sa taille. Ses tétons sont durs.

Elle reste longtemps sans bouger, puis elle retire complètement sa robe, et se retrouve en culotte.

« Tu as envie de moi ? » demande-t-elle.

Il hoche la tête, son visage a la mollesse du désir.

« Tu as autant envie de moi que tu avais envie d'elle ?

— Plus. »

Elle reste où elle est, au soleil, par terre. L'animal en lui. L'animal en elle.

« Répète-le.

— Plus. »

Il approche lentement. Quand il arrive à sa hauteur il s'agenouille devant elle, la tête sur le sol. Puis il relève la tête, écarte le tissu de sa culotte, glisse ses doigts en elle : à son contact, elle se cabre.

Lissa

Tandis que le train quitte Londres par l'ouest, elles parlent peu. Entre elles c'est une trêve difficile – cette excursion un cadeau de réconciliation de la part de Lissa, que Sarah a accepté ; le premier jour qu'elles passent ensemble depuis des semaines. Après Reading, le paysage s'ouvre, le ciel est plus vaste, les villages plus petits. L'été est en pleine et glorieuse effervescence.

Sarah somnole, son chapeau à côté d'elle sur le siège, un roman ouvert sur les genoux. Lissa examine le visage de sa mère. Elle n'a pas l'air malade – elle est même plus belle que jamais. Le poids qu'elle a perdu ne fait qu'exposer plus clairement l'architecture raffinée de son visage – qui pendant son sommeil ne présente aucun relâchement dû à l'âge. Ses cheveux sont toujours aussi longs, toujours aussi épais.

Sa mère ouvre un œil, l'accroche sur Lissa, Lissa se détourne.

Elles descendent à une gare de campagne et traversent une rivière. Sarah marche lentement, appuyée sur son bâton, une écharpe rouge voletant dans le sillage de son chapeau à large bord. Il y a des cygnes sur la rivière : deux jeunes qui ne sont pas encore devenus blancs. Ils nagent côte à côte, leurs parents ne sont pas loin derrière. Des vaches se baladent dans le champ en face. C'est charmant, mais comme parfois sur les routes de campagne, il n'y a pas de trottoir, juste un bas-côté herbeux étroit, où le bruit et la vitesse de la circulation sont très pénibles.

« Attends, maman, attends une seconde. »

Lissa pose une main sur le bras de sa mère pour l'arrêter, puis se tourne vers la route et tend le pouce. Un homme au volant d'une Range Rover s'arrête presque aussitôt. Il est avenant, chaleureux, et Lissa ressent le soulagement silencieux de sa mère alors qu'ils gravissent une colline en direction du parc communal avant de s'arrêter sur un parking, où Lissa aide sa mère à descendre. Sarah se dirige vers la clôture, où se dresse encore une ancienne tour de contrôle. Lissa s'approche d'un panneau qui donne quelques informations sur l'histoire de ce parc, la base aéronavale, la flore et la faune qu'on peut y trouver. *Le parc de Greenham*, lit-on, *redevient un paysage de lande.*

Les éleveurs qui faisaient paître leur bétail avaient permis le développement d'une rare végétation typique de la lande, comme la bruyère, les ajoncs et autres plantes qui apprécient les milieux acides.

Grâce à la désaffection des pistes et à la pose de clôtures, les éleveurs peuvent à nouveau exercer leur droit de vaine pâture.

Elle plisse les yeux. Un peu plus loin, elle distingue un chemin bétonné – l'ancienne piste – où deux filles, de jeunes adolescentes, jouent à faire l'avion, les bras tendus contre le vent, leur rire aigu dans l'air.

« Par ici », dit Sarah.

Le gravier sablonneux crisse sous leurs pas ;

partout la bruyère est en fleurs, des fleurs blanches pareilles à des étoiles qui pointillent l'herbe au bord du chemin. Elles longent l'ancienne piste, passent devant un étang, une bouche d'incendie. Sarah regarde à droite, à gauche, en hochant la tête de temps à autre, comme si les choses trouvaient leur place.

« Ça c'était la Porte bleue, explique-t-elle en pointant son bâton. Là-bas. »

Des cyclistes les doublent, des familles qui flânent en peloton, des quinquagénaires en groupes de trois ou cinq, équipés de lunettes de soleil de sport, de casques. Sarah s'agace avec un bruit sec lorsqu'ils forcent le passage sur le chemin. Il fait chaud, la température augmente. Lissa sort une bouteille d'eau de son sac, la tend à Sarah, qui s'en empare et boit goulûment.

« Tiens, s'exclame soudain Sarah, les yeux fixés sur un point derrière Lissa. Ils sont là. Les silos. Où étaient entreposés les missiles. »

Lissa se retourne. Ils sont gigantesques, couverts d'herbe. Ils ne ressemblent pas à grand-chose, songe-t-elle, si ce n'est à des tumulus, de ceux où l'on enterrait les rois de l'âge du bronze avec tout leur butin. Elles traversent lentement le parc pour s'en approcher. Des triples clôtures de barbelés se dressent encore devant eux ; quelqu'un a peint dessus en rouge.

CHATTE
PUTE
JE
T'ENCULE

Un panneau est toujours planté au milieu de la végétation envahissante : *Ministère de la Défense.*

Sarah secoue la clôture avec son bâton.

« Coupe-boulon, déclare-t-elle fièrement, ça faisait pas long feu. »

Elle sourit.

« On avait toujours nos coupe-boulons sur nous. »

Sur ce elle rejette la tête en arrière et se met à faire le plus extraordinaire des bruits – un hululement – à la fois complètement tellurique et complètement éthéré. Lissa voit des promeneurs lever la tête, interrogateurs. Quand Sarah s'arrête, il y a du silence ; elle a un sourire malicieux.

« Ça leur fichait les miquettes aux soldats. Ils ne savaient pas quoi penser de nous.

— Ça ne m'étonne pas. J'aurais pris mes jambes à mon cou.

— Je t'ai raconté qu'on avait dansé ?

— Où ça ?

— Là-bas. »

Sarah désigne les silos avec son bâton.

« On avait coupé la clôture, mis des échelles, grimpé et dansé au clair de lune. C'était la Saint-Sylvestre. On jouait notre propre musique. On dansait sous la lune. »

C'est une sorcière, songe Lissa, alors que Sarah recommence à chanter, doucement cette fois. *Ma mère est une sorcière.*

Elle s'éloigne un peu, vers l'endroit où les ronciers envahissent le chemin. Les mûres sont noires, elle en cueille une poignée qu'elle apporte à Sarah : une offrande tendue dans sa paume.

« Délicieuses, commente Sarah. Merci. »

Elle a déniché une plume, qu'elle glisse sous le ruban de son chapeau.

« On devrait en ramasser plus. Les rapporter à la maison pour faire un crumble. »

C'est ce qu'elles font, Lissa soulève les ronces afin que Sarah puisse cueillir au cœur des buissons les baies les plus noires, les plus mûres, sort de leur boîte les sandwichs qu'elle a préparés pour plus tard, et la remplit à la place avec les fruits luisants. Une fois la boîte pleine, elles continuent à marcher, traversent un boqueteau épais, où les bouleaux et les sycomores diffusent une lumière pommelée, les fougères leur arrivent à la taille et les silos sont invisibles.

« Ah, oui, par ici, dit Sarah, je connais ce chemin. »

Elles parviennent à un arbre doté de nombreux troncs, Sarah s'écarte du sentier pour s'en approcher, y porte les mains.

« Salut, vieille dame, je me souviens de toi. C'est là que je campais, dit-elle, juste à côté de cet arbre.

— Je me souviens, dit Lissa. J'étais là.

— Oui, répond Sarah en se tournant vers elle. Évidemment que tu étais là. Pas longtemps. J'oublie toujours. »

Elles continuent à marcher lentement et émergent de nouveau au soleil à côté d'un portail. Un segment de clôture d'enceinte est encore debout, un panneau en béton protégé derrière une clôture plus récente. Dessus sont peints des serpents et un unique papillon vert – le trait a beau être grossier, à peine plus qu'un barbouillage, il s'en dégage un pouvoir inquiétant. C'est comme tomber sur des peintures rupestres oubliées. Sous le métal rouillé, on distingue encore de la peinture verte, qui s'écaille avec le soleil et le temps. L'air semble proche, derrière, la végétation les presse.

« Je me rappelle ça », dit Lissa en glissant les doigts à travers le grillage.

Des bâches suspendues sous la pluie. Le visage rougeaud des femmes. L'odeur de laine, de feu, de corps.

« Trente mille personnes, main dans la main autour de la base. Ils sont venus nous traîner hors de nos tentes. Ils nous ont dit qu'on était contre nature, s'esclaffe Sarah, comme si c'était naturel de conserver des missiles mortels sur un territoire communal.

— Je me rappelle leur arrivée. »

Lissa serre les doigts sur le barbelé de la clôture.

« Quand ils t'ont sortie de la tente. Ça m'a terrorisée. Je détestais. Que tu sois là.

— Pourquoi ?

— Je croyais que j'allais te perdre. Que tu serais fusillée. »

Sarah se tourne vers elle.

« Le monde est un endroit terrifiant, réplique-t-elle d'un ton égal. Ce n'était pas mon boulot de te mentir là-dessus. Mon boulot c'était de le rendre plus sûr. Si tu avais toi-même des enfants, tu saurais. »

Ce commentaire se pose. S'enfonce. Fait mouche.

« J'ai été enceinte une fois, murmure Lissa. Avec Declan. »

Elle se retourne vers la clôture, où un insecte minuscule rampe sur la peinture verte qui s'écaille.

« Ça n'a pas été facile. Cette décision. Je pensais qu'elle le serait, mais non. Pourtant je n'aurais pas pu le faire. Pas avec Declan. Pas toute seule.

— Mon Dieu. Pourquoi tu ne m'en as pas parlé ?

— Je me sentais bête d'avoir laissé ça se produire, j'imagine.

— Et pourquoi tu ne l'as pas gardé ? »

Lissa expire.

« J'étais jeune et égoïste, je voulais avoir ma vie. Je voulais travailler. Je n'avais pas envie d'un enfant qui aurait l'impression de me barrer la route. »

Sa mère se tait, puis elle murmure :

« C'est l'impression que tu avais ? C'est l'impression que je te donnais ?

— Parfois. Souvent. Oui. »

Sarah secoue la tête.

« Je n'ai jamais eu ce sentiment à ton égard.

— Vraiment ?

— Sincèrement. »

Sarah la dévisage longuement.

« Mais il fallait que je vive ma vie. Toute ma vie. Autrement je n'aurais pas été une mère du tout. »

Lissa hoche la tête.

« Je comprends », dit-elle.

Et là, les mains passées à travers cette clôture, elle se rend compte que oui, elle comprend.

Au bout d'un moment elle reprend la parole.

« Je suis désolée, s'excuse-t-elle en se tournant vers sa mère.

— Pourquoi ?

— Que tu ne sois pas grand-mère. Tu aurais été une grand-mère formidable. »

Et c'est vrai – elle aurait été magique. Ça aurait été la bonne distance pour l'aimer. Pour être aimé.

« Treize ans, dit Lissa. Mon enfant aurait treize ans. »

Soudain elle s'aperçoit qu'elle pleure, qu'elle pleure à chaudes larmes, les épaules agitées de soubresauts, frissonnant de sanglots. Sa mère s'approche et la prend dans ses bras.

Au bout d'un long moment, Lissa appuie la paume de ses mains sur ses yeux et Sarah relâche son étreinte. Puis elles rebroussent chemin, traversent le boqueteau en sens inverse, pénètrent dans le parc et Lissa apprécie l'espace, l'air frais. Au loin on distingue un troupeau de vaches sur le terrain plat. À mesure qu'elles approchent il devient clair que les bêtes sont au milieu de la piste, certaines debout, d'autres allongées.

« Regarde-moi ça, glousse Sarah. On ne pourrait pas faire décoller des masses d'avions de guerre avec ces dames. »

Le vent souffle très fort à présent. Le chapeau de Sarah s'envole brusquement : Lissa court le récupérer non loin de là dans un buisson.

Alors qu'elle revient lentement vers sa mère, elle songe : *C'est ici – la catastrophe. Ma mère est en train de mourir. Je suis en train de perdre ma mère. Bientôt ma mère ne sera plus là.*

« Tiens-le-moi un moment, tu veux ? » demande Sarah.

Elle avance sur la piste, se tourne face au vent, les yeux fermés, les bras écartés comme si elle volait, et

Lissa la rejoint, l'imite, elle sent le vent s'engouffrer sous ses bras écartés.

Hannah

Elle est fatiguée. Le printemps a cédé place au début de l'été et à la chaleur. Puis le temps change : la température baisse, il se met à pleuvoir. Elle se sent toujours fatiguée.

Un jour, au travail, elle pose la tête sur son bureau et s'endort. Quand elle rentre chez elle, elle se couche, remonte les couvertures sur sa tête et dort profondément. Elle se réveille au milieu de la nuit, assoiffée, et va chercher de l'eau.

Je suis enceinte, songe-t-elle, debout à l'évier. Cette idée semble venir d'au-dessus d'elle, au-delà.

Elle se rend dans la salle de bains : au fond du placard, il y a une vieille boîte de tests de grossesse. Elle urine sur un bâtonnet et reste assise dans l'obscurité. Elle n'a pas besoin d'attendre longtemps : presque aussitôt, une ligne nette apparaît dans la deuxième fenêtre.

Elle la regarde. Elle regarde, regarde, regarde.

C'est un pétillement dans son sang.

C'est de l'angoisse.

Ce sont de gigantesques flèches de joie pointues, d'une joie si pure qu'elle doit se lever, s'agripper à quelque chose et attendre que ça passe.

C'est de la peur.

Elle a déjà perdu. Elle sait à quoi ça ressemble, ce que ça fait, de perdre, et ce avec quoi on reste.

Elle ne le dit à personne. Ni à Nathan. Ni à sa mère. Ni à Cate. Elle sait que ça ne va peut-être pas durer.

Le week-end elle fait la grasse matinée et se réveille pleine de rêves. Allongée dans la baignoire, elle contemple ses orteils.

Cate

Elle prend le train jusqu'à Charing Cross, le métro jusqu'à Bethnal Green, puis le bus, son ancien trajet qui remonte Cambridge Heath Road, descend à l'arrêt Mare Street et longe le canal, passe devant le gazomètre, devant l'entrée de l'ancien studio de Sam, et pousse jusqu'à Broadway Market. C'est un jeudi, la rue est assez calme, même si les tables devant le traiteur sont toutes occupées. Au bout de la rue elle tourne à gauche, longe toute la succession de maisons victoriennes jusqu'à la dernière, devant laquelle elle s'arrête, lève les yeux sur la grande bâtisse, les hautes fenêtres, puis continue à marcher, traverse le parc, où les platanes londoniens sont une explosion de feuilles.

C'est Lissa qui a choisi le café – une boulangerie sous l'une des arcades à côté de la gare – et elle l'attend déjà, installée dehors. Quand elle voit Cate approcher, Lissa se lève à la hâte.

« Je t'ai pris un café. »

Elle désigne la table devant elle.

« Merci », dit Cate en s'asseyant.

Lissa est habillée sobrement, un jean et un T-shirt basique, pas de maquillage, les cheveux remontés sur la tête. Elle a l'air différente. Le temps, contre lequel son visage a paru si longtemps immunisé, commence à faire valoir ses droits. Il y a du gris parmi le blond de ses cheveux.

« Je n'étais pas sûre que tu accepterais de me voir, dit Lissa.

— Je n'étais pas sûre de venir.

— Ça te dérange si je fume ? »

Cate secoue la tête, Lissa sort sa blague et roule.

« Je suis passée devant notre ancienne maison, dit Cate. En venant ici.

— Oh ?

— C'était bizarre. De la regarder sans entrer. Tu habites toujours au sous-sol ?

— À peine. Je n'ai pas vraiment les moyens. Je crois que je vais devoir déménager.

— Alors c'est véritablement la fin d'une époque.

— Oui, je suppose que oui. »

Lissa allume sa cigarette, recrache la fumée loin d'elles.

« Comment va Tom ? demande-t-elle. Et Sam ?

— Il va bien. Tom sait marcher maintenant.

— Tu as des photos ? »

Cate sort son téléphone, trouve quelques photos récentes sur lesquelles se penche Lissa.

« Il a l'air trop chou.

— Il l'est. Parfois.

— Comment va Hannah ? murmure Lissa.

— Elle va bien, je crois. Autant que je sache ils sont toujours séparés. Je dois la voir un peu plus tard dans la journée. J'imagine que j'en saurai plus à ce moment-là. »

Lissa hoche la tête, se tourne pour regarder la rue.

« Je ne prendrai pas la peine de me défendre, dit-elle.

— OK. »

Au-dessus de leurs têtes, le grondement d'un train, le crissement des freins. Le sifflement de l'ouverture des portes.

« C'est drôle, reprend Lissa en se retournant. Ces derniers temps j'ai repensé à cette fameuse audition. Ce film. Tu te souviens ? Avant qu'on aille en Grèce ? »

Cate a le ventre qui se serre.

« Oui.

— Et comment je n'arrivais pas à te pardonner. Je t'ai détestée, je crois. Depuis ce jour-là. Pour ne pas me l'avoir dit à temps.

— Lissa…

— Non, l'interrompt-elle, main levée. Laisse-moi finir. Je sais que tu as ta propre version des événements. Je voulais juste te dire que, ces derniers temps, j'en suis venue à comprendre que je suis capable de choses que je n'aurais jamais imaginées. Et je voulais te dire que, qu'importe ce qui s'est passé, je te pardonne. Et que je te souhaite le meilleur. »

Cate ouvre la bouche pour se défendre, se ravise.

« Merci, dit-elle. C'est très important pour moi. »

Il y a un bruit métallique, le train quitte la gare, direction Liverpool Street, ou le nord, vers des quartiers plus excentrés.

« Sarah est malade, annonce Lissa. Elle a un cancer.

— Oh mon Dieu, s'exclame Cate. Il est avancé ?

— Stade quatre. »

Cate repose sa tasse.

« Je suis vraiment désolée, Liss. »

Lissa porte les mains à ses cheveux, les baisse de nouveau.

« Ouais, dit-elle. C'est un peu la merde.

— Elle suit un traitement ?

— Elle l'a refusé. »

Cate attend que Lissa poursuive.

« Dans un sens, j'admire cette décision, mais je suis aussi en colère – enfin j'ai carrément les boules en fait. »

Cate hoche la tête.

« Et..., reprend Lissa en levant la tête. Je sais que tu as vécu ça avec ta mère, alors je voulais te demander à quoi il fallait s'attendre. »

Elle a l'après-midi devant elle, avant son rendez-vous chez Hannah à six heures, alors elle se rend à la librairie, où elle trouve un album pour Tom. Devant le traiteur, les tables sont toujours complètes. Les clients installés là paraissent tous terriblement jeunes. Dans la queue pour s'acheter une salade elle les observe, ces jeunes gens en tenue estivale, leur position très étudiée, comme prêts à être pris en photo, avec leur eau citronnée et leur café crème, ils jouent le film de leur vie. C'est ce qu'on fait quand on a vingt-quatre, vingt-cinq ans, et qu'on ne se voit que de l'extérieur. Elle s'achète une salade et l'apporte dans le parc, où elle la mange sous le vieil arbre à l'arrière de la maison, avant de s'allonger dans le soleil pommelé.

À six heures moins le quart, elle se rend chez Hannah. Hannah la fait entrer via l'interphone, puis Cate gravit les trois volées de marches métalliques, au sommet desquelles l'attend son amie.

Hannah a l'air d'aller bien – elle est bronzée, porte une robe à manches courtes, ses cheveux ont un peu poussé. Cate ne sait pas à quoi elle s'attendait, quelque relent de tristesse peut-être, pourtant l'appartement est chaleureux, accueillant, et cette façon dont la lumière éclaire les fleurs sur la table. Hannah prépare du thé, qu'elles boivent sur la terrasse dans les derniers rayons du soleil.

« Tu as bonne mine, commente Cate. Comment tu te sens, dis-moi ?

— J'ai nagé, explique Hannah. Tous les matins. Ça aide. Et toi ? Comment ça va Sam et toi ?

— Pas mal, je crois. Bien.

— Super.

— J'ai eu des nouvelles d'Hesther, dit Cate.

— Qui ça ?

— Hesther. D'Oxford. Je lui ai écrit pour lui demander l'adresse de Lucy. Il y a un moment. Cet hiver. Elle m'a répondu. Envoyé ses coordonnées.

— Bon Dieu, Cate. Sérieux ? »

Cate contemple la vue, le soleil qui se couche au milieu des arbres. Elle pense aux jours qui ont suivi le mail – les lettres rédigées, bazardées, réécrites. Et puis un matin au début de l'été se réveiller, habiller Tom, le déposer chez Alice, aller au travail à vélo, et savoir, ou comprendre ce qu'elle avait su, en réalité, depuis le début. Il n'y a rien à gagner à écrire. Beaucoup à perdre.

« Je ne l'ai pas contactée, explique-t-elle d'un ton léger. En définitive. »

Elle entend Hannah pousser un soupir de soulagement.

« C'est bien.

— J'ai vu Lissa, par contre.

— Lissa ? »

Cate voit le choc momentané sur le visage de son amie.

« On s'est retrouvées cet après-midi.

— Pour parler de moi ?

— En fait, non. Pas vraiment. Même si elle a demandé de tes nouvelles. Elle semblait différente. Triste. On a parlé de Sarah.

— Sarah ? Pourquoi Sarah ?

— Elle est en train de mourir. Elle a un cancer. Lissa a demandé à me voir pour me poser des questions là-dessus. Sur comment ça pouvait se passer.

— Oh, fait Hannah. Sarah ? Oh non. »

Longtemps, elle garde le silence, puis elle se penche en avant et pose la tête dans ses mains.

« Han… »

Cate lui touche le bras, inquiète à l'idée d'avoir percé sa bulle fragile de bonheur, mais quand Hannah relève la tête son expression est inattendue, radieuse.

« Je suis enceinte, annonce-t-elle, tout doucement.

— Quoi ? »

Hannah rigole, se plaque les mains sur le visage.

« Oh mon Dieu, s'exclame Cate. Qui… ?

— Nathan. Il est venu à l'appartement. Pour prendre quelques affaires. Ç'a été rapide. Si rapide. »

Elle secoue la tête.

« Tout ce temps, et là... »

Elle fait un geste, paumes vers le haut, et Cate perçoit la surprise, encore, sur son visage.

« Il est au courant ?

— Non.

— Tu vas le lui dire ?

— Oui. Non. Je ne sais pas. Pas encore.

— Tu dois lui dire, Han.

— Je veux attendre. Attendre de voir si j'arrive à le garder. S'il va rester.

— Tu en es à combien de semaines ?

— Huit, ou neuf. Je ne sais pas trop. J'ai rendez-vous pour une échographie à la fin du mois. »

Cate la regarde diriger ses mains vers son abdomen, les poser là.

« Je peux venir ?

— À l'échographie ?

— Oui. Je peux t'accompagner ? »

Cate tend la main, s'empare de celle de son amie.

Lissa

Il a été suggéré que Sarah pourrait vouloir s'installer au rez-de-chaussée, dans l'ancien bureau à l'arrière de la maison, mais elle a refusé. *Je mourrai dans mon propre lit, merci bien.*

Laurie a emménagé chez elle, elle occupe la chambre à côté de celle de Sarah, celle qui donne sur la rue. Elles ont mis en place un rythme détendu, Lissa et Laurie : elles sont bienveillantes l'une envers l'autre, veillent à tour de rôle au chevet de Sarah pendant que l'autre cuisine, lave, ou dort.

Sarah est une patiente étonnamment facile : qu'importe sa douleur, et Lissa sait qu'elle doit être atroce, elle se plaint rarement.

Les amies de Sarah viennent lui rendre visite. Il y en a certaines que Lissa n'a pas vues depuis près de trente ans : June, Caro, Ina, Ruth. Elles se rassemblent autour du lit de Sarah. Lissa les laisse tranquilles. Parfois les rires tonnent, irrépressibles. Parfois elles chantent.

Pendant que Sarah dort elles se réunissent autour de la table de la cuisine. Elles prennent le relais. Font s'asseoir Lissa et lui servent du vin, ou du thé. Elles lui prennent le visage entre les mains, pleurent, lui embrassent les joues, lui disent à quel point elle ressemble à sa mère, et quand dans leur étreinte elles serrent Lissa contre leur poitrine, elle sait qu'elles ont vécu des maladies, des enfants, pas d'enfants, et qu'elles forment une tribu, ces femmes, avec leurs corps cabossés et leurs cicatrices.

Elle les admire, ces femmes de la génération de sa mère : elles brillent à ses yeux, telle une constellation se couchant à l'ouest. Ces femmes, ces veilleuses. Qu'arrivera-t-il au monde quand elles ne seront plus ?

Quand elles ne sont plus là la maison est silencieuse.

Elle repart à Hackney à vélo le long du canal dans le soleil d'été, met l'appartement en cartons, qu'elle charge dans une camionnette de location et dépose dans un garde-meubles situé près du périphérique nord. Elle retourne ensuite à l'appartement, nettoie le four, lave les fenêtres. Fume une dernière cigarette sur les larges marches en pierre. Elle glisse la clef dans la boîte aux lettres de l'agent immobilier à Stamford Hill puis prend un taxi jusqu'à Tufnell Park, chargée de trois petits sacs d'affaires.

Elle emménage dans le grenier, où elle dort par terre sur un futon. Elle aime bien là-haut, même s'il fait chaud à cette époque de l'année, sous les toits. Le vieux fauteuil est toujours là, elle s'y assied pour lire pendant que Sarah dort à l'étage dessous. Elle parcourt la bibliothèque de sa mère, lisant au hasard – Carson McCullers, Zola, Katherine Mansfield. Nombre des livres contiennent les notes de sa mère : certaines datent de l'époque où elle était enseignante, d'autres plus anciennes remontent à son diplôme universitaire. Il y a quelque chose d'émouvant à lire ainsi, aux côtés de sa mère, à ressentir sa fougue juvénile dans ses griffonnages, à lui tenir compagnie pendant qu'elle dort à l'étage inférieur.

Un après-midi, alors qu'elle est en train de lire, une idée lui vient, une idée surprenante : elle la laisse s'installer dans son corps, en palpe les contours, essaie la taille.

Chaque matin, tôt, elle prend le vieux tuyau d'arrosage tout bosselé et détrempe le jardin – *il faut que ce soit tôt quand il fait chaud comme ça*, lui explique Sarah, *pour que les feuilles ne brûlent pas.* Dans la serre au fond du jardin, humant l'odeur musquée des tomates et des herbes qui poussent,

Lissa regarde la maison, la chambre de Sarah, où les rideaux sont encore tirés et où sa mère dort. Elle commence à avoir ses préférées : l'alchémille, qui recueille l'eau comme du mercure, les pois de senteur qui galopent sur leur treille. Parfois elle se penche, prend les pousses entre ses doigts et en caresse la pointe, les regarde se tendre vers la vie. Elle essaie de tondre la pelouse avec la vieille tondeuse, dont les lames rouillées hachent l'herbe.

Par les longues soirées claires, elles s'installent dans la chambre de Sarah et lui font la lecture. Elle adore qu'on lui fasse la lecture : de la poésie surtout – *j'en ai pour mon argent comme ça*, dit-elle, *y a plus assez de temps pour* Les Frères Karamazov. Elle ne cesse d'envoyer Lissa et Laurie à sa bibliothèque – elle sait où se trouve chaque livre sur les étagères encombrées, en connaît les voisins, est capable de vous diriger vers un volume les yeux fermés. Il y va des poèmes comme des médicaments : elle sait ce dont elle a besoin.

Elle demande Shakespeare, Lissa et Laurie lisent les sonnets à tour de rôle. Par un dimanche ensoleillé, Lissa appelle Johnny, qui les rejoint, rasé de près, chargé de fleurs, de pâtisseries, de bon café et de vin. Ils lisent *Antoine et Cléopâtre* du début à la fin, en jouant les rôles chacun leur tour. Ça prend la journée, c'est l'un des plus beaux jours dont elle se souvienne. Pendant presque toute la lecture, Sarah a les yeux fermés. Parfois Lissa s'assied à côté d'elle, lui prend les mains, de temps en temps Sarah les serre.

Plus tard, Johnny aide à transporter Sarah dans le jardin. Voilà une semaine qu'elle n'avait pas quitté son lit. Quand Lissa et Johnny placent leurs mains en hamac pour la soulever, elle est notablement plus légère. Laurie disparaît dans la cuisine pour faire rôtir un poulet, en les expulsant d'un geste.

« Va me chercher mon carnet à dessins, tu veux ? » demande Sarah une fois installée dans le fauteuil.

Lissa s'exécute, l'apporte avec sa boîte de fusains. Puis elle se retire sur le banc derrière elle, regardant le fusain de sa mère se déplacer sur le papier, le jardin prendre vie sous sa main : Johnny qui somnole sur une chaise longue, Ruby allongée de tout son long, le ventre offert au soleil.

Plus tard ce soir-là, quand le poulet a été mangé, que Sarah dort dans son lit et que Johnny est parti, Lissa et Laurie, devant l'évier, rangent les dernières assiettes.

« C'est ton amant ? demande Laurie.

— Qui ? »

Lissa lève les yeux, surprise.

« Johnny ?

— Non.

— Il aimerait bien l'être. C'est un homme charmant.

— Je n'ai pas besoin d'amant, rétorque Lissa. Pas maintenant. »

Laurie hoche la tête.

« Et puis il est compliqué.

— On est tous compliqués », réplique Laurie.

Elle empile les assiettes dans les placards, passe l'éponge sur les plans de travail. La cuisine n'a jamais été aussi bien rangée.

« J'abandonne le théâtre, annonce Lissa. J'en ai

pris conscience un peu plus tôt, quand on lisait. Je n'ai plus envie.

— C'est dommage, Liss, murmure Laurie.

— Non, répond Lissa. Ça ne l'est pas. Je ne veux plus jamais passer d'audition. »

Elle sent cette affirmation se changer en certitude. Le soulagement.

« Tu sais ce que tu vas faire ?

— En quelque sorte. »

Dehors, la lumière se niche dans le poirier.

« J'ai réfléchi. J'aimerais me former pour être professeure.

— Vraiment ? »

Elle hoche la tête.

« Professeure d'anglais.

— Comme ta mère.

— Comme Sarah, oui. »

Elle se tourne vers Laurie.

« Mais je ne sais pas trop. Je vais d'abord partir. Pour me décider.

— Où ça ?

— Je ne sais pas. »

C'est difficile, difficile de penser à une destination qui ne paraisse pas rocambolesque – elle n'a pas envie de se trouver. Ou peut-être que si. Peut-être que c'est exactement ce qu'elle veut.

Quelques jours plus tard, quand Sarah somnole et que Laurie est partie faire une promenade nocturne au Heath, Lissa descend nourrir Ruby. Pendant que la chatte est occupée à sa gamelle, Lissa remplit le vieil arrosoir dans la cuisine sombre, sort, et inonde les parterres. Le jardin embaume les odeurs du soir – le jasmin, le chèvrefeuille, la lavande –, résonne du bourdonnement sourd des abeilles. Au fil de l'arrosage, elle perçoit la façon dont sa mère aimait son jardin : facilement, simplement, sans rancœur, friction, ni douleur. Elle perçoit les choix de sa mère, les soins de sa mère, la subjectivité de sa mère, tel un voile planant sur ce petit bout de terrain, se confondant avec la nuit. Voilà peut-être, songe-t-elle, ce qui reste.

Elle envisage de fumer une cigarette, s'abstient. En lieu et place elle rentre dans la maison, met la bouilloire à chauffer et se prépare une tasse de thé. Elle la monte à l'étage, ses yeux s'ajustent à l'absence de lumière. Dès qu'elle entre dans la pièce elle le sent. Elle pose sa tasse et approche lentement du lit où sa mère est allongée. Elle soulève la main de Sarah, fraîche, et lui frictionne le pouce avec le sien. Au début elle a envie de frotter, frotter, frotter pour raviver sa mère comme on frictionne quelqu'un pour le réchauffer, puis elle comprend qu'elle ne peut pas – qu'il n'est plus temps – alors elle arrête, et lui tient juste la main. Dégage délicatement les cheveux de son front. Quelqu'un a fermé la fenêtre – ce doit être Laurie –, Lissa se lève, ouvre. Puis elle retourne s'asseoir à côté de sa mère, pour lui tenir la main.

Le matin suivant la mort de Sarah, Ina arrive. Infirmière en maison de retraite, elle sait quoi faire. Lissa la regarde déballer son sac à côté du corps de Sarah : des fioles marron avec des bouchons en liège, des ciseaux, de la ficelle, des compresses de mousseline. Ina est petite, calme, déterminée.

« Je peux regarder ? lui demande Lissa.

— Tu peux aider, répond Ina. Si tu veux. »

D'abord, Ina redresse les membres de Sarah, puis elle lui prend la tête à deux mains et la bouge délicatement de gauche à droite avant de la reposer sur l'oreiller, et de placer un autre oreiller sous sa mâchoire.

« On va la laver maintenant », explique Ina.

Lissa va chercher de l'eau bouillante dans la cuisine, à laquelle Ina ajoute de l'huile essentielle de lavande et de sauge, avant de tremper des carrés de mousseline dans l'eau parfumée. Les femmes lavent les aisselles de Sarah, sa poitrine, ses jambes. Ina nettoie entre ses jambes. Elle prend une compresse neuve, la plie et la glisse dans une culotte propre.

« Elle pourrait fuir, explique-t-elle d'un ton neutre. On fuit tous. »

Ces humeurs, cette souillure, cette merde sont ce que la vie supporte à peine et avec peine de la mort[1].

Hannah lui manque. Elle a envie de parler à Hannah.

« Tiens, dit Ina en faisant le tour du corps de Sarah. Il faut qu'on ficelle les doigts pour lui enlever ses bagues. Après ils vont gonfler et ce sera impossible. »

Lissa regarde Ina ficeler les doigts de Sarah avec du fil de coton, les masser avec de l'huile, déplaçant délicatement les fluides vers le poignet afin que les bagues se délogent. Lissa procède de même pour les bagues de la main gauche.

1. Julia Kristeva, *op. cit.*

« C'est ça », approuve Ina.

Puis, sous les instructions d'Ina, elles placent délicatement les mains de Sarah sur sa poitrine.

« C'est mieux comme ça, pour que le sang ne se concentre pas en bas. »

On dirait une sage-femme, songe Lissa, avec ses soins doux et précis ; une sage-femme pour la mort.

« Je peux avoir un moment ? » demande-t-elle à Ina.

Ina sortie, Lissa prend les mains de Sarah. Porte ses doigts à son visage, comme si sa mère pouvait la lire – lire le braille des traits de sa fille, même maintenant, même par-delà la mort. Puis elle repose lentement les mains sur le drap.

Hannah

Cate l'attend devant l'hôpital. Hannah la voit scruter le parking, à l'affût de son arrivée.

« Ils vont croire qu'on est ensemble », rit Cate.

Ses mains s'agitent comme des oiseaux, sans trop savoir où se poser.

« Eh bien, répond Hannah en glissant son bras sous celui de Cate. C'est pas grave. »

Elles sont le premier couple ici, elles sont donc reçues sans attendre. Une échographiste en jean et T-shirt les invite à passer dans une petite pièce sombre.

Hannah monte sur la table. L'écran est retourné. Son cœur. Son souffle qui galope.

L'échographiste jette un œil au dossier, puis se tourne vers Cate.

« Vous êtes sa compagne ?

— Non, répond Cate. Juste une amie.

— D'accord, répond doucement la femme, allez donc vous asseoir là-bas. »

Elle désigne une chaise à la tête de la table.

La femme applique un gel froid sur le ventre d'Hannah. Hannah retient son souffle tandis que la sonde roule sur la tension de sa peau. Elle contemple le visage de la femme. Celle-ci ne dit rien, les yeux rivés sur l'écran, sur les endroits sombres à l'intérieur d'Hannah – le visage impassible. C'est une voyante, une devineresse, une déchiffreuse de runes. Mais pourquoi est-elle si silencieuse ?

Une vague de peur et de nausée déferle sur Hannah.

« Tout va bien ? »

L'échographiste lève les yeux.

« Jusqu'ici, oui », répond-elle.

Hannah serre les pouces dans ses poings.

« Je prends juste des mesures. »

La femme bouge la souris, le clavier cliquette, puis :

« Regardez, dit-elle en tournant l'écran vers elles, voilà votre bébé. Tout a l'air d'aller. »

Projetée là, une créature agite ses membres. Un cœur qui palpite, palpite, court plus vite que celui d'Hannah.

Lissa

Toute la semaine, les amis de Sarah, ses collègues, ses anciens élèves, tous ceux qui la connaissaient et l'aimaient, sont encouragés à venir à la maison pour écrire leurs messages sur des morceaux de tissu. Lissa et Laurie préparent du café et du thé, elles distribuent des verres de vin, des verres d'eau, mettent des chips, du pain grillé et de la soupe sur la table, et écoutent.

Elle s'imagine que c'est similaire à ce qu'on doit ressentir après la naissance d'un enfant : cet espace liminaire où le temps se comporte différemment, où il est adouci, contenu.

Il y a des femmes d'âge moyen que Sarah avait eues adolescentes comme élèves et qui lui racontent ses cours, son importance dans leur vie. Des femmes plus jeunes avec leurs enfants dans leur sillage, qui examinent la maison – les livres et les tableaux dedans – et hochent la tête, comme si elle correspondait en tout point à ce à quoi elles s'attendaient, ou espéraient. Le fournisseur de Sarah vient, chargé d'un bouquet spectaculaire, laissant une traînée de fragrances coûteuses dans son sillage.

Johnny amène sa fille aînée, une grande fille de sept ans, avec des cheveux bruns raides qui tombent sur ses épaules.

« Je te présente Iris », dit Johnny.

Iris porte des baskets hautes et un sweat à capuche. Elle donne la main à son père.

« On va acheter des glaces, annonce Iris. Tu veux venir ?

— Avec plaisir », répond Lissa.

Ils marchent dans les rues et les rues sont étranges – c'est la première fois depuis plusieurs jours qu'elle sort vraiment.

« Ta maman est morte ? demande Iris.

— Oui, répond Lissa, elle est morte. »

Johnny lui passe un bras autour des épaules, Lissa le laisse faire, sa fille les regarde et ça ne semble pas la déranger.

Elle dort dans le lit de sa mère – le lit dans lequel elle est morte – et loin d'être sinistre, c'est réconfortant. Sa mère a eu la mort qu'elle voulait, songe-t-elle. Elle comprend à présent quel cadeau ça a été. Combien de gens peuvent en dire autant ?

Le matin des funérailles, Lissa enfile une robe d'été jaune. On est en octobre, mais il fait exceptionnellement chaud pour la saison. Johnny et Laurie viennent l'aider : ils entortillent les fleurs fraîches dans les mailles du panier en osier.

N'appelle pas ça un cercueil, ma chérie. C'est un panier, voilà ce que je veux, un panier garni de fleurs.

Voilà donc le panier garni de fleurs, des sèches et des fraîches, de petits bouquets d'herbes aromatiques et des rubans de tissu couverts de messages pour accompagner le passage de Sarah. Alors que Laurie, Johnny et Lissa glissent Sarah à l'arrière de sa vieille camionnette, qui sent encore la térébenthine, la toile et le café, les rubans se soulèvent et voltigent dans la brise.

Sarah disait en plaisantant qu'elle voulait être enterrée sous le poirier du jardin, mais ils l'emmènent au crématorium d'Islington et St Pancras.

Qui se trouve en fait dans le quartier de Finchley, a constaté Sarah avec une pointe de déception en consultant la carte.

La salle est pleine à craquer : des centaines de

personnes sont réunies. Une fois la cérémonie terminée, un par un les amis de la défunte viennent parler à Lissa pour lui dire au revoir. Son père est là, avec sa femme, il la serre longuement dans ses bras, puis la relâche. C'est à ce moment-là qu'elle les voit : Hannah et Cate. Elles devaient être là depuis le début.

« Oh, fait-elle en regardant ses amies. Oh », répète-t-elle.

Hannah tend la main vers Lissa, Lissa la saisit.

« Tu es enceinte », dit-elle, et seulement alors elle se met à pleurer.

« Oui », répond Hannah.

Et voilà Lissa qui hoche la tête, sourit bêtement dans ce soleil.

« Regarde-toi, s'exclame-t-elle. Tu es superbe. »

Et c'est vrai, Hannah est superbe, un beau fruit mûr.

« Je suis venue pour Sarah, clarifie Hannah. Je suis venue lui dire au revoir.

— Oui. »

Lissa hoche la tête.

« Merci. »

Puis :

« Je suis désolée, dit-elle. Je suis tellement désolée. S'il te plaît, pardonne-moi. »

Et ensuite, car elle n'arrive pas vraiment à le croire :

« Tu es enceinte, répète-t-elle. Je peux ? Tu veux bien ? »

Elle tend la main.

Hannah hoche la tête, la laisse placer sa main là.

Et à présent Lissa rit, debout dans le soleil avec sa main posée comme ça, sur cette peau tendue avec la vie en dessous, elle rit, elle pleure, elle secoue la tête.

La maison est silencieuse. Laurie a proposé de revenir avec elle, Johnny aussi, mais Lissa a refusé. *Ça va aller*, a-t-elle dit.

Il y a des livres ouverts sur les tables, elle les soulève délicatement et les referme pour les replacer sur les étagères. La vaisselle du petit déjeuner est restée dans l'évier de la cuisine. Elle rince les bols et les met à sécher, puis ouvre la porte qui donne sur le jardin de sa mère. La lumière du soleil forme une flaque par terre. Elle se sert un gin-tonic, se roule une cigarette.

Elle lève son verre à l'adresse de l'urne posée sur la table de la cuisine. Lundi, comme promis, elle se rendra à Greenham avec Laurie, Ina, Caro et Rose pour disperser un peu des cendres de sa mère au pied de l'arbre. Le reste, Sarah lui a demandé de le répandre dans le jardin, *où tu voudras*. Elle le fera demain, seule.

Parmi ses mails il y a un billet pour le Mexique. Son vol est la semaine prochaine. Elle n'a pas de projets, juste une vague destination : une ville sur la côte Pacifique. Ce n'est ni une fin ni un recommencement. Ou peut-être que si. Mais si c'est une fin, ce n'est pas net et sans bavure – c'est simplement la jointure entre deux motifs. C'est fait de sang, de moelle et d'os.

Sa cigarette terminée, Lissa ferme la porte et la verrouille. Elle s'avance vers la table. Combien d'heures passées ici ? Combien de petits déjeuners, de déjeuners, de dîners ? Combien de fois l'a-t-on posée ici, avec du matériel de dessin ou de travaux manuels, avec la consigne de s'occuper toute seule ?

Elle se rappelle qu'un soir, ne parvenant pas à s'endormir, elle a entendu des voix dans la cuisine, est descendue et a trouvé sa mère et ses amies là, assises autour de la table.

« Qu'est-ce que vous fabriquez ? a-t-elle demandé.

— Ce sont des grues, a répondu sa mère. Tiens, regarde. »

Sarah l'a hissée sur ses genoux, lui a montré comment plier le papier pour confectionner ces oiseaux en origami, et lui a expliqué qu'elles les fabriquaient pour commémorer un anniversaire, celui d'un bombardement au Japon, qu'ils étaient un signe de paix, le signe que rien de tel ne devrait plus jamais se reproduire. Elles étaient assises autour de la table, ces femmes, parlant à voix basse tandis que Lissa suivait les instructions de sa mère et qu'un oiseau apparaissait, comme par magie, comme quelque chose de beau qu'on fait naître.

Les femmes échangeaient des murmures, il y avait la douce susurration de leurs voix, l'ondulation ici ou là de leur rire, la chaleur de sa mère, son odeur, de térébenthine et d'épices, la sensation d'être autorisée à veiller, d'être dans les bras, la blancheur du papier, le plaisir de plier et de faire quelque chose de joli.

Elle se rappelle tout ça, là dans cette cuisine nocturne : la paix qui régnait dans cette pièce. Elle se rappelle ce sentiment de paix.

2012

Hannah

Ça n'a pas été facile de dormir, ces dernières nuits. Même avec tous les coussins elle n'arrive pas à trouver une position confortable pour s'allonger.

Le bébé la réveille souvent. Allongée là, elle le sent bouger ses membres dans le peu d'espace qu'il lui reste. Hannah croit sentir un talon, un coude. Elle touche le bébé à travers la peau de son ventre. Ce bébé est une selkie. Une nageuse sous-marine. Une habituée de l'obscurité.

Ce bébé est une fille. Au début, Hannah en a été perturbée. Un garçon paraissait plus simple, bizarrement. Comment être la mère d'une fille ?

Mais à présent l'idée d'une fille est merveilleuse.

Maintenant elle est impatiente de la rencontrer.

Il y a d'abord une ligne à franchir. Un accouchement. Elle n'a pas peur, pense-t-elle, de la douleur. Seule la reddition, peut-être, l'effraie.

Parfois elle parle à Nathan. Il a une chambre dans un appartement pas loin. Il lui rend visite et quand il vient il est silencieux, plein de sollicitude. Il cuisine pour elle, des soupes et des risottos. Il en prépare une grande casserole qu'il lui laisse sur la cuisinière. Parfois ils se baladent ensemble, le long du canal. Parfois, quand elle est fatiguée, elle lui prend le bras. Parfois, avant qu'il la laisse, énorme sur le canapé, elle le surprend à regarder, surprend l'expression sur son visage.

Il ne demande pas grand-chose, mais il a demandé à être présent à la naissance. Elle n'a pas dit oui à cette requête. Elle ne sait pas si sa présence rendra les choses plus faciles ou plus dures. Il y a beaucoup de choses qu'elle ne sait pas. Et le fait de ne pas savoir, en ces journées froides de janvier éclairées par une chaleur qui vient de l'intérieur, ça n'est pas grave, bizarrement.

Cate passe une nuit par semaine chez elle. Hannah attend avec impatience ces visites, où elles bavardent, où elles rient. Elle a demandé à Cate d'être sa compagne d'accouchement, Cate a accepté. Il lui faudra une heure trente pour venir de Canterbury en voiture, deux maximum.

Hannah se réveille au milieu de la nuit.

Il est très tard, ou très tôt. Il est quatre heures du matin. Il est l'heure où les gens naissent et l'heure où les gens meurent. Il fait noir et elle est mouillée : le bas de son pyjama est trempé. Elle attrape son portable pour appeler Cate.

« Elle arrive », dit-elle.

Elle sent le bond de son cœur, la pulsation de son sang à ses oreilles.

Elle arrive. Là, dans l'obscurité, une nouvelle histoire commence.

Sa fille est en chemin.

London Fields

2018

C'est samedi, samedi c'est le jour du marché. C'est la fin du printemps, ou le début de l'été. C'est la mi-mai, les églantiers sont en fleur dans le jardin broussailleux devant la maison. Lissa les aperçoit au passage sur le chemin du parc.

Il fait doux. Elle est habillée simplement, jean délavé, chemisier brodé champêtre. Ses pieds sont chaussés de sandales fines et elle porte un sac en toile sur l'épaule – à l'intérieur : de bonnes tomates, du pain, du rioja, un fromage de chèvre cendré.

Comme elle entre dans le parc, elle s'arrête dans l'allée pour regarder l'arrière de la bonne grosse vieille maison avec le mur croulant du jardin, le vieil arbre au pied duquel elles adoraient s'asseoir. Aujourd'hui, la pelouse au pied de l'arbre est bondée de corps, l'air saturé de l'odeur des barbecues, de la fumée de cigarette, de la rixe bruyante des enceintes. On dirait un festival pour jeunes. Elle jette encore un œil à la maison, aux fenêtres ouvertes, aux vagues silhouettes lointaines qui se déplacent à l'intérieur, puis se détourne et continue à marcher. Elles se sont donné rendez-vous de l'autre côté du parc – près de la piscine en plein air –, le côté des familles. Ici l'herbe est moins bruyante, encore verte. Elle trouve un emplacement, étale une vieille natte et retire ses chaussures d'une secousse. L'herbe est délicieuse sous ses pieds. Elle est nerveuse. Ce rendez-vous était son idée – elle leur a écrit à toutes les deux, sur un coup de tête, un matin depuis le balcon de son petit appartement à Mexico, pour leur annoncer qu'elle venait – rare visite en Angleterre, à Londres, à l'occasion des funérailles de Laurie –, et leur demander si elles avaient envie de la revoir, après tout ce temps. Elle a été heureusement surprise quand elles lui ont toutes deux répondu que oui.

Présentement elle entend un cri, lève la tête : Cate, vêtue d'une robe d'été légère, accompagnée d'une fillette qui doit avoir dans les cinq ans, avance vers elle sur l'herbe. Lissa voit Cate s'arrêter, se pencher vers la fillette et pointer l'index afin, nul doute, de lui rappeler qui est cette grande blonde aux cheveux courts, car Lissa n'a jamais rencontré la fille de Cate, née l'année qui a suivi son départ définitif.

Je te présente Poppy, dit Cate, quand elles se sont serrées dans les bras. Elle était très excitée de te rencontrer. Je lui ai expliqué que tu étais une ancienne actrice. Elle adore jouer des rôles.

Ah, répond Lissa, oui, il y a longtemps. Elle s'agenouille à côté de Poppy, une enfant souriante au visage rond, et lui pose les bonnes questions, écoutant la fillette bavarder sur ses cours de danse, la pièce de théâtre qu'elle a jouée le Noël dernier à l'école.

Un autre cri, elles se retournent, et voilà Hannah, qui vient de la piscine, sa fille à ses côtés – une grande tige de six ans, encore une enfant que Lissa n'a jamais vue, une fille qui ressemble à sa mère –, la même finesse, les mêmes cheveux noirs, la même gravité. Clara, dit Hannah, je te présente Lissa. Hannah et sa fille s'installent sur la natte, on sort la nourriture, on sourit, on y pioche.

Leur discussion, cependant, n'est qu'une succession de propos anecdotiques, alors Lissa, qui s'imagine ce moment depuis des semaines, depuis des années, sent la déception la grignoter. Quelque part elle avait espéré davantage. Mais, en vérité, que peut-il bien y avoir à se dire, après tout ce temps ? Les propos anecdotiques sont anodins, mais les incursions dans l'intimité ont été saccagées depuis bien longtemps. Or à qui la faute ?

Cependant, à mesure que l'après-midi s'approfondit, que le vin est bu et que la lumière épaissit, les femmes commencent à se détendre. Elles parlent du bon vieux temps. Elles portent un toast à la vieille maison. Hannah pose des questions à Lissa sur sa vie au Mexique et Lissa lui explique ce qu'elle fait, enseigner l'anglais dans une école de langues, la ville qu'elle a appris à aimer, les matins où elle se rend dans un café avec son ordinateur portable, s'installe et écrit. Ce sont de menus instants en vérité, mais ils lui donnent l'impression d'être vivante. Et à mesure que Lissa raconte en sculptant l'air de ses mains, Hannah sent une part d'elle se déployer, exactement comme lors de leur première rencontre : Lissa a de la couleur en elle, elle en a toujours eu, et Hannah sent qu'elle se rapproche un peu, qu'elle se réchauffe à la flamme de son ancienne amie.

Quand Cate et Hannah parlent, c'est surtout de leurs enfants – elles parlent à travers elles, même, en leur tendant les bras, en les touchant souvent, en leur caressant les cheveux. Et leurs enfants parlent, elles aussi : elles se connaissent bien, c'est flagrant ; elles racontent à Lissa les vacances qu'ils ont passées tous ensemble en France l'an dernier. Tandis que Lissa les observe, elle ressent une douleur familière. Elle va avoir quarante-quatre ans. Au fil de la décrue des années où elle aurait théoriquement pu concevoir, elle a senti croître en parallèle une tristesse étonnante. Ce n'est pas qu'elle ait envie d'un enfant, pas vraiment, elle est heureuse de sa vie, de son appartement dans un immeuble au carrelage frais de Coyoacán, de son compagnon, qui est un homme bon et doux. Elle et lui font la grasse matinée le week-end. Ils ont leur vie pour eux tout seuls. C'est juste que, ces derniers temps, quand elle va au travail, ou qu'elle parcourt les marchés le week-end, il lui arrive de s'arrêter, le souffle soudain coupé par la vue d'un bébé. Or il y a des bébés partout à Mexico. Mais la plupart du temps, la plupart des jours, elle va bien. Son compagnon a un fils, un garçon de quinze ans, qui vit chez sa mère à deux pas. Il passe un week-end sur deux avec eux. Lissa l'aime bien. Il est gentil, studieux, drôle comme son père. Il aime bien faire la grasse matinée, lui aussi.

La fille d'Hannah parle de son père – qui va venir la chercher plus tard, puisqu'elle dort chez lui ce soir – et la mention de Nathan plane dangereusement dans l'air entre les femmes, mais comme la fillette continue à bavarder, insouciante, le moment perd sa pesanteur, se fond dans le suivant, puis encore le suivant.

Tandis que les fillettes discutent, elles s'observent, ces femmes, remarquent les façons dont elles ont pris de l'âge. Elles ne sont plus les mêmes.

Elles s'inquiètent. Elles s'inquiètent pour leurs parents – leurs pères surtout. Le père d'Hannah, qui oublie des choses – de plus en plus, semble-t-il –, qui ne vient plus la chercher sur le quai de la gare de Stockport quand elle va les voir. Le père de Cate, en Espagne, qui boit trop, qui est seul. Le père de Lissa, qui semble n'avoir absolument aucune joie dans la vie.

Elles s'inquiètent de l'été, qui chaque année arrive un peu plus tôt, finit un peu plus tard – une inquiétude qui entache leur plaisir de ce bel après-midi de mai, telle une goutte d'encre noire mélangée dans l'eau claire. Avant tout elles s'inquiètent de l'avenir, de leurs enfants, du monde dont ils vont hériter, un monde qui paraît si divisé, si rapide et toujours plus fragmenté. Elles s'inquiètent de la manière dont leur génération sera jugée par les suivantes, et si ce jugement sera sévère, elles s'inquiètent de savoir s'il reste encore du temps pour rectifier le tir, parce que, de plus en plus en ce moment, elles aimeraient que les générations suivantes regardent la leur avec fierté.

Parfois on dirait que la liste de leurs inquiétudes est infinie, qu'elles sont corrodées par l'inquiétude, creusées – elles et tous les gens avec qui elles parlent, ces derniers temps.

Mais elle est longue, aussi (même si parfois elle est plus difficile à énoncer), la liste des choses dont elles sont reconnaissantes : des petits instants de grâce, qui ne paraissent plus si petits. Des moments. Comme ce matin, pour Cate, dire au revoir à son mari et à son fils, savoir qu'ils seront là pour l'accueillir ce soir, à son retour, savoir qu'il y aura un repas à manger, une table autour de laquelle s'asseoir, le bavardage de ses enfants. La présence stable et continue de son mari dans sa vie. Et pour Hannah, la fierté qu'elle retire toujours de son travail, le fait qu'elle soit toujours amie avec le père de son enfant, le miracle permanent, incessant, de la présence de sa fille – un amour si puissant, si sauvage qu'elle ne ressent aucune solitude, aucun besoin d'un autre amour, car elle a trouvé celui de sa vie. Pour Lissa, le calme de son appartement le matin, quand elle se lève tôt et qu'elle sent la chaleur de la journée monter dans l'air, quand, assise dans l'aube fraîche, elle écrit, et se suffit à elle-même.

Elles sont reconnaissantes de ces choses parce qu'elles savent que la vieillesse et la maladie ne sont pas, peut-être, si loin que ça, et que ces deux-là ne sont pas tendres. Elles les ont déjà vues, ont déjà compris, en ont tiré une leçon d'humilité. Elles en reçoivent souvent, des leçons d'humilité, ces derniers temps.

À un moment de l'après-midi, quand les deux fillettes ont picoré le pique-nique, mangé leur gâteau, remplies de sucre, hérissées d'énergie et d'impatience, elles se lèvent d'un bond et s'éloignent de leurs mères et de l'autre dame blonde qu'elles ne connaissent pas, et dont elles oublieront vite le nom, et avancent sur l'herbe – happées par le soleil, le ciel et autre chose, quelque chose en elles qui leur intime de bouger, tout de suite. La même impulsion, peut-être, qui appelle la graine à jaillir de la terre pour rejoindre la lumière.

La fille d'Hannah prend la fille de Cate par la main et elles tournent, tournent, tournent encore et les femmes les regardent, saisies par leur grâce gauche, l'assurance de leurs petits corps dans l'espace, emplies d'une joie qui est proche – qui pourrait, de fait, être aussi – de la douleur. Et les fillettes continuent à virevolter en riant – contentes d'être libres de l'attention, de la couverture pesante de leurs mères, du besoin que leurs mères ont d'elles, du fil décousu de la conversation en montagnes russes de ces femmes –, étourdies de mouvement, leurs mains hermétiquement jointes, elles tournent, tournent, tournent encore, en cet instant de tourbillon doré, grisées, ivres de vie.

REMERCIEMENTS

S'il faut un village pour élever un enfant, alors il faut un village très spécial pour élever un enfant *et* soutenir sa mère pendant qu'elle écrit un roman. Durant l'écriture de ce livre j'ai eu la chance d'emménager dans un tel endroit : merci à toute ma famille dans le Shire, mais surtout à Judith Way pour sa terrasse thérapie, à Cherry Buckwell pour la cure de marche, à Kate Christie pour son amour de mère-déesse, à Fionnagh Winston pour son esprit et sa sagesse, à Rebecca Palmer pour avoir prodigué une deuxième maison à ma fille, à Kelly Tica pour sa ressource inépuisable d'amour, de soutien et de soupe de poulet, et à Rachael Stevens qui a mis de l'ordre dans ma vie sur bien des plans, et un nombre de fois que je préfère ne pas compter.

Merci à Ben et à Toby pour ces super conversations sur Seattle et Los Angeles – même si elles ne figurent pas dans la version définitive.

À Olya Knezevic, qui m'a conseillé de regarder *Sonate d'automne*.

À Judith, pour m'avoir emmenée à Canterbury,

prêté sa carte de bibliothèque, et fait partager son amour pour cette ville.

À la dame qui m'a ouvert le tombeau des aigles par une journée tempétueuse et humide de novembre et m'a consacré du temps avec une grande gentillesse et une grande générosité.

À Philip Makatrewicz, Thea Bennett et Cherry Buckwell, qui ont lu les premiers jets de ce roman et dont la précision et l'enthousiasme se sont révélés une aide précieuse.

À Josh Raymond et à son légendaire stylo noir filiforme, dont les révisions vaudraient à elles seules un numéro ISBN.

À mon groupe d'écrivains, The Unwriteables, qui se porte toujours comme un charme après dix ans d'amour et de soutien.

À Naomi Wirthner, qui m'a invitée à voir sa représentation de *La Mouette,* et qui nous a bercés de magie.

À ma mère, Pamela Hope, dont l'activisme m'a à la fois façonnée et inspirée, et qui m'a accompagnée lors d'une promenade mémorable sur l'ancien camp pour la paix de Greenham Common.

À Dave, qui se débrouille pour que ça fonctionne.

À Bridie, pour avoir entendu l'appel, et y avoir répondu par ta formidable personne, brillante et déchaînée.

À ma merveilleuse éditrice, Jane Lawson – elle qui comprend ce que doit être une fin.

À l'inimitable Alison Barrow. Je me sens tellement chanceuse de t'avoir dans mon équipe.

À mon agente Caroline Wood, dont le

dévouement à ce livre et au désir de le voir déployer tout son potentiel n'a jamais failli. Caroline, tu as contribué plus que n'importe qui à lui faire voir le jour : merci infiniment pour ta rigueur, ton enthousiasme et ton soutien.

Et enfin aux femmes magnifiques qui ont façonné ma vie, les guetteuses d'horizon, les danseuses acharnées, les convertisseuses de camionnettes, les nageuses d'eau douce, les soignantes, celles qui connaissent les méthodes ancestrales. Merci pour tout ce que vous m'avez appris et tout ce que nous avons partagé. Encore, s'il vous plaît, encore.

DE LA MÊME AUTRICE

Aux Éditions Gallimard

LE CHAGRIN DES VIVANTS, 2016 (Folio nº 6353)

LA SALLE DE BAL, 2017 (Folio nº 6630). Grand Prix des lectrices de *Elle* 2018

NOS ESPÉRANCES, 2020 (Folio nº 6991)

*Tous les papiers utilisés pour les ouvrages
des collections Folio sont certifiés
et proviennent de forêts gérées durablement.*

*Composition Igs
Impression Maury Imprimeur
45330 Malesherbes
le 3 juin 2022
Dépôt légal : juin 2022
1er dépôt légal dans la collection : août 2021
Numéro d'imprimeur : 263611*

ISBN 978-2-07-293679-1 / Imprimé en France.

549375